DANIELLE STEEL

NOVE VITE

Traduzione di Berta Maria Pia Smiths-Jacob

Sperling & Kupfer

www.sperling.it

Nove vite
di Danielle Steel
Titolo originale dell'opera: *Nine Lives*

ISBN 978-88-5544-213-4

I edizione Paperback Original aprile 2023

Anno 2023-2024-2025 - Edizione 1 2 3 4 5 6 7 8 9 10

Ai miei intrepidi e splendidi figli,
Beatie, Trevor, Todd, Nick,
Sam, Victoria, Vanessa,
Maxx e Zara.

Siate coraggiosi nelle vittorie e nelle sconfitte,
scegliete con saggezza,
non affrontate rischi a cuor leggero.

Che le vostre vite siano felici,
benedette, fortunate
e protette. Sempre.

Con immenso amore,
Mamma/DS

1

A OTTO anni, Mary Margareth Kelly, detta Maggie, aveva già vissuto in quattro basi militari. Non conosceva altro, ma le piaceva. Il padre Kevin, un collaudatore dell'aeronautica militare, era stato decorato per le missioni in Vietnam e il nonno paterno, pilota della marina, aveva partecipato alla Seconda guerra mondiale.

Kevin era un uomo affascinante, alto di statura, divertente e lei lo adorava, come adorava ammirarlo pilotare gli aerei, a dispetto dei timori della madre. Non si spaventava di nulla. Era coraggioso, e spronava la figlia a esserlo altrettanto. E lei e il fratellino Tommy – aspirante pilota come il genitore – ci provavano. Maggie, di cinque anni più grande di lui, aiutava la mamma a prendersene cura quando era troppo impegnata. Emma, infermiera prima della nascita della bambina ma ormai casalinga, aveva sempre un mucchio di faccende da sbrigare. Grazie all'Air Force, la famiglia godeva un buon tenore di vita sebbene il padre, un caposquadriglia, si assentasse spesso per missioni di addestramento. Maggie aveva nove anni quando, per l'ennesima volta, dovettero trasferirsi in una base del Nevada. Emma prese subito in antipatia la nuova destinazione: il clima era soffocante, tranne la notte, si lamentava, e le missioni del marito si facevano sempre più pericolose. Talvolta Maggie li sentiva litigare proprio su quell'argomento. Niente però avrebbe potuto dissuadere Kevin dal continuare un mestiere per il quale stravedeva. Solo a parlare di aerei, gli occhi e il volto s'illuminavano.

Erano in Nevada da tre mesi quando Kevin uscì di casa per la consueta missione di addestramento, una mattina presto. Baciò la figlia ancora a letto e Tommy profondamente addormentato, infine se ne andò sotto lo sguardo di Emma affacciata alla finestra della cucina. Tommy e Maggie stavano facendo colazione quando due uomini in uniforme bussarono alla porta, entrarono e sedettero in soggiorno con la loro mamma. Emma ricevette la notizia in silenzio, annichilita, immobile sul divano, i singhiozzi soffocati per evitare che i bambini la sentissero. Dopo poco, i due militari se ne andarono.

Andati via gli ufficiali, Emma comunicò ai figli che il padre era morto per un malfunzionamento dell'apparecchio andato poi fuori controllo. Il guasto era stato talmente grave, le era stato riferito, che Kevin non avrebbe potuto fare nulla per evitare la tragedia, che nessuno avrebbe potuto farlo.

Tre giorni dopo, i bambini parteciparono al funerale del papà. Nonostante fossero passati tanti anni da allora, Maggie ricordava bene il profondo dolore, l'impossibilità di credere che il padre non sarebbe più tornato. Gli uomini della sua squadriglia, dopo aver tolto la bandiera che copriva la cassa, l'avevano piegata e consegnata alla moglie che l'aveva stretta al petto, con gli occhi chiusi. Per un istante Maggie aveva avuto l'impressione che Emma stesse per svenire. Da allora, ogni giorno che passava, ricordava a se stessa le raccomandazioni del padre: essere forte. E lei lo era, lo era più di quanto non si sarebbe immaginata. Si prendeva cura del fratellino quando la madre restava a letto a piangere tutte le sue lacrime. Talvolta non si alzava neanche ed era Maggie a preparare da mangiare per tutti.

La famigliola andò a stare qualche tempo dai genitori di Emma, nell'Oklahoma, e al rientro lasciò definitivamente la base per trasferirsi a Las Vegas. Era la prima volta che Maggie abitava tra i civili e andava in una scuola locale. Emma fu assunta come cassiera in un casinò. Era passato troppo tempo da quando aveva smesso di fare l'infermiera e non si sentiva più all'altezza della vecchia professione. Rimasero a Las Vegas sei mesi, vivendo del salario della madre e della pensione del padre, cambiarono residenza in altri tre Stati e alla fine si fermarono a Miami, dove Emma trovò un posto da manicure nella spa di un resort. Viveva una vita tranquilla, senza mai uscire con qualcuno, fino al giorno in cui incontrò Harry Sherman, il catering manager del resort dove lavorava.

Maggie aveva quattordici anni e il padre era morto da cinque. Harry era diametralmente opposto a Kevin. Non amava l'avventura, non era un eroe e non sapeva pilotare gli aerei, ma a Emma non importava. Aveva bisogno di un uomo che non rischiasse ogni giorno la vita sul lavoro, ripeteva che se Kevin non fosse stato così ossessionato dal brivido di pilotare un aereo, sarebbe stato ancora vivo. Avrebbe potuto fare qualsiasi altro mestiere: falegname, idraulico, insegnante, imprenditore edile, invece no, adorava il rischio. Ogni volta che Tommy affermava che da grande sarebbe diventato un pilota, Emma rispondeva con voce tagliente che sarebbe stato meglio trovarsi qualcosa di diverso, se non voleva suicidarsi. E così, i fratelli impararono a non parlare più né del padre né del volo.

Harry era un uomo perbene, tranquillo, serio, poco incline alle risate o a raccontare storielle divertenti come Kevin, e aveva poca confidenza coi ragazzi. Un anno dopo essersi conosciuti, e grazie al buono stipendio di lui, si trasferirono in un nuovo appartamento e, un mese dopo, Emma lo sposò.

Maggie aveva quindici anni quando partecipò alle nozze civili della madre e del compagno che, dopo il pranzo al ristorante, tornò al lavoro per una convention. Li trattava bene, non dava loro problemi e, non avendo figli suoi, tentava di essere un padre per loro, quando non lavorava fino a tardi. Emma sembrava felice, ma i suoi occhi non brillavano più come quando sentiva la macchina di Kevin arrivare o quando lo vedeva entrare. La vita con Harry era diversa. Lavoravano sodo entrambi e spesso i due ragazzi restavano soli a casa. Talvolta era Maggie a occuparsi del pranzo per lei e il fratello. Non erano più la famiglia di un tempo, quando il padre era vivo. Non facevano più nulla insieme, non si divertivano più, vivevano soltanto nella stessa casa, quella dove ogni sera Harry rientrava immancabilmente dal lavoro. La sua vita senza scosse e imprevisti cancellò pian piano la perenne espressione di panico che Emma aveva negli occhi un tempo. Il nuovo marito non era un esempio di vivacità, non era una persona eccitante, ma era affidabile.

La sera, al rientro a casa, Harry sedeva davanti alla tv

e si godeva qualche birretta. Stava alzato fino a tardi e di conseguenza era ancora a letto quando, la mattina, i due fratelli andavano a scuola. E anche se fosse stato in piedi, non avrebbe avuto nulla da dirgli. Non era abituato ai ragazzi, ripeteva alla moglie. Una volta a settimana, allungava a Maggie un biglietto da venti dollari invitandola ad andare al cinema con gli amici o a comprarsi qualcosa. Vi fu un'occasione in cui prese addirittura un pallone per Tommy, senza però mai trovare il tempo di giocarci. Quella banconota era l'unico contatto reale tra Maggie e Harry. Quanto a Emma, pareva una persona diversa, adesso, come se la morte del padre dei suoi figli avesse spento qualcosa dentro di lei.

Maggie aveva sedici anni e Tommy undici quando, un anno dopo il matrimonio della madre, Harry fu trasferito a Chicago, in un albergo più grande appartenente alla stessa catena. Il lavoro, migliore e pagato di più, comportava però maggiori responsabilità ed Emma non la prese bene. Si sarebbero visti pochissimo, gli aveva fatto notare. Non avrebbe quasi mai smesso di lavorare. Si trasferirono in un appartamento più bello di quello di Miami, ma a Maggie mancava la Florida, mancavano i suoi amici. Ogni giorno. Anche la scuola, a Chicago, era più grande. Tommy ne frequentava una diversa, a pochi isolati di distanza dalla sua, e neanche lui fece salti di gioia per quel cambiamento.

Emma avrebbe voluto trasferirsi in periferia, ma Harry insisteva a voler abitare vicino al posto di lavoro. Nel frattempo, l'albergo aveva offerto anche a lei un posto nel negozietto di souvenir interno e così, di tanto in tanto, Emma sgattaiolava al piano inferiore per una rapida visita al marito. Stavano insieme da due anni ma agli occhi di Maggie sembravano due estranei. Quel paio di volte che si era azzardata a chiedere il motivo di quel matrimonio, Emma le aveva risposto di apprezzare la vita tranquilla e sicura che Harry le offriva. Non desiderava altro. Aveva messo via tutte le foto di Kevin, a eccezione delle due che Maggie teneva in un cassetto della scrivania dove poteva vederle quando lo desiderava. Una, che ritraeva il padre in uniforme di volo, l'aveva regalata a Tommy.

Rispetto al padre, Harry, un cinquantenne che dimostrava più della sua età, sembrava un anziano basso e grassoccio. Kevin invece era alto, slanciato, sempre sorridente. Emma aveva appena compiuto trentanove anni. Ne aveva trentadue quando era morto il primo marito e a trentasette aveva incontrato quello che sarebbe diventato il secondo. Le madri di alcune amiche di Maggie, sue coetanee o un po' più grandi, erano ancora giovani e piene di vita. Emma, al contrario, sembrava un fiore appassito. Quando Maggie ripensava a com'erano stati i suoi, genitori provava dispiacere nel vedere la madre ridotta in quel modo, spenta. Né a lei né a Harry tuttavia sembrava importare. E lui, da marito devoto e responsabile, l'accettava per com'era. Talvolta Emma tirava in ballo la possibilità di ritornare a fare l'infermiera, ma erano trascorsi molti anni da quando aveva cessato di esercitare e i turni erano troppo lunghi.

Il sogno di Maggie, terminate le scuole superiori, era di ritornare in Florida. Sentiva nostalgia di quel clima caldo e degli amici. Trasferirsi in un'altra città da civile non era come farlo in una base militare dell'Air Force, dove ci si sentiva sempre i benvenuti. Vivere da civili, non era semplice. Dovevi cavartela da solo, darti da fare per incontrare nuovi amici a scuola. E la maggior parte delle ragazze era maligna.

Nella nuova scuola di Chicago dove Maggie, ormai diciassettenne, frequentava l'ultimo anno di liceo, mangiava sempre da sola in mensa. Non era riuscita a entrare nel gruppetto delle studentesse più popolari e non voleva neanche farlo. Era invisibile anche agli occhi dei ragazzi, sebbene non le importasse granché. I voti erano buoni, ma la nuova scuola non le piaceva proprio. Conosceva a malapena gli insegnanti e questi non si davano neanche la pena di approfondire i rapporti. Quando si fosse diplomata, e dopo aver scelto l'indirizzo di studio, avrebbe frequentato un college statale. La madre le aveva trovato un lavoretto estivo come cameriera in albergo. Maggie odiava quella prospettiva, ma non aveva idea di che cos'altro avrebbe potuto fare. In realtà, non era neanche certa di voler frequentare l'università, ma sapeva di non poter tradire le aspettative che suo padre Kevin aveva su di lei, come seguitava a ripeterle Emma.

Un giorno, uscita da scuola, qualcuno le sfrecciò davanti. Lo spostamento d'aria le accarezzò il viso. Maggie sarebbe caduta se fosse stata toccata, ma lo sconosciuto era stato attento a evitarla. Era accaduto tutto così in fretta che sull'istante non avrebbe saputo dire chi o che cosa fosse stato. Si voltò e solo allora si accorse del ragazzo sullo skateboard che andava a tutta velocità e che si voltò a salutarla. Da anni non vedeva un sorriso così abbagliante, le ricordava quello del padre. Alto come Kevin, il giovane aveva i capelli color sabbia e forse anche gli occhi azzurri... almeno così le era parso che fossero quando l'aveva guardata. Sulla testa portava un berretto di lana per proteggersi dal freddo autunnale. Avrebbe voluto gridargli di fare più attenzione, ma non ne ebbe il tempo. Ancora sorridente, lui svoltò dietro un angolo e scomparve. Superato lo spavento, Maggie si affrettò alla fermata dell'autobus dove l'attendeva il fratello per rincasare e dimenticò il tizio sullo skateboard. Lo rivide qualche giorno dopo, mentre andava a scuola. Il ragazzo scese dalla tavola, la infilò sotto il braccio e l'affiancò.

«Non dovresti andare con lo skate sul marciapiede», lo rimproverò.

«L'ho fatto perché volevo salutarti», rispose lui con un enorme sorriso che gli illuminò il volto e gli occhi. Sì, erano azzurri e intorno a lui aleggiava un'aura d'infantile innocenza.

«Mi hai fatto quasi cadere.» Maggie si accigliò. Non sapeva che altro dire. Non era mai stata con un ragazzo, finora. Quelle della sua classe erano più smaliziate. Al loro confronto lei era un'anima pura, una che a diciassette anni era stata baciata solo una volta da un unico ragazzo, ubriaco fradicio, al ballo della scuola e dal quale era corsa via immediatamente, terrorizzata.

«Non è vero», rispose l'altro deciso. «Non lo avrei mai fatto. È un po' che ti tengo d'occhio. Sei nuova a scuola?» Era curioso e sembrava sicuro di sé. Maggie aveva le mani sudate mentre gli parlava cercando di fare l'indifferente.

«Sono qui dall'anno scorso. Ci siamo trasferiti qui in aprile da Miami.»

Il ragazzo fischiò. «Wow! Un gran cambiamento! Se non altro per il clima.»

«E anche per la scuola», ammise lei.

Lui aveva notato che stava sempre in disparte, lontano dalle altre ragazze. La scuola era grande, non era semplice farsi nuovi amici.

«Perché Chicago?»

«Il mio patrigno ha ricevuto un'offerta di lavoro ed eccoci qui.»

«Pure i miei sono divorziati», replicò lui mostrandosi addolorato. «Talvolta fa davvero male, no?»

«Mio padre è morto otto anni fa. Mamma si è risposata quando ne avevo quindici.» La voce di Maggie era poco più di un sussurro.

«Oh, mi spiace. È dura! Un tumore?» si azzardò a chiedere il ragazzo.

«Era un pilota collaudatore dell'Air Force», rispose lei con orgoglio. «E ha combattuto in Vietnam. È precipitato per un guasto meccanico. Era bello, quando c'era lui. Ci muovevamo di continuo. Adesso che sono una civile è tutto diverso. Niente più divertimento.» Maggie lo guardò negli occhi mentre il ragazzo le aprì la porta dell'istituto. Anche lui frequentava l'ultimo anno. Gli studenti erano così numerosi che fare amicizia era difficilissimo e se poi ci si metteva anche la timidezza, come nel caso di Maggie, diventava quasi impossibile! Aveva cambiato spesso scuola, ma non si era ancora abituata. Essere nuova ogni volta era difficile. I figli dei civili erano più spocchiosi di quelli dei militari, specialmente le ragazze. Nelle basi militari, lo status dei ragazzi dipendeva dal grado del genitore. Qui invece si tenevano in considerazione un sacco di altre cose: il quartiere di residenza, gli abiti, l'auto di famiglia, il lavoro dei genitori. E lei non possedeva nessuno di quegli status symbol di cui le altre ragazze si vantavano e che avrebbe potuto attirare la loro attenzione, così non ci provava neanche.

«Figo tuo papà! Voglio imparare a pilotare un deltaplano, quando avrò finito la scuola», disse lui con un sorrisetto.

«Ami il volo?» Gli occhi di Maggie scintillarono. Finalmente un argomento familiare.

«Amo un sacco di cose e voglio gareggiare con le moto. Ho un amico che nei fine settimana mi fa usare la sua.»

«È pericoloso», commentò lei.

«Come tutte le cose degne di essere sperimentate. Voglio anche lanciarmi da un aeroplano con il paracadute e vedere che cosa si prova», aggiunse lui, sorridendole. «Oh!» esclamò dispiaciuto. «Tra cinque minuti ho lezione. Economia. La odio.»

«A chi lo dici», ridacchiò Maggie. «Le mie materie preferite sono storia e spagnolo.»

«Io detesto la scuola», le rispose. Chissà, forse anche lei, negli ultimi tempi, non l'apprezzava più come prima. A Miami l'istituto era più piccolo e facile da praticare; aveva imparato lo spagnolo dai compagni di classe ispano-americani. Qui nessuno lo parlava. «Be', ci vediamo in giro.» Il ragazzo si fermò davanti al suo armadietto e vi mise dentro lo skateboard mentre Maggie proseguì verso il proprio, dalla parte opposta dell'atrio. Scambiare quattro chiacchiere con lui era stato piacevole.

Non s'incontrarono più per diversi giorni, fino a quando non fu lui ad avvicinarsi un venerdì, all'uscita dalla scuola.

Maggie andava di fretta. Temeva di arrivare in ritardo alla fermata dell'autobus dove l'aspettava Tommy.

«Vuoi vedermi correre, domani?» le chiese. «Il mio amico mi presta la moto per partecipare a una competizione. Ho appena compiuto diciotto anni e ho preso la patente.» Maggie rifletté qualche istante sulla proposta e decise di accettarla. Le pareva interessante. Come l'avrebbe presa, però, la madre? Probabilmente le avrebbe risposto di no. Meglio tenere la questione per sé. Non doveva mica dirle tutto, giusto? Avrebbe trovato qualcuno al quale affidare il fratello. L'indomani era sabato e la madre lavorava nel negozio di souvenir dell'albergo, e da poco era stata promossa responsabile.

«Devo badare a mio fratello. Se troverò qualcuno che mi sostituisca, verrò. Dove sarebbe?» Lui glielo disse. Una vecchia pista lontana da casa sua, raggiungibile solo con un lungo viaggio in autobus. Ormai però Maggie era intrigata da quel ragazzo. Che, adesso che ci pensava, non si era neanche presentato.

«Porta tuo fratello con te. Quanti anni ha?»

«Dodici. Vorrei evitare che lo spifferasse a mia madre, ma penso che gli piacerebbe anche vedere la gara.»

«Be', vieni con lui, se ti va.»

«Hai fratelli e sorelle?»

Il ragazzo scrollò la testa. «Avevo due anni quando i miei hanno divorziato. Ancora adesso, tutte le volte che si vedono, litigano. Vivo con mia mamma. Papà lavora sulle navi ed è sempre in viaggio. Non lo vedo spesso.» Maggie annuì. Avevano avuto entrambi i loro dispiaceri. «A proposito, come ti chiami?» le chiese.

«Maggie Kelly.»

«Paul Gilmore.» Si scambiarono un sorriso.

«Vedrò di fare il possibile per la tua gara», gli promise lei, ancora incerta, prima di correre dal fratello.

La fortuna fu dalla sua. Tommy le disse di essere stato invitato a casa di un amico per un barbecue l'indomani e che si sarebbe fermato a dormire da lui. Tommy aveva meno difficoltà a fare conoscenze, forse perché aveva solo dodici anni e perché per i maschi era meno complicato che per le femmine dell'età di Maggie. Molte avevano già il ragazzo o si muovevano in gruppo, una mentalità che lei non possedeva. Non voleva mettersi in mostra e non conosceva il gioco della seduzione con l'altro sesso. A Paul piaceva proprio per com'era, una persona semplice, con cui parlare senza inibizioni. Ed era anche carina, seppur totalmente naturale. Lucenti capelli scuri, occhi verdi, mai un'ombra di trucco, alta, snella e con un bel fisico. Paul aveva la sensazione che Maggie non fosse consapevole della propria avvenenza.

Così, l'indomani, dopo aver accompagnato il fratello dall'amico, Maggie prese l'autobus diretta verso il circuito motociclistico. Il tempo era gelido e dovette proseguire a piedi per almeno un paio di isolati. Aveva viso e mani ghiacciati quando finalmente giunse a destinazione. Alla gara assisteva una piccola folla, principalmente maschile, seduta sulle gradinate. Arrivò giusto in tempo per assistere al piazzamento al terzo posto di Paul fra una dozzina di concorrenti, tutti più grandi di lui. Per la maggior parte cavalcavano rombanti motociclette modificate. Quando Paul tagliò il traguardo, aveva un brutto taglio su un braccio e dei graffi sulla faccia. Maggie lo aiutò a pulire il sangue e disinfettare la ferita alla quale lui sembrava non dare affatto peso, raggiante com'era per aver conquistato il terzo gradino sul podio. Tra pacche sulle spalle e complimenti, qualcuno gli passò una birra. Era così emozionato da non sentire neanche dolore per i tagli sul volto. Finiti i festeggiamenti, Paul le offrì un passaggio in moto fino a casa sua, non molto distante dalla pista.

Per Maggie fu uno choc vedere il quartiere misero dove viveva e la baracca dove posteggiò il mezzo dell'amico per poi proseguire a piedi verso la sua abitazione, poco più che un cottage. All'interno l'aria odorava di cibo rancido e tutto era grigio e trascurato. Paul, non aveva mai portato nessuno che a casa sua, la guardò per giudicarne la reazione, ma lei non fece una piega. Era più interessata all'amico che al posto in cui viveva.

«Come va la faccia?» gli chiese.

«Benissimo!» Era un disastro, sporco dalla testa ai piedi e con lo strappo sulla giacca e il taglio sul braccio. «È il mio tempo migliore!»

«Davvero vuoi continuare con il motociclismo, quando finirai gli studi?» Lui annuì con entusiasmo. La luce che Maggie vide nei suoi occhi le ricordò quella del padre quando parlava dei suoi aerei.

«Sì. Voglio eccellere in qualcosa, quando sarò più grande. Nelle corse. Adoro le moto.» Erano la sua passione e si vedeva benissimo. Paul le versò una bibita che prese dal frigo quasi vuoto e sedettero su un vecchio divano sfondato a chiacchierare un po' prima che per lei si fosse fatta l'ora di andare. Il tragitto verso casa era lungo e voleva arrivare prima che la madre rientrasse dal lavoro.

Meglio non dirle dov'era stata. «Ti andrebbe di andare al cinema, domani?» chiese Paul.

Lei annuì lentamente e sorrise timida. «Mi piacerebbe.»

Si avviarono insieme alla fermata dell'autobus e Maggie non fece che pensare a lui per il resto del pomeriggio e anche tutta la notte. Non raccontò niente alla madre e, l'indomani, rivide Paul in un multisala. Lui arrivò in moto, la portò a fare un giro al termine della proiezione e le diede uno strappo fino a casa, lasciandola a qualche isolato di distanza. La madre l'avrebbe uccisa se l'avesse vista! Le motociclette o qualunque altra cosa potesse rappresentare un pericolo erano severamente proibite. Emma temeva che lei o Tommy potessero diventare come il padre e vietava al figlio di praticare sport, mentre lui ardeva dal desiderio di giocare a football quando, fra due anni, sarebbe andato al liceo. Aveva il fisico adatto, nonché la forza e l'agilità ereditate dal padre.

Maggie adorava sedere sul retro del sellino abbracciata a Paul. Lo trovava eccitante, ma se Emma lo avesse saputo, avrebbe dato i numeri.

«Vuole saperci al sicuro, evitare che facciamo cose pericolose. Da quando mio padre è morto, questo è un punto dolente per lei.»

«Allora non le piacerò di sicuro, giusto?»

«Non portare la moto, se mai venissi a trovarmi.»

Maggie non disse a sua madre nulla di Paul fin dopo Natale, quando ne parlò casualmente come di un compagno di scuola. Lo invitò a cena, e lui si presentò con un paio di jeans, un vecchio giubbotto di pelle e le sneakers. Pur essendo un bel ragazzo, occhi azzurri, capelli biondi, molto educato, Emma lo guardò sospettosa. Mostrava troppa fiducia nelle sue capacità, una fiducia a lei sin troppo familiare e che non desiderava vedere mai più, soprattutto non accanto ai propri figli. La maturità di Paul, spavaldo come chi aveva un passato difficile alle spalle, la terrorizzava.

L'appartamento di Maggie era parso al ragazzo molto più carino del misero cottage dove viveva, con le finestre che non si chiudevano bene e gli spifferi che fischiavano in tutta la casa. «Un giorno sarò ricco», le disse durante una passeggiata intorno al lago.

Lei sorrise. «E come ci riuscirai? Con una rapina in banca?»

«Ancora non lo so. Ma sono certo che accadrà. E allora comprerò una casa decente per mia madre.» Gli occhi di Paul erano sognanti e il modo in cui parlò toccò le corde del cuore di Maggie.

«Personalmente non so ancora che cosa farò da grande», disse lei. «Per mia madre ciò che conta di più è avere una vita stabile e sicura. Non fa che ripetermelo.» E Dio solo sapeva quanto fosse stufa di sentirselo dire.

«A me invece non importa. Voglio fare qualcosa di eccitante. Scalare montagne, gareggiare con le moto, lanciarmi col paracadute», rispose lui, lo sguardo brillante come se riuscisse a vedersi dar vita ai propri desideri.

«Io ho paura persino delle montagne russe! Morirei se mi lanciassi da un aereo col paracadute.» Maggie fece una smorfia.

«Io invece darei tutto perché accadesse», replicò Paul.

Il loro amore durò fino in primavera. Era stata la prima cotta vera di Maggie, ma poi la madre aveva cominciato a impuntarsi. Tutto era precipitato quando Paul si era lasciato sfuggire di volersi dedicare al motociclismo da competizione dopo il diploma. Andato via il ragazzo, Emma era entrata nella stanza della figlia con l'aria cupa.

«Stai giocando col fuoco», disse, gli occhi duri come l'acciaio. «Ti rendi conto? Quel tipo adora il pericolo! Ha un'anima selvaggia. Ce l'ha scritto in fronte. Per quelli come lui l'azzardo è una droga. Assomiglia a tuo padre, e alla fine farà soltanto una cosa per te: ti spezzerà il cuore. Prima o poi morirà e ti ritroverai vedova. Esigo che tu smetta di vederlo immediatamente.» Per Maggie fu come sentire suonare le campane a morto. Paul era il suo unico amico.

«Mamma, non stiamo per sposarci. Siamo ancora dei ragazzini!»

«Non lui. È un giovane uomo, ed è pericoloso. Potresti morire, se fossi così pazza da andarci insieme in moto. Non permetterò che accada, non di nuovo. Abbiamo perso tuo padre, e farò di tutto per non perdere te o tuo fratello. Paul è un pericolo di morte ambulante. Hai visto come gli s'illuminano gli occhi quando parla delle gare?»

«È giovane. Gli passerà.» Maggie stava lottando per il diritto di vederlo. Non voleva rinunciare a lui.

«I ragazzi come quelli non cambiano. Non gli passerà. La loro priorità è il rischio. L'ultima volta che è stato qui ha detto di voler scalare l'Everest. Devi stargli lontana!» concluse Emma con le lacrime agli occhi. Tommy, che aveva ascoltato la conversazione dalla stanza accanto, andò dalla sorella per parlarne.

«Lo lascerai davvero?»

«Non sono affari tuoi!» gli rispose a brutto muso. Da quel momento in poi, Maggie non parlo più di Paul a casa e seguitò a incontrarlo in segreto. Più di una volta fu sul punto di farci l'amore, ma si trattenne per paura di restare incinta e perché non si sentiva ancora pronta. A dispetto dei tentativi di lui, rimase vergine fino al diploma. Aveva tanti progetti in testa: era stata accettata in tutti i college ai quali aveva inviato la candidatura e alla fine aveva scelto l'Ohio State. Paul si era preso un semestre sabbatico prima di riflettere sul proseguimento degli studi. Nel frattempo, aveva deciso di andare nel sud della California per gareggiare con la moto e incontrarsi con il padre, se la sua nave fosse giunta in porto mentre era lì. Il suo obiettivo principale, però, erano le gare. Sarebbe partito due settimane dopo il diploma, mentre Maggie si era trovata un altro lavoretto estivo in albergo fino a quando non sarebbe partita per l'Ohio, ad agosto.

Paul decise che una volta in California, ci sarebbe rimasto. Avrebbe potuto proseguire gli studi in un qualunque college dello Stato. Com'era naturale che fosse, e come sapevano che sarebbe accaduto, le loro strade si divisero. Maggie lo amava, ma, più di ogni cosa, Paul era il suo miglior amico. Poteva confidargli tutto. Conosceva ogni minimo particolare di lei, le sue speranze, i suoi timori, quanto le mancasse il padre. Talvolta il pensiero di quel distacco la sferzava come un'onda di marea e si chiedeva come la madre potesse essersi innamorata di uno come Harry dopo aver vissuto accanto a Kevin. La perdita del primo marito, però, era stata per Emma un trauma che l'aveva resa timorosa e impaurita dalla vita. Al rientro dal lavoro, la sera, Harry era talmente sfinito da non volere neanche uscire, proprio come lei. Era difficile credere che Emma avesse appena quarant'anni anni mentre agli occhi della figlia sembrava averne il doppio. Come Harry. Tv e birra: era questa la loro vita. Non erano degli ubriaconi, ma era più che evidente che la madre soffrisse, da anni, di depressione. Maggie non era neanche certa che Emma fosse innamorata del marito, l'uomo più insipido della terra. Ma offriva sicurezza e lei non voleva nient'altro.

«Quando ci rivedremo?» chiese Maggie a Paul mentre i giorni passavano veloci. Presto sarebbe partito. La sua era una natura indomabile. E, con tutta evidenza, avrebbe vissuto sull'orlo del rasoio per sempre. Forse la madre aveva avuto ragione su questo.

«Non lo so, Mag», rispose lui, triste. «Mi mancherai.» Oh, sì, gli sarebbe mancata, ma non abbastanza da rimanere o da tornare da lei. Aveva fame di vita, era curioso di scoprire i rischi che avrebbe potuto affrontare e le meraviglie che avrebbe scoperto. Al contrario di Maggie, che non aveva la stessa sete di avventure.

Lui tentò di convincerla ancora a far l'amore, ma lei resistette. Non voleva perdere la verginità con un ragazzo che forse non avrebbe rivisto mai più. La sua sensibilità non glielo permetteva. «Fa' attenzione», gli raccomandò invece quella sera.

La loro ultima notte insieme fu dolce e amara per entrambi. Maggie aveva detto alla madre che sarebbe rimasta da un'amica, invece dormì in un motel con lui, pagando ciascuno la propria metà. Il mattino seguente, Paul montò sulla motocicletta prestata dall'amico. Si voltò a sorriderle un'ultima volta, con il sole che gli incendiava d'oro i capelli. Poi, dopo aver salutato con la mano, sparì dietro un angolo e Maggie tornò a casa con il cuore a pezzi. Dove sarebbe andato? Quali sfide avrebbe affrontato? Quali montagne avrebbe scalato?

Quel giorno stesso, Paul acquistò una moto con i suoi risparmi e, dopo un'ultima chiamata a Maggie, si mise in viaggio per la California. Con molta probabilità le loro strade non si sarebbero più incontrate. Maggie però non lo avrebbe dimenticato mai. Paul sarebbe sempre stato il primo amore.

2

MAGGIE si trovò molto bene all'Ohio State. Grazie al tempo trascorso con Paul, l'autostima e il senso di sicurezza erano cresciuti per tutte le volte che lui aveva lodato la sua intelligenza e il suo essere diversa dalle altre. Sì, Paul l'aveva fatta sentire speciale. Scelse di seguire un corso di storia dell'arte e design, e uno più pratico di business management, che un giorno le sarebbe potuto tornare utile. Con gli anni, la bambina si era trasformata in una splendida giovane donna dai capelli scuri e il fisico atletico, una ragazza che si divertiva ad assistere alle partite di football dei ragazzi con i quali usciva. Uno, in particolare, al secondo anno, aveva attirato la sua attenzione per il desiderio di arruolarsi nella marina militare e far parte del corpo speciale dei Navy SEAL. Come c'era da aspettarsi, la madre si oppose strenuamente alla relazione quando le parlò di lui. Quel ragazzo, l'ennesimo con il gusto per il rischio, le avrebbe spezzato il cuore. Eppure fu a lui che Maggie decise di concedersi. La storia non durò a lungo e presto si stancarono l'uno dell'altra.

Nel frattempo, era passato un anno dall'ultima volta che Paul aveva dato notizie di sé. All'inizio, le aveva inviato qualche cartolina raccontandole di aver vinto delle gare nella California meridionale e in Messico. Quando si era fatto sentire di nuovo stava cullando l'idea di frequentare il City College di San Diego, senza però esserne ancora sicuro. Erano troppe le cose che voleva fare e che lo attiravano più degli studi. Quando lo sentì la volta successiva, si trovava in Argentina per scalare una montagna. La cartolina seguente arrivò dal Nepal, dove si era avventurato per fare trekking. Viveva con qualche lavoretto qua e là, niente di che, raggranellava qualcosa e poi partiva di nuovo per un'altra avventura. San Diego, naturalmente, era finita nel dimenticatoio. Si sarebbe sistemato mai? Improbabile. Il mondo era troppo grande e zeppo di meravigliose imprese che eccitavano la sua fantasia. Paul era animato da una sete inestinguibile d'avventura, qualcosa che lei non aveva mai provato. E non per paura, come sua madre, ma perché non desiderava girovagare per il mondo in cerca di montagne da scalare e sfide da vincere.

Terminati gli studi al college, Maggie tornò a Chicago. Tommy, ormai all'ultimo anno di liceo, dopo il diploma, al compimento del diciottesimo anno di età, spezzò il cuore della madre entrando in marina, dove voleva studiare per diventare ingegnere aeronautico e pilota. Concluso il corso di addestramento per ufficiali, l'estate seguente alla laurea, accettò di arruolarsi sottoscrivendo una ferma dai tre ai cinque anni. Pilotava aerei da guerra e ogni volta che incontrava la sorella gli si leggeva in faccia quanto quella carriera lo entusiasmasse. La passione del padre era passata al figlio. Dopo gli anni in marina, Tommy progettava di farsi assumere da una compagnia come la Boeing dove avrebbe avuto occasione di trovare un posto migliore. La strada della sua carriera era tracciata.

Nel frattempo, anche Maggie aveva trovato un buon lavoro, nell'amministrazione di un network tv. Guadagnava discretamente e aveva un appartamentino a Chicago. La madre e il secondo marito si erano trasferiti in periferia. Harry, sessantunenne, sarebbe andato in pensione nel giro di quattro anni e avrebbe trascorso il resto della vita a giocare a golf, guardare la televisione e bere birra in compagnia della moglie. Un'esistenza tranquilla per entrambi, insomma.

Dopo aver scoperto di saperci fare con i numeri, Maggie aveva accantonato i suoi sogni di arte e design e si era dedicata alla nuova passione. Voleva un lavoro solido sul quale contare, non assumersi il rischio di sviluppare un talento che forse non sarebbe riuscita mai a sfruttare davvero. Aveva imparato dalla madre il valore della sicurezza, quanto fosse importante un'esistenza il più possibile al riparo da eventuali scossoni. Si era posta degli obiettivi più alti di quelli della madre, che però era riuscita a convincerla di una cosa: la tranquillità era di vitale importanza per un'esistenza felice.

A ventitré anni, Tommy fu assegnato a una missione in Iraq. La notizia sconvolse la madre che cominciò a vivere in un costante stato d'ansia. La sua agitazione fu tale da spingerla a licenziarsi dall'albergo per restare tutto il giorno incollata davanti alla tv, sul canale della CNN, terrorizzata da quello che i suoi occhi avrebbero potuto vedere. Tommy era in missione da quattro mesi quando il peggiore degli incubi di Emma si avverò: l'aereo del figlio era stato abbattuto ed era esploso in volo durante il bombardamento di un convoglio militare. Il funerale, al quale partecipò inebetita dal dolore, ebbe luogo senza neanche la salma. Per Emma quello fu il colpo fatale. Entrò in chiesa aggrappandosi al marito come se stesse per affogare. Solo col sostegno di Harry e della figlia riuscì ad accompagnare la bara vuota di Tommy e al termine della cerimonia, proprio com'era accaduto con Kevin diciannove anni prima, ricevette dai commilitoni del figlio la bandiera che fino a quel momento aveva avvolto la cassa.

Preoccupata per le condizioni della madre, Maggie lasciò il lavoro per starle accanto e prendersi cura di lei per tre mesi. Dopo quell'incidente però Emma non fu mai più la stessa. Era distratta, persa nei suoi pensieri, timorosa di tutto. Piangeva quando Harry usciva per andare al lavoro e non metteva mai piede fuori di casa se non in qualche rarissima occasione. Le mani cominciarono a tremarle violentemente. Sei mesi dopo le fu diagnosticato il Parkinson e la demenza. Maggie sapeva però che la madre stava morendo spezzata dal dolore. La scomparsa di un'altra fra le persone più care, entrambe sacrificate sull'altare della loro passione per il volo e dell'amore per la patria, le aveva inflitto il colpo di grazia. Anche Maggie, ormai ventottenne quando Tommy morì, non fu più la stessa e comprese meglio gli insegnamenti della madre, l'importanza di una vita stabile, sicura. Mai, mai più avrebbe voluto provare una sensazione tanto straziante. Le sue notti erano tormentate da incubi in cui il padre o il fratello precipitavano con i loro aerei.

Iniziò a cercare un nuovo lavoro quando Harry assunse una badante che potesse prendersi cura di Emma durante il giorno. All'inizio pensò a un posto in un museo o in una galleria d'arte, invece fu assunta come centralinista di uno studio commerciale. Niente di particolare, ma era l'offerta migliore che aveva ricevuto, l'azienda aveva una buona reputazione, lo stipendio era equo e la contabilità di cui doveva occuparsi era poco impegnativa. Col tempo, si ripeteva, avrebbe trovato qualcosa di meglio. Non voleva restare lì a lungo, ma solo iniziare a rimettersi in movimento. Lavorare per quello studio fu un modo soft per riprendere a vivere dopo il trauma. Aveva avuto un'impressione positiva già dal colloquio di presentazione. I referenti erano stati gentili, erano andati dritto al sodo e sembravano persone moralmente integre. Il proprietario dell'azienda era un anziano signore, ma era gestita dal figlio, il trentatreenne Brad Mackenzie, che un giorno avrebbe ereditato l'attività. L'atmosfera si era rivelata sin da subito cordiale e amichevole e anche molto empatica, dopo che i Mackenzie avevano saputo non soltanto della perdita recentemente subita da Maggie ma anche quanto si fosse prodigata per la madre.

Due mesi dopo, Brad le chiese di uscire, ma lei esitò. Non credeva che fosse una buona idea impegnarsi con il figlio del capo. Se la storia non fosse andata bene, sarebbe stata licenziata o avrebbe dovuto dimettersi. I rischi erano troppo alti. Lui, però, fu così cortese e insistente che alla fine cedette e iniziarono a frequentarsi. Emma, nonostante il pessimo stato di salute, riuscì a dirle che secondo lei Brad era il partito ideale. Aveva una solida famiglia alle spalle ed era figlio unico. Aveva frequentato la Northwestern, giocato a football al college, adorava il baseball, si era iscritto alla Stanford Business School ottenendo un master in economia, era tornato a casa per gestire la società di famiglia, adorava il suo lavoro e s'intendeva a meraviglia con il padre dal quale, come le ripeteva sempre, aveva imparato tantissime cose. Per farla breve, era un uomo affidabile sotto tutti i punti di vista.

Dopo un anno di frequentazione, Brad le aveva chiesto di sposarlo e si erano fidanzati. Non vi era alcun motivo per dirgli di no. Era il genere di marito che qualunque genitore avrebbe voluto per la figlia. Non aveva uno spirito particolarmente avventuroso, certo, ma era una persona sulla quale si poteva contare. E Maggie lo amava di un sentimento pacato, dolce. Il loro non era un amore selvaggio, appassionato, ma era facile per lei immaginarsi a invecchiare al suo fianco. La loro sarebbe stata una vita tranquilla, senza scossoni, prevedibile e solida. Avendo perso un padre e un fratello e con una madre che stava lentamente scivolando via, Brad era la roccia alla quale si sarebbe potuta aggrappare, un aspetto per lei molto importante. La sua famiglia non esisteva più.

A ventinove anni, Maggie si sposò, si trasferì in una casa di proprietà a Lake Forest e rimase quasi subito incinta. Aden, uno splendido bambino bello come quelli degli spot pubblicitari, completò il quadro della perfetta giovane famiglia americana. Poco dopo la nascita del nipotino, Emma morì, e cessò di patire le sofferenze che la tormentavano da una vita. Maggie era contenta che fosse riuscita a vedere il piccolo, sebbene lo avesse scambiato per Tommy e la sua mente ormai fosse completamente annebbiata. Annientata dai duri colpi della vita, più nulla era rimasto della donna che era prima della perdita di Kevin, quando Maggie era solo una bambina.

Alla nascita di Aden, Maggie smise di lavorare a tempo pieno per il marito, aiutandolo solo due giorni a settimana quando il piccolo cominciò a frequentare l'asilo. Era piacevole stare in ufficio con lui che, nel frattempo, aveva ereditato e modernizzato l'azienda.

Lui e la moglie erano più felici di quanto Maggie non avrebbe osato immaginare, lei che aveva sempre pensato di sposare un uomo come il padre, bello, disinvolto, avventuroso e audace. Brad era piuttosto attraente, ma non possedeva neanche un briciolo della temerarietà di Kevin e di Tommy. Era il marito che faceva per lei: un uomo che non l'avrebbe mai sorpresa o spaventata con chissà quale intrepida impresa. Maggie preferiva una vita tranquilla e amava pensare che la sua esistenza avrebbe continuato su quella strada per sempre. Ne aveva bisogno, ora più che mai. Brad e Aden erano tutto quello che aveva.

Purtroppo il figlio aveva ereditato il sangue dei Kelly e nonostante Maggie predicasse, come la madre, il valore della stabilità e l'importanza del condurre una vita tranquilla, il rischio per lui era una cosa naturale. A cinque anni si era arrampicato per la prima volta su un albero e la madre aveva dovuto chiamare i vigili del fuoco per riportarlo giù. Al parco giochi della scuola si era spinto troppo in alto sulla struttura per arrampicarsi e cadendo si era fratturato un braccio. Dai tredici ai quattordici anni si era appassionato alle gare di sci, a quindici aveva subito un trauma cranico in seguito a una caduta da cavallo e voleva rimontare in sella come se niente fosse. Maggie tentava in tutti i modi di domarlo. Aden desiderava provare qualunque sport rischioso, adorava sfrecciare con lo skateboard nei parchi e imparava i trucchi più terrificanti dai professionisti del settore. Per un certo periodo, alle scuole superiori, si era dedicato al lacrosse, uno sport violento, per poi passare all'hockey su ghiaccio, ancora più brutale.

Era un ottimo atleta predisposto allo sport per natura, e mentre la madre faceva il possibile per scoraggiarlo, Brad non pareva preoccuparsi più di tanto e minimizzava con frasi tipo «è solo un ragazzo». Lei però aveva visto con i propri occhi quali potevano essere le conseguenze di un comportamento avventato e tentava di tenere le briglie più corte possibile per evitare danni maggiori.

Al primo anno di liceo, Aden si unì alla squadra di hockey su ghiaccio diventandone il giocatore migliore e all'ultimo presentò la propria candidatura per una borsa di studio al college in ambito sportivo, decisione che limitò la scelta a due scuole nel Nordest o nel Midwest.

«Non potrebbe fare qualcosa di più semplice, come per esempio giocare a tennis?» aveva chiesto una volta Maggie al marito, in tono sfiduciato. Quando lo vedeva esibirsi nei suoi trucchetti sullo skateboard, si ricordava di Paul Gilmore. Non ne aveva notizie da trent'anni, ma in un passato non troppo lontano, aveva sentito che era diventato una leggenda della Formula Uno, e chissà perché non se n'era stupita. Grazie al cielo, Aden non aveva la passione per le corse automobilistiche o il volo. Tutto il resto però per lui era un campo di prova e per la madre fonte di costanti preoccupazioni.

Agli inizi del matrimonio, lei e Brad avevano parlato della possibilità di mettere in cantiere un secondo figlio, ma alla fine avevano deciso che uno bastava. Aden era perfetto. Maggie non desiderava correre il rischio che qualcosa andasse storto con il secondo, mentre Brad voleva garantire al figlio una buona istruzione e un solido punto di partenza nella sua esistenza. La famiglia non aveva un tenore di vita sfarzoso, ma non mancava di nulla. Maggie era sempre molto attenta all'economia domestica, e giacché non portava soldi a casa, non si era mai data a spese stravaganti. Avevano più del necessario e non desideravano altro. Si sarebbero potuti permettere una casa più grande, ma adoravano quella piccola e semplice nella quale avevano cominciato a muovere i primi passi come coppia. Non erano persone avide, si accontentavano sempre e comunque di ciò che avevano, sostenuti dal carattere tradizionalista di Brad e dal suo comportamento finanziariamente responsabile.

Mancavano due settimane alle feste di Natale e Aden si apprestava a inviare le proprie candidature ai vari college, quando Brad, che viaggiava volentieri solo per lavoro, sorprese la moglie offrendole un breve soggiorno a New York dove avrebbe dovuto partecipare a una convention di lavoro di tre giorni. Perché non accompagnarlo? La prospettiva di un po' di shopping natalizio nella metropoli era allettante e Maggie adorava spostarsi in compagnia del marito, sebbene non lo facesse spesso per evitare di lasciare Aden da solo. Decise di chiedere a una delle madri dei compagni di squadra del figlio se poteva stare da loro per quei giorni, e ricevuta risposta positiva si tranquillizzò. Non le piaceva l'idea di lasciare da solo a casa un diciassettenne, che seppur bravo, non era un santo. Tutti sapevano che cosa poteva combinare un adolescente con gli amici quando i genitori erano fuori città!

Arrivò la vigilia della partenza e l'umore di Maggie era alle stelle all'idea di un soggiorno in albergo con il marito. La loro vita ruotava intorno al figlio e allo studio commerciale di Brad. Di rado si concedevano una parentesi personale. Si erano ripromessi di fare una vacanza romantica per quando, in autunno, Aden sarebbe partito per il college. Magari addirittura alle Hawaii. La vita di coppia andava proprio come Maggie aveva desiderato dopo la morte del fratello, quando non era più stata la stessa. Nessuno, continuava a ripetersi, era al sicuro dalle decisioni del destino. E lei era l'antitesi della persona avventurosa, voleva giocare su un terreno solido, soprattutto quando di mezzo c'era il figlio. Aveva visto la reazione della madre alla morte di Tommy. Era precipitata in un abisso più profondo di quello nel quale era caduta dopo la scomparsa del primo marito.

Rimasto vedovo, Harry, ora ottantenne, aveva sposato una simpatica collega di lavoro e di tanto in tanto andava a trovare Maggie. Dopo la pensione, però, si era ritirato in Florida e pian piano i suoi ritmi stavano rallentando e le visite a Chicago si facevano sempre più rare. Tra lui e Maggie non c'era mai stata una vera vicinanza e il suo matrimonio con Emma era stato un capitolo della sua esistenza che si era chiuso tristemente.

Quella mattina Aden era andato a scuola con un passaggio, e per Brad e Maggie fu come partire per una piccola luna di miele quando salirono in auto per raggiungere l'aeroporto, chiacchierando dei loro programmi nella Grande Mela. Avrebbero alloggiato in un albergo scelto di comune accordo e Brad aveva proposto di provare un nuovo ristorante.

Decollarono in leggero ritardo, il volo fu più turbolento del consueto e incontrarono una pesante nevicata a mezz'ora da New York. Brad guardò fuori dal finestrino. Si chiese se avrebbero avuto problemi all'atterraggio, sperando di non essere dirottati su un altro aeroporto. Aveva appena formulato il pensiero che il capitano annunciò la richiesta della torre di controllo di rimanere in volo sopra il LaGuardia per un po'. Una ventina di minuti dopo, ai passeggeri fu riferito che l'aereo sarebbe atterrato a Newark. Nell'ultima mezz'ora la tempesta di neve era peggiorata e mentre si dirigevano nel New Jersey, incapparono in una turbolenza ancora più violenta. L'aereo cominciò a perdere quota, i passeggeri sentirono scendere il carrello d'atterraggio. Il velivolo iniziò a beccheggiare e rollare. Terrorizzata, Maggie si aggrappò alla mano del marito. Stavano sorvolando il fiume Hudson, con i grattacieli di New York da un lato e il New Jersey dall'altro, quando l'aereo iniziò una discesa in picchiata. Maggie, sempre più impaurita, osservava il fiume farsi sempre più vicino. Guardò il marito mentre un assistente di volo annunciò ai passeggeri di assumere la posizione di emergenza spiegando come eseguirla. La neve vorticava forte, l'aereo stava precipitando rapidamente e tra i passeggeri cominciò a serpeggiare il panico.

«Brad...» Maggie evitò di dire a che cosa stava pensando.

«Andrà tutto bene... è solo una tempesta di neve.» Le strinse la mano, le sorrise e si prepararono al peggio. Maggie sentiva la gente urlare come in lontananza. Stava per dire qualcosa a Brad, quando si schiantarono sulla superficie del fiume. Un immenso spruzzo d'acqua schizzò attorno al velivolo mentre gli assistenti di volo gridavano di seguire le luci guida del pavimento verso le uscite. Brad aiutò la moglie a indossare il giubbotto di salvataggio e la spinse avanti. Maggie non ebbe neanche il tempo di provare panico mentre i passeggeri si lasciavano cadere fuori, chi gridando, chi piangendo, un fiume ininterrotto di esseri umani che volavano giù, dalle fiancate dell'aereo, sugli scivoli gonfiabili che si staccarono e diventarono gommoni di salvataggio in balia delle ondate gelide che li bagnarono dalla testa ai piedi.

Nel frattempo, le imbarcazioni sul fiume iniziarono a convergere verso il relitto che continuava ad affondare. Maggie, che intanto aveva mollato la mano del marito, vide una donna cadere nell'acqua e andare giù per il peso dei vestiti invernali. Si girò verso Brad. Dov'era? Eccolo, era lì, nell'acqua, che in preda al panico tentava disperatamente di aggrapparsi allo scivolo trasformatosi in gommone. Un istante dopo sparì sotto il pelo dell'acqua. Maggie si sporse cercando di afferrarlo, ma il gonfiabile si spostò. Gridò in cerca di qualcuno che potesse aiutarlo, ma Brad, ormai, era definitivamente sparito trascinato dalle onde e dalle correnti. Maggie gridò di nuovo, indicò il punto in cui era sprofondato. Qualcuno, su un altro gonfiabile, tentò di afferrarlo. Niente da fare. Non lo vedeva più da nessuna parte, mentre i passeggeri che erano riusciti a salvarsi, fissavano inorriditi le acque scure e gelide.

L'aereo si era svuotato. Alcuni passeggeri erano ancora in acqua. Due membri dell'equipaggio si erano gettati fuori un istante prima che si inabissasse e le imbarcazioni stavano tentando di raggiungerli. Maggie vide una donna in uniforme affondare. Accanto a lei un uomo, il capitano, rimasto fino all'ultimo secondo per accertarsi che a bordo non ci fosse più nessuno. Poi anche lui sparì sul fondo del fiume. Erano morti da eroi mentre gli elicotteri volteggiavano nel cielo sopra il luogo dell'incidente lanciando funi e salvagenti e degli uomini gridavano ai passeggeri mentre cercavano di afferrarli. Potenti fari illuminarono l'area nel disperato tentativo di far continuare la missione di soccorso. Maggie seguitava a scandagliare lo spazio intorno a sé nella speranza che Brad fosse stato issato su un altro galleggiante, ma non riusciva a vederlo. Rimase seduta lì dov'era, tremante per lo choc, mentre la scena intorno a lei sfumava nella confusione della sua mente.

A un tratto sentì delle braccia sollevarla e farle indossare un'imbragatura. Zuppa fino al midollo di acqua gelida, fu improvvisamente tirata su da una fune e caricata su un elicottero. I soccorritori la avvolsero subito in una coperta termica. «Mio marito...» riuscì balbettare a malapena. «È ancora giù... dovete trovarlo...» Tentò di indicare il punto in cui lo aveva visto per l'ultima volta. Sotto i suoi occhi vide un ingorgo di imbarcazioni e gommoni. Sul posto, nel frattempo, era arrivata anche la guardia costiera con i suoi sommozzatori. Sì, lo avrebbero trovato. Ne era certa.

Maggie era sdraiata sul fondo dell'elicottero attorniata dai soccorritori che condussero lei e qualche altro passeggero in un ospedale del New Jersey. Uno di loro, un uomo anziano, morì prima dell'atterraggio. Fortunatamente, Maggie aveva già perso i sensi.

Le ricerche durarono per ore. I sopravvissuti furono settantadue, quarantanove le vittime, incluso il comandante e due membri dell'equipaggio che erano morti nel coraggioso tentativo di salvare i passeggeri.

Aden era a casa dell'amico, incollato al televisore, senza

sapere se i suoi genitori erano vivi o morti. Singhiozzava e guardava inorridito le scene riprese tra la tormenta di neve, con le scialuppe di salvataggio che sobbalzavano sulle acque agitate del fiume. Si era tentato di recuperare più persone possibili, ma molte erano annegate nelle acque gelide.

Tre ore più tardi, dopo essersi sufficientemente ripresa, Maggie chiamò il figlio dandogli la tragica notizia. Il corpo di Brad era stato recuperato. Era morto per annegamento. Lei stessa, al momento del salvataggio, era in stato di grave ipotermia, ma i soccorritori erano riusciti a riscaldarla e a salvarla. Aden stava ancora piangendo quando Maggie riattaccò, incapace di continuare a parlare e scossa da violenti tremiti. Sarebbe voluta tornare subito a casa da lui, ma le ci vollero tre giorni prima di essere dimessa dall'ospedale e riportata a Chicago con un'eliambulanza. Dall'aeroporto, fu portata direttamente a un ospedale della sua città, per proseguire le cure. Aden sarebbe voluto andare ad accoglierla, ma consapevole che per lui l'ambiente ospedaliero sarebbe stato troppo caotico e drammatico, la madre aveva insistito affinché la aspettasse a casa dell'amico.

Quando andò a prenderlo, sembrava un fantasma. In quei tragici momenti, rivisse i peggiori ricordi della sua infanzia con la scomparsa del padre e poi con l'uccisione del fratello in Iraq. E adesso, ecco che la morte l'aveva nuovamente colpita. Un semplice, semplicissimo viaggio a New York si era trasformato in un incubo. Rientrati a casa, fu il silenzio ad accoglierli. L'albero di Natale acquistato per le feste era riposto in garage, accanto alle luci che quell'anno non avrebbero adoperato. Fu Maggie stessa a trascinarlo, spoglio com'era, fino ai bidoni dell'immondizia il giorno di Natale.

I funerali di Brad furono celebrati una settimana prima di Natale. Il corpo fu seppellito nella tomba di famiglia, poco distante da dove si trovava Emma. Ormai non restavano che lei e Aden. Il ragazzo era inconsolabile. L'intera comunità si strinse intorno a loro manifestando il proprio affetto portando cibo e offrendo qualunque cosa potesse aiutarli a riprendersi. Aden e la madre ignorarono le festività e rimasero chiusi in se stessi, nel loro lutto. Se solo Maggie avesse avuto la madre con cui parlare, se solo le avesse potuto insegnare come vivere da vedova! E ora? Che cosa avrebbero fatto ora? si chiedeva rosa dalla colpa di essere sopravvissuta al marito. Mille domande le frullavano per la testa. Perché Brad era caduto? Perché qualcuno non l'aveva tirato fuori dall'acqua? Perché lei era ancora viva? Non aveva nessuno con cui parlare e trascorreva le notti sveglia nel letto, pensando per ore, o camminando per la casa. Non lo aveva neanche visto cadere dal velivolo. Sapeva soltanto che, all'improvviso, lo aveva trovato in acqua. Immaginare la sua esistenza e quella di Aden senza Brad le era impossibile. La vita che fino a qualche settimana prima le era parsa perfetta, adesso era andata in frantumi. La compagnia aerea le aveva offerto un supporto psicologico, per il quale però Maggie non si sentiva ancora pronta.

Nonostante la tragedia, durante le festività natalizie, Maggie aiutò il figlio a inviare le candidature al college, si dedicò a lunghe passeggiate in sua compagnia, invitò da loro qualche amico più intimo del figlio per stargli accanto e invogliarlo a uscire, cosa che una sera fece. Rimasta da sola a casa, Maggie aprì l'armadio del marito, come se si aspettasse di vederlo rientrare e dirle che era stato tutto un errore, che lo avevano ricoverato in un ospedale diverso. Le sembrava impossibile che Brad l'avesse lasciata, come avevano fatto il padre e il fratello prima di lui. Eppure avevano vissuto un'esistenza tranquilla, prudente. Non avevano mai fatto nulla di rischioso, di pericoloso. Lo aveva amato per vent'anni e adesso non c'era più.

La casa le sembrò una tomba quando Aden tornò a scuola. L'amministratore dell'ufficio di Brad la chiamò più volte per parlare con lei, ma per il momento si rifiutava di farlo. Non aveva parole per nessuno. Gli amici e conoscenti le lasciavano ancora dei cestini di viveri davanti alla porta, timorosi di suonare il campanello. Sforzi apprezzati ma inutili. Maggie non mangiava quasi nulla e non riusciva neanche a immaginare di riprendere una vita normale. Tentava di darsi da fare per il bene di Aden, ma in verità le sembrava di essere appesa a un filo.

Aden era riuscito a inviare in tempo le candidature per l'iscrizione al college, sebbene seguitasse a ripetere che ormai non gli importava più nulla. Maggie aveva nove anni quando il padre era venuto a mancare; Aden diciassette, ma per molti punti di vista era ancora un bambino. Sarebbe stata capace di fargli da madre e da padre? Solo respirare le pareva quasi impossibile. Eppure lo stava facendo, lo faceva sebbene non si rendesse conto di come vi riuscisse.

Era seduta in soggiorno, in camicia da notte, a fissare il vuoto, quando una delle madri della squadra di hockey del figlio le mandò un messaggio dicendo che stava passando a trovarla. Qualche minuto dopo, infatti, il campanello d'ingresso suonò. Maggie aprì solo dopo qualche istante di esitazione. L'una di fronte all'altra, le due donne si fissarono. Se fosse dipeso da lei, Maggie avrebbe preferito non parlare con nessuno. Non era amica di Helen Watson, anche se le era sempre stata molto simpatica.

La prima a rompere il silenzio fu Helen. «Che cosa posso fare per aiutarti?» chiese con un filo di voce.

«Niente», rispose Maggie con espressione vacua. Ora sì che capiva meglio come si era sentita la madre dopo la morte del marito. «Nessuno può fare niente.»

«Ti sistemo i letti? Lavo i piatti? Ti cucino la cena?» Maggie sorrise, si fece da parte e la invitò a entrare. Se avesse potuto scegliere non lo avrebbe fatto, ma non era sua intenzione comportarsi con scortesia. Non con Helen.

«Non guardare il casino. Non faccio il bucato o i letti da... da quando è successo.» Non riusciva ancora a dirlo.

«Quando studiavo, guadagnavo qualche soldo come cameriera al *Four Seasons*», rispose l'altra, sorridente. «E non devi darmi neanche la mancia.» Maggie rise per la prima volta da settimane, un suono con cui ormai aveva perso familiarità. Si sentiva persa in un mondo estraneo, come Alice nel paese delle meraviglie caduta nella tana del coniglio. Avere qualcuno accanto le procurò un improvviso senso di sollievo. Si limitò a seguire e a osservare smarrita Helen che, dopo averle preparato una tazza di tè, lavava le stoviglie della colazione di Aden e rassettava la cucina. Aprì il frigo e gettò via la maggior parte delle cibarie ormai andate a male, poi si spostò al piano di sopra per riordinare le stanze da letto. Dietro di lei, Maggie la guardava imbarazzata.

«Mi dispiace davvero che sia tutto così sottosopra... In particolar modo la sottoscritta.»

«Sarebbe strano se non lo fossi», replicò l'altra, con dolcezza. «Ero al college quando mia sorella gemella morì di meningite. Sono stata devastata per mesi. Ce la farai, Maggie. Te lo prometto. Devi soltanto vivere un giorno alla volta, un'ora alla volta, cinque minuti alla volta. Mi spiace moltissimo, davvero.» Maggie annuì e gli occhi le si riempirono di lacrime.

«Non riesco a smettere di pensarci. Se io sono sopravvissuta, perché lui no? Era più robusto e più forte di me ed era una così brava persona!»

«I misteri della vita», commentò Helen con serenità. «Perché mia sorella ha preso la meningite e io no? Le cose succedono e basta. Vedrai che anche Aden si riprenderà. Vi sosterrete a vicenda.» Maggie annuì. Voleva crederle, se non altro per il bene di suo figlio.

«Mio padre è morto quando avevo nove anni e mia madre non si è mai più ripresa davvero da quel lutto. Poi, dopo quasi vent'anni da quella tragedia, mio fratello ha fatto la sua stessa fine. E questo per lei è stato il colpo fatale.» Helen annuì. Nel frattempo, aveva rifatto i letti, raccolto asciugamani e biancheria ed era scesa al piano di sotto, seguita da Maggie un po' più rianimata. L'aspetto della casa era già migliorato.

«Adesso vestiti e usciamo a fare quattro passi, senza meta. Poi faremo un po' di spesa. Non potete certo vivere di tacchino vecchio di una settimana e limoni raggrinziti.» Helen le sorrise e Maggie ricambiò.

«Credo che Aden sia sopravvissuto a cornflakes e pizza surgelata. Non ho mai acceso un fornello, in tutto questo tempo.» Maggie tornò in camera sua al piano di sopra, e una decina di minuti dopo tornò vestita con un paio di jeans, una felpa e con i capelli spazzolati per la prima volta dal giorno del funerale. Aden doveva aver sofferto molto per averla vista in quel modo, pensò sentendosi in colpa. Non voleva trasformarsi come sua madre, spezzata per sempre, devastata dalla tragedia che l'aveva colpita. Doveva dimostrare al figlio che se la sarebbero cavati anche senza il padre.

Uscì per una breve passeggiata con Helen e poi andarono a fare un po' di provviste al supermercato. Maggie avrebbe fatto volentieri a meno di mescolarsi tra la gente, ma non poteva lasciare che il figlio morisse di fame. Dal giorno dell'incidente aveva mangiato pochissimo e aveva perso molto peso. Riempirono il carrello di cibo facile da preparare, e tornarono a casa.

«Grazie, Helen. Non riuscivo a fare nulla.»

«Lo so. È per questo che sono passata da te.» Helen, fisico minuto e capelli biondi, aveva tre figli. Il più grande era compagno di squadra di Aden, il più piccolo aveva sei anni. Il marito era a capo di un'agenzia pubblicitaria di Chicago. Anche loro, come avevano fatto lei e Brad, non si perdevano una partita di hockey del figlio. «Desideri che faccia qualche telefonata al posto tuo?» si offrì l'amica. Maggie scrollò la testa.

«Sono settimane che non controllo i messaggi. Non voglio parlare con nessuno.»

«Darci un'occhiata però potrebbe essere una buona idea», le suggerì l'altra con gentilezza.

Maggie controllò la segreteria del telefono. Trentanove messaggi! Si sentiva esausta già solo al pensiero di ascoltarli. «Lo farò più tardi.» Rimasta da sola, mantenne la promessa fatta a Helen e si sedette in cucina. Nove chiamate erano di Phil Abrams, il manager dell'ufficio di Brad, una dozzina almeno erano di amici di Aden, quattro della compagnia assicurativa e sei di quella aerea. Le restanti erano di amici di Brad e di persone che non si ricordava neanche. Pur non desiderando sentire nessuno, chiamò per primo l'ufficio del marito scusandosi per essersi fatta desiderare. Phil, che da vent'anni lavorava lì, era tenuto in grande considerazione da Brad.

«Posso passare a trovarti, Maggie?»

«Non sto vedendo nessuno, per il momento», rispose lei con un filo di voce.

«Non vorrei sembrarti insistente, ma si tratta di lavoro.» Non poteva dirgli di no, lo doveva al marito, indipendentemente da quanto per lei fosse difficile. Non poteva seppellirsi viva come aveva fatto sua madre. E alla fine, anche Emma era uscita dal guscio e aveva ripreso a lavorare. Non era rimasta nascosta tra le pareti di casa, aveva due figli di cui prendersi cura. E lei aveva Aden e l'ufficio del marito. Si accordarono per un appuntamento il giorno dopo, allo studio. Maggie gli chiese la cortesia di chiamare a nome suo la compagnia assicurativa.

«Non è con me che devono parlare, ma con te. Hanno telefonato almeno una quindicina di volte anche qui. Devi metterti assolutamente in contatto con loro.» Maggie sospirò e promise di farsi sentire. «Ah, ha chiamato anche la compagnia aerea. Ricontattala, Maggie. Fatti forza e prendi in mano il telefono.»

«Sì, lo farò.» Spossata al solo pensiero, ricordò di aver costretto Aden a ritornare a scuola. Adesso era arrivato anche per lei il momento di sforzarsi, di far fronte alle sue responsabilità. «Hai un'idea di che cosa possano volere?»

«Non me lo hanno detto. Probabilmente i loro assicuratori e il loro ufficio legale vorranno parlare con te. In quell'incidente aereo ci sono state parecchie vittime e ci saranno molte cause. Hai intenzione di denunciarli, Maggie? Probabilmente è questo che vogliono sapere.»

«Perché dovrei denunciarli? Brad non tornerà comunque», rispose lei, triste.

«Chiama e vedi che cosa ti dicono», insistette Phil prima di salutarla, ricordandole l'appuntamento per il giorno seguente. Sarebbe stato terribile varcare la soglia dello studio e non trovarci Brad. Si sarebbe trovata di fronte alla terribile realtà. Ma doveva farlo.

Quella sera, quando Aden tornò a casa, la cena era nel forno. Niente avanzi o pizza congelata. Si era sforzata di cucinare il polpettone preferito del figlio accompagnandolo con purè di patate e fagiolini. Aden rimase senza parole.

«Hai cucinato?» le chiese sorpreso.

«Stamattina è passata la mamma di Jimmy Watson e mi ha rimessa in moto.» Commosso e sorridente, il figlio la abbracciò.

«Andrà tutto bene, mamma», la incoraggiò, nello stesso modo in cui aveva avuto l'intenzione di fare lei. «Papà ci mancherà da morire.» Gli occhi di Aden si riempirono di lacrime. «Dobbiamo sforzarci per riprendere in mano le nostre vite proprio come lui avrebbe voluto. Glielo dobbiamo.»

«Ce la faremo, sì.» Dopo un lungo abbraccio sedettero a cenare. Maggie aveva apparecchiato con due tovagliette abbinate, i piatti buoni, le posate del servizio e i tovaglioli di stoffa. Da quel momento in poi tutto sarebbe stato diverso, ne erano consapevoli. Doveva prendersi cura di

Aden. Suo figlio aveva bisogno di lei. Brad se n'era andato. L'aveva lasciata vedova a quarantasette anni. Come ce l'avrebbero fatta a sopravvivere? Ancora non lo sapeva, ma era determinata ad andare avanti. Grazie a Helen Watson si era rimessa in piedi e aveva ripreso a camminare. Mai, non lo avrebbe dimenticato mai. Le sarebbe stata grata per sempre.

Al polpettone seguì un gelato con topping al cioccolato, il preferito di Aden. Anche del marito, ma no, non doveva pensarci adesso. Aveva un figlio da accudire, da sostenere durante l'ultimo anno di liceo, da aiutare con il college, e gli affari di Brad di cui occuparsi. Che le piacesse o no, inoltre, doveva telefonare alla compagnia d'assicurazioni e a quella di volo. Il resto poteva attendere.

3

IL MATTINO seguente alla visita di Helen Watson, Maggie si alzò prima del figlio e andò a svegliarlo. Aden aprì un occhio e la fissò, sorpreso.

«Che ci fai in piedi a quest'ora?» chiese, ancora insonnolito. Per settimane, dalla morte del marito, Maggie aveva vegliato tutta notte, aggirandosi per la casa come un fantasma e addormentandosi solo poco prima che Aden si alzasse per andare a scuola. Da allora, il ragazzo si era preparato la colazione da solo ed era uscito in punta di piedi accompagnato a lezione da una delle mamme dei compagni.

«È ora di tornare ai miei doveri mattutini.» In genere gli preparava una colazione abbondante. Le giornate a scuola erano lunghe e poi c'erano gli allenamenti di hockey. Aden era un ragazzone alto, ben piantato, come il padre, e aveva bisogno di carburare bene. Sorridente, il figlio andò a fare la doccia mentre lei lo attendeva di sotto impegnata a preparargli uova al tegamino e pancetta e una spremuta d'arancia che avrebbe ingurgitato in fretta prima di salutarla. Una ventina di minuti dopo, Aden la raggiunse, i capelli ancora bagnati e felicissimo di vederla in movimento. Maggie pareva sfinita, ma era finalmente riuscita a tornare con i piedi per terra, dopo quasi quattro settimane dalla scioccante perdita di Brad.

Anche Aden era molto dimagrito e sembrava invecchiato all'improvviso. Il trauma subito non era il modo migliore per entrare nell'età adulta e così Buck Williams, il suo allenatore di hockey, preoccupato, lo aveva preso sotto la sua ala. Aveva saputo da Aden che la madre dopo l'incidente soffriva di disturbo da stress post traumatico e voleva aiutarlo a rimettersi in carreggiata, a continuare gli allenamenti e a concentrarsi sugli studi come meglio poteva e nonostante il periodo nero. Chissà se adesso che non c'era più Brad a sostenere la famiglia, sarebbero stati costretti a vendere la casa e a trasferirsi! Tutto era possibile, e la situazione poteva farsi destabilizzante. Non restava che sperare che Aden conquistasse la borsa di studio grazie all'hockey e potesse frequentare un college. Il coach aveva addirittura mandato una nota ai responsabili sportivi di tutti gli istituti presso i quali il ragazzo aveva presentato la sua candidatura, chiedendo di considerarlo con un occhio di riguardo, date le circostanze. Era un ottimo giocatore e avrebbe persino potuto ambire alla National Hockey League dopo gli studi, se avesse voluto. Forse i genitori avevano sperato in qualcosa di diverso, ma adesso era possibile che la situazione cambiasse. A dispetto dei progetti di Brad, Aden odiava l'idea di diventare un commercialista. Aspirava più a una laurea in biologia marina, o a lavorare su un peschereccio in Alaska, o a fare il pilota collaudatore come il nonno, o a condurre un'attività all'aria aperta, qualcosa di eccitante insomma. Aveva addirittura pensato di diventare guida alpina o maestro di sci, carriere che i genitori avrebbero sicuramente bocciato. Il suo era un futuro tracciato sin dalla nascita. Avrebbe lavorato con il padre, nell'azienda di famiglia fondata dal nonno una quarantina di anni prima. Brad era riuscito ad allargare il giro e gli affari prosperavano. Non erano ricchi ma avevano una posizione solida, vivevano agiatamente, possedevano dei risparmi e si erano rimboccati le maniche per garantire una vita serena al figlio sul quale, di conseguenza, gravava un pesante fardello.

Rimasta da sola, Maggie si preparò a uscire e scelse una sobria tuta nera per sentirsi più pratica. Aveva letto il testamento del marito e sapeva di aver ereditato lo studio. Purtroppo però non aveva idea né di che cosa farne né di come gestirlo. Un conto era lavorarci un paio di volte a settimana per dare una mano o per riordinare gli archivi, un altro era prendere il posto di Brad, consapevole di non averne le capacità. L'avrebbe tenuto aperto fino a quando il figlio non si fosse laureato in amministrazione aziendale, ma ci sarebbero voluti anni prima di arrivare al traguardo. Sperava che frequentasse Stanford, come il padre, oppure Harvard, sebbene Aden non fosse uno studente all'altezza di Brad, non ancora almeno, e propendesse più per le attività sportive. Nel frattempo, contava sulla collaborazione di Phil Abrams.

Il tragitto per lo studio fu breve. Maggie ci arrivò quasi senza accorgersene, come guidata dal pilota automatico. Seguitava a ripetersi che Brad non sarebbe stato lì, che non avrebbe dovuto sorprendersi, ma una parte di lei si aspettava di vederlo nel suo ufficio quando sarebbe entrata.

Pallida e tesa, si preparò ad affrontare la delusione che l'attendeva. Portava i capelli raccolti in uno chignon e aveva il viso bianco come cera e senza un filo di trucco. Inutile usare il make-up, sicura com'era che sarebbe scoppiata in lacrime. Ormai piangeva costantemente. I suoi occhi rimasero però asciutti quando Phil la salutò invitandola a entrare nel suo ufficio. Dopo una breve esitazione, Maggie lo seguì. La porta della stanza di Brad era chiusa da un mese, dal giorno della partenza per New York.

Phil era più vecchio del marito e aveva cominciato a lavorare già sotto il padre di Brad, subito dopo la laurea. Magro, sulla cinquantina, con i capelli sale e pepe, dimostrava più dei suoi anni. Aveva quattro figli, tutti laureati. Uno era medico, entrambe le ragazze avvocate e il più giovane aveva seguito le sue orme diventando commercialista. Brad lo considerava come un fratello maggiore, aveva fatto molto affidamento su di lui dopo la morte del genitore e spesso gli chiedeva consigli di natura pratica. Con i loro sforzi congiunti erano riusciti a seguire la tradizione dello studio ma modernizzandolo sotto vari aspetti e guadagnandosi il rispetto della clientela con la loro integrità morale e professionale. Da giovane, dopo essersi fatto le ossa, a un certo punto Phil aveva pensato di mettersi in proprio, ma poi la famiglia era cresciuta e aveva preferito la stabilità che lo studio Mackenzie gli offriva.

«Una tazza di caffè?» le chiese dopo averla fatta accomodare.

«No, sto bene, grazie.» Tutto sembrava tranne che stare bene. Le mani le tremavano e seguitava a guardare in direzione della porta dell'ufficio del marito, come se si aspettasse di vedere, da un momento all'altro, apparire la sagoma ben piazzata di Brad. All'inizio anche Phil aveva provato la stessa sensazione. Alla morte del capo, si era sentito come se avesse perso un fratello e doveva ancora riprendersi dallo choc. Sapeva però che vi erano delle decisioni importanti da prendere.

«Tutto bene, Maggie?» chiese, preoccupato. Non la vedeva dal giorno del funerale ma sapeva quali settimane aveva passato dopo l'incidente aereo. Maggie annuì. Inutile parlare dei mal di testa, degli incubi o delle notti in bianco. Il medico le aveva prescritto dei sonniferi, che però la stordivano e al risveglio la facevano sentire ancora più depressa. Così aveva smesso di prenderli.

«Sì, tutto okay», gli rispose con un filo di voce.

«È da un po' che ci rifletto su e forse è un po' presto per parlarne, ma prima o poi dobbiamo pensare agli affari. Per adesso va tutto bene, e potrebbe continuare così a lungo, ma ci vorranno anni prima che Aden sia pronto a prendere il posto del padre e Brad non era neanche certo che volesse farlo. È giovane, non ha ancora le idee chiare sul futuro. Brad ambiva a essere un giocatore professionista di baseball, da ragazzo, ma poi il momento è passato.» Maggie sapeva della frattura al gomito del braccio con cui lanciava e che quell'incidente aveva cambiato ogni cosa convincendolo a occuparsi dello studio paterno. «Qualunque cosa decida, Aden non sarà in grado di iniziare per almeno dieci, dodici anni. È un bel po' di tempo, e il polo d'attrazione di questo studio era tuo marito. I clienti hanno bisogno di qualcuno con cui relazionarsi e io sono sempre stato l'uomo dietro le quinte.»

«Che stai cercando di dirmi, Phil?» Preoccupata, Maggie temette che volesse rassegnare le sue dimissioni. Non ce l'avrebbe fatta a gestire l'azienda senza di lui, da sola non ne aveva le capacità. Non era una commercialista. Era solo la ragazza del venerdì, veniva per dare una mano al marito. Non aveva mai avuto contatti diretti con i clienti.

«Come ti dicevo, ci ho riflettuto a lungo. Non so come la prenderai, ma mi piacerebbe rilevare lo studio oppure diventarne socio. Mio figlio, Bill, è un fiscalista e vorrebbe venire a lavorare con me. Ne avevo già parlato con Brad che si era dimostrato entusiasta dell'idea. Abbiamo bisogno di sangue giovane, fino a quando Aden non sarà all'altezza. Anche i clienti lo vogliono. Adesso però che Brad non c'è più, mi piacerebbe prendere gli affari in mano. Voglio costruire qualcosa per la mia famiglia, un'eredità sulla quale possa contare, un giorno. Se sei interessata, potrei fare stimare il giro d'affari, proporti un prezzo equo e iniziare a versare la quota. Preferirei il possesso pieno dell'azienda, costo permettendo, e sono persino pronto a vendere la mia casa. Sarebbe molto importante per me, Maggie. Naturalmente, potrei mantenere il nome di tuo marito e chiamare l'agenzia Mackenzie, Abrams & Figli. Credo di avere la disponibilità sufficiente per pagarti il giusto, se vorrai pazientare e accetterai il saldo del debito in uno, massimo due anni.» Maggie sembrava stordita. Non aveva idea di come avrebbe potuto prenderla Brad. E Aden? Era giusto privarlo della possibilità di una carriera nell'azienda paterna? D'altro canto, non era certa che volesse lavorare nello studio e Phil aveva ragione nell'affermare che ci sarebbero voluti almeno una dozzina d'anni prima che prendesse il posto del padre, se non di più. Era un bel po' di tempo per tenere in caldo lo studio. Per allora Phil sarebbe già andato in pensione e non avrebbe potuto aiutarlo. Phil era una persona onesta, che aveva voluto bene sinceramente a Brad e aveva a cuore gli interessi dello studio.

«Non saprei.» Maggie era confusa. «Non ci ho mai pensato. Come l'ha presa Brad quando gliene hai parlato?» A lei non aveva mai accennato nulla e le sarebbe piaciuto avere un indizio in proposito.

«Come ti ho già detto, gli avevo proposto di entrare in società e non era contrario. La situazione era diversa, però, non c'era fretta. Non ho mai neanche pensato di acquistare l'intero studio. Gli avvenimenti attuali, tuttavia, cambiano la prospettiva. Dobbiamo pensare al futuro.»

«Quale futuro?» avrebbe voluto chiedergli Maggie. Non aveva più un futuro senza il marito e forse neanche quello studio. Non ci aveva mai riflettuto finora. Non aveva un'idea chiara della sua situazione finanziaria e non si sentiva ancora pronta ad affrontare il problema. Phil aveva tentato di parlargliene dopo il funerale, ma lei si era rifiutata di ascoltarlo. Sapeva però che lui stava facendo una stima della situazione economica di Brad, che aveva sempre oculatamente reinvestito i suoi guadagni nell'attività e in borsa.

«Devo pensarci.» Vendere le sembrava un tradimento, in particolar modo così presto dopo la sua morte, ma lui era sempre stato un abile uomo d'affari e forse le avrebbe consigliato di fare proprio quello nelle attuali circostanze.

«Lo studio andrà avanti ancora per parecchio tempo, ma continuare a mantenerlo non avrebbe senso se Aden non verrà mai a lavorarci», disse Phil. Maggie concordava, ma come poteva chiedere al figlio di decidere del proprio futuro a diciassette anni? Non era giusto, non era giusto imporgli una scelta così importante ora, una decisione che avrebbe pesato su di loro adesso e in futuro.

«Avrò bisogno di soldi?» domandò Maggie. Phil scrollò la testa e sorrise.

«Brad non era ricco in base agli standard attuali, ma stava piuttosto bene finanziariamente e investiva con saggezza il suo denaro. Ho quasi finito di fare una stima del patrimonio, obbligatoria per la successione. Credo che avesse nel suo portafoglio circa un milione di dollari, inclusi i risparmi.» Maggie lo guardò incredula. Non si era aspettata una notizia simile. In famiglia non si concedevano mai lussi particolari e Brad non aveva l'abitudine di parlare di soldi. Pensava lui a tutto e le ripeteva di non preoccuparsi. Quanto a lei, non avrebbe mai immaginato che la situazione potesse cambiare. Non sapeva nulla delle loro finanze.

«Un milione?» Lo fissò.

«Una cifra molto vicina, sì.»

«Credevo un paio di centinaia di migliaia.» Anche la casa, seppur piccola, aveva un certo valore. Non si trovava in un quartiere costoso, ma loro la adoravano. «E lo studio? Quanto pensi che possa valere?» Forse un po' meno, adesso che Brad non c'era più, ma Phil lo avrebbe riavviato non appena ne avesse preso il comando come proprietario della nave.

«Non ne sono sicuro. Forse un po' più di un milione. Un milione e duecento o trecentomila, all'incirca. Brad aveva ottimi clienti e l'attività era in continuo sviluppo. Il suo obiettivo era farla crescere sempre di più. Mi ha insegnato moltissimo. Voglio essere franco con te: sarà dura per il sottoscritto, ma ho già parlato con la banca e potrei ricevere un prestito. Se vendessimo la casa, tutto il guadagno sarebbe tuo. Julie è disposta a trasferirsi in un appartamento ora che i ragazzi sono andati per la loro strada. È un sacrificio che siamo ben felici di fare. La villetta è stata valutata più di quanto non ci aspettassimo.» Il posto era più grazioso di quello di Maggie e Brad e negli anni Phil l'aveva migliorato e ristrutturato, aggiungendovi persino una piscina quando i bambini erano più piccoli. «Credo che riuscirei a farcela, Maggie. Ma dipende da te. Se non vuoi vendere, lo capirò. Non hai bisogno di farlo. Brad aveva pure un'assicurazione sulla vita ed ecco perché la compagnia ha cercato di contattarti così spesso.» Maggie fu colta da un improvviso malessere. Non voleva trarre benefici finanziari dalla morte del marito. Le aveva lasciato quasi un milione di dollari tra investimenti e risparmi e aveva istituito un fondo per Aden che avrebbe potuto incassare quando fosse stato più grande. Aveva un tetto sopra la testa e adesso Phil le stava offrendo un sacco di soldi per l'attività di Brad. La cifra sarebbe stata consistente se a questa fosse stato aggiunto il premio assicurativo. Quattrini ai quali avrebbe rinunciato volentieri, se avesse potuto riavere il marito. Meglio lui che i soldi, sebbene con quelli avrebbe potuto pagare il college di Aden, nel caso non avesse vinto la borsa di studio. Era già qualcosa.

«Non devi decidere su due piedi», le ricordò Phil. «Volevo semplicemente dirtelo, nel caso in cui decidessi di vendere, un giorno o l'altro. Così almeno sai che sono interessato e che mio figlio Bill ne sarebbe felicissimo.» Confusa, Maggie si limitò ad annuire. Se avesse venduto a lui, si sarebbe ritrovata con un patrimonio di all'incirca due milioni di dollari. Che cosa farne di tutti quei soldi? Non riusciva neanche a immaginarlo.

Prima di lasciarsi, Phil le rammentò di chiamare l'assicurazione.

Sulla via di casa, Maggie si sentiva distratta, come se corpo e mente fossero separati. Avrebbe dovuto provare sollievo per la futura situazione economica, e invece... Quella certezza acuiva in lei il senso di colpa per essere sopravvissuta. E come se non bastasse, adesso ci stava anche guadagnando del denaro.

Le notizie che ricevette dall'assicurazione non fecero che peggiorare quello stato d'animo. Si era aspettata una normale polizza da cinquanta o centomila dollari da investire negli studi di Aden. L'università era costosa e lei e Brad ne avevano parlato spesso. Il marito però era stato prudente, responsabile e per anni aveva pagato un premio che in caso di incidente letale prevedeva un pagamento di tre milioni di dollari per garantire alla famiglia un futuro sereno.

«Tre milioni?» boccheggiò Maggie quando l'agente le comunicò l'importo quasi come se fosse routine quotidiana e supponendo che lei ne fosse informata. «Mio Dio!» Di male in peggio, se così si poteva dire. Non soltanto stava traendo profitto dalla morte del marito, ma stava diventando anche ricca. In un solo giorno aveva scoperto di possedere quattro milioni di dollari, con quello che Brad aveva garantito a lei e al figlio tramite la polizza assicurativa. E se avesse accettato di vendere lo studio a Phil, probabilmente sarebbe arrivata a quota cinque. Spaventata e confusa, chiuse la conversazione. Mezz'ora dopo, in preda a una forte emicrania, decise di stendersi sul letto e buttar giù un antidolorifico. Dormiva profondamente quando Aden rincasò. Svegliata dal rumore, lo guardò sedersi accanto a lei sul letto per controllare che tutto andasse bene.

«Brutta giornata, mamma?» le chiese, con tono gentile. Bastava guardarla per rendersene conto. La maggior parte delle volte era così. La stessa Maggie aveva cominciato a vedersi un po' come la sua stessa madre e si detestava per questo.

«Sì... no... Non lo so. Una specie.» Non si poteva dire che scoprire di avere quattro milioni di dollari equivalesse ad avere una cattiva giornata. Brad avrebbe potuto lasciarla quasi senza un soldo, proprio come aveva fatto suo padre con la pensione militare, ma non sarebbe stato nel suo stile. A farla star male, era il modo in cui quel denaro le era piovuto addosso. Maggie andò in cucina a preparare la cena e, una volta a tavola, affrontò con Aden l'argomento studio commerciale. Gli chiese quali progetti avesse da un punto di vista lavorativo e quasi si sentì sciocca nel farlo. Era ancora un ragazzino che andava al liceo, lo stesso di un mese prima, quando il padre era ancora vivo. Non era cambiato nulla, sebbene adesso sembrasse più adulto. Il suo futuro, però, era una pagina bianca, forse ancora di più ora che non aveva più il genitore a guidarlo.

«Ti vedi al posto di papà, un giorno, quando sarai più grande?»

«Mai», rispose Aden senza esitazione. Con lei poteva parlare più liberamente di quanto non avesse fatto con Brad, attento com'era a non ferire i suoi sentimenti e consapevole che il padre si era rimboccato le maniche per garantire loro un solido futuro. «Preferirei morire piuttosto che fare il commercialista. Non ho idea di come papà abbia retto tutti quegli anni a fare una cosa così noiosa. Senza contare che i numeri non sono nelle mie corde.» Era vero, ma la situazione avrebbe potuto cambiare se si fosse impegnato a imparare il mestiere. A Brad piaceva molto. «Vorrei fare qualcosa di più imprevedibile. Pensavo di prendere lezioni di volo.» Per Maggie fu come ricevere un pugno nello stomaco.

«Non potremmo trovare qualcosa un po' più a metà strada? Per esempio una carriera dove non rischi la vita tutti i giorni? Mio padre, mio fratello e anche il tuo papà sono morti in incidenti aerei. Che ne pensi di qualcosa di meno pericoloso?» domandò Maggie cercando di ricondurlo alla ragione.

«Preferirei fare l'idraulico o spalare la terra pur di non fare il commercialista», replicò Aden infervorato. Il cuore della madre si fece di piombo. Anche Brad ne sarebbe rimasto deluso, anche se non del tutto sorpreso. Non era certo che il figlio fosse tagliato per gli affari di famiglia, sebbene avesse sperato che, un giorno, potesse prendere il suo posto. «Perché me lo domandi?» Maggie decise di parlargli della proposta di Phil, tralasciando però le notizie ricevute dall'assicurazione. Meglio evitare d'informarlo dell'entità delle loro finanze fino a quando non sarebbe stato più grande, e seguitare a condurre la loro vita di sempre, all'impronta della modestia e della discrezione.

«Questa mattina avevo un appuntamento con Phil allo studio di papà. Vorrebbe acquistare l'attività e gestirla con il figlio. Ci vorrà ancora molto tempo prima che te ne occupi tu e pensa che abbia più senso per noi decidere di venderla ora, eventualmente.»

«Mamma, non andrò mai a lavorare in quell'ufficio! L'ho detto più volte anche a papà, quando saltava fuori l'argomento. Forse non mi ha creduto, ma ti sto parlando con il cuore in mano. La cosa migliore sarebbe vendere l'attività, davvero.» Maggie annuì, incerta sul da farsi. La situazione era una novità per lei e aveva bisogno di tempo per digerirla. «Papà ci ha lasciato abbastanza per vivere? Dobbiamo vendere la casa?» Quegli interrogativi lo tormentavano sin dal momento del tragico evento, ma non aveva avuto il coraggio di chiederlo alla madre per non agitarla ancora di più. Che cosa ne sarebbe stato di lui, se non avesse ottenuto una borsa di studio completa per l'università?

«Tranquillo, ci ha lasciato a sufficienza. Stiamo bene. E non dobbiamo vendere la casa e neanche lo studio, se non vogliamo. Non vorrei mai fare nulla che tuo padre non avrebbe approvato o che gli avrebbe spezzato il cuore. Adorava la sua attività ed era orgoglioso che fosse stato tuo nonno a metterla in piedi. Seguitare a portarla avanti e farla crescere era una missione sacra per lui.»

«Papà era però anche una persona pratica, non te lo dimenticare. Se non puoi gestire lo studio e io non ho in mente di farlo in futuro, non credo che abbia molto senso continuare a tenerlo. Potresti venderlo e investire il denaro ricavato. Forse anche papà avrebbe fatto così», rispose Aden con logica impeccabile. Era la conversazione più adulta che madre e figlio avessero mai intavolato.

«Okay. Ci penserò», replicò Maggie, seriamente intenzionata a farlo.

La ciliegina sulla torta arrivò due giorni dopo, quando, raccolto tutto il coraggio, chiamò la compagnia aerea che aveva tentato più volte di mettersi in contatto con lei tramite l'ufficio legale e i suoi incaricati per la liquidazione dei sinistri. Desideravano incontrarla. Sulle prime Maggie rifiutò, ma loro insistettero: avevano bisogno di informazioni per valutare meglio l'accaduto e così, si sentì in obbligo di vederli la settimana dopo essere stata nell'ufficio di Brad.

Come convenuto, alle dieci del mattino si presentarono quattro avvocati, tre uomini e una donna, che Maggie fece accomodare in soggiorno. Avevano un quadro chiaro della situazione, ammisero con franchezza, proponendole anche, se avesse voluto, di continuare la discussione in presenza di un suo legale, suggerimento che Maggie rifiutò. Evitò di aggiungere di non avere intenzione di sporgere denuncia per l'incidente. Qualunque cosa lei o loro avrebbero fatto, non sarebbe servita a restituirle Brad. Si sarebbe limitata ad ascoltarli, senza adire le vie legali, come il team era stato incaricato di capire durante l'incontro.

Le spiegarono che la notte del volo, considerate le condizioni meteo su New York, la decisione di partire era opinabile. La tempesta di neve spoteva cessare dopo il decollo, o peggiorare, come poi era successo. Nonostante il forte sospetto che prima del decollo l'aeroporto di LaGuardia avrebbe potuto essere chiuso, i vertici della compagnia avevano deciso di tentare, partendo dal presupposto che il loro sarebbe stato l'ultimo velivolo ad atterrare a New York. Il pilota aveva assicurato di potercela fare, ma alla luce degli eventi, la compagnia si era resa conto che avrebbe dovuto cancellare il volo per garantire l'incolumità dei passeggeri. Si erano invece fidati dell'esperienza del pilota e della sua capacità di giudizio. Dopo il decollo, la bufera di neve era peggiorata dimostrando l'errore di valutazione collettivo. Ormai i fatti erano sotto gli occhi di tutti, ne avevano parlato anche i media, da qui l'inutilità di mantenere il segreto con lei. La compagnia si attendeva una valanga di denunce con l'accusa di aver preso decisioni irresponsabili e intendeva far fronte alle conseguenze.

Brad, appena cinquantaduenne, avrebbe potuto essere, dal punto di vista economico, la colonna portante della famiglia per molti altri anni ancora. Maggie, in viaggio con lui, aveva patito conseguenze fisiche e psicologiche che avrebbero potuto ripercuotersi a lungo su di lei o addirittura per sempre. Era stata dimessa dall'ospedale con una diagnosi di disturbo da stress post traumatico. Molti altri passeggeri avevano riportato conseguenze simili e parecchi ci avevano rimesso la vita. La compagnia non andava fiera dell'accaduto, ed era pronta a farsi carico della piena responsabilità dell'incidente. Consapevole che un risarcimento non avrebbe potuto ripagarla della perdita del marito e del padre di suo figlio, si dichiarava comunque pronta a compensarla nell'unico modo in cui poteva ed era pronta a versarle dieci milioni di dollari alla firma di un documento che la liberasse in maniera definitiva da ulteriori oneri di risarcimenti. Stava proponendo offerte simili anche ad altri passeggeri e in base all'entità del danno subito. I legali evitarono di menzionare che a una passeggera che aveva perduto le gambe, il marito e un bambino sarebbero stati offerti cento milioni di dollari. La donna non aveva ancora accettato, su consiglio dall'avvocato che la riteneva troppo traumatizzata per discutere della proposta.

L'offerta lasciò Maggie stordita. Prima di congedarsi, il

team legale le lasciò una serie di documenti esplicativi sul pacchetto di risarcimento e sulla liberatoria che avrebbe dovuto firmare invitandola a consultare un avvocato. Non sapendo che cosa fare, Maggie si rivolse a Phil che non si sorprese. Era il minimo che potessero fare, considerato che l'incidente era stato provocato dalla scarsa capacità di giudizio della compagnia, come ammesso dalla stessa.

«Se ti hanno offerto quella cifra, probabilmente potresti riceverne il doppio», le rispose.

«Io non lo voglio, il doppio!» replicò lei, inorridita. «Non voglio neanche i dieci milioni. Sei stato tu stesso a dirmi che sono coperta più che a sufficienza dalla polizza assicurativa e dai risparmi di Brad.»

«Hai diritto a quel denaro, Maggie. Hai subito una perdita terribile e tu stessa hai vissuto un trauma senza paragoni. Dovresti prendere quei soldi. Potrebbero fare una grossa differenza per tuo figlio, un giorno. Credo che Brad lo vorrebbe.» Maggie era scioccata. Per lei era immorale, ma fu il riferimento ad Aden a convincerla. «Potresti anche ricavarne di più, se li denunciassi, e loro lo sanno benissimo», aggiunse Phil.

Maggie emise un gemito strozzato. «Tutto gira intorno ai soldi, non è vero? Io ho perso il mio amato marito, Aden ha perso il padre. Quel denaro non ci risarcirà.»

«Tuo figlio potrebbe vivere per altri settant'anni e tu sei ancora giovane. Non puoi permetterti di rifiutare una cifra come quella.»

«Non lo farò. Il punto è che non voglio soldi insanguinati. È già sufficientemente penoso che io sia riuscita a sopravvivere e lui no.»

«Io la reputerei una fortuna, soprattutto per Aden.

Che sarebbe stato di lui, se foste morti entrambi?» Non avevano parenti e Aden sarebbe stato un orfano, abbandonato a se stesso a diciassette anni. Quelle parole furono per Maggie un'illuminazione. Ora più che mai era importante prendere le decisioni giuste e farlo per il bene del figlio. Terminato di parlare con Phil, chiamò l'avvocato del marito e gli fece pervenire i documenti lasciati dagli incaricati della compagnia aerea. Quando aggiunse che Phil si era proposto di rilevare lo studio, il legale rispose che la riteneva un'idea eccellente. Quale persona migliore di chi aveva lavorato col marito per vent'anni ed era legato a Brad da un amore quasi fraterno?

Le decisioni da prendere seguitavano ad affastellarsi.

Il legale le suggerì di rifiutare l'accordo e di chiedere il doppio. Alla fine, valutava, probabilmente sarebbe riuscita a ottenere all'incirca una quindicina di milioni, un accordo equo. Prima di salutarla, ribadì il consiglio di vendere lo studio, aggiungendo che anche Brad avrebbe approvato.

Maggie accettò la prima offerta della compagnia aerea. La somma era più che sufficiente. Ricavarne una maggiore le sarebbe parso osceno, quasi come mercanteggiare sulla morte del marito. Decise anche di vendere lo studio a Phil e si accordarono su un milione e duecentomila dollari da pagare in due anni.

Quando tutto fu finito, aveva quattordici milioni di dollari sul conto, più un altro milione e passa che avrebbe ricevuto da Phil, sollevato che l'affare fosse andato in porto. Il risarcimento della compagnia aerea arrivò due giorni dopo aver sottoscritto la liberatoria e con i ringraziamenti per essere stata così ragionevole. Il suo avvocato era riuscito a ottenere una clausola di riservatezza in base alla quale non si sarebbe dovuto rivelare l'ammontare dell'accordo né che ve ne fosse stato uno, per evitare che lei e il figlio diventassero oggetto di attenzioni criminali, un particolare al quale Maggie non aveva neanche pensato.

Il pagamento da parte delle assicurazioni fu un po' più lungo. Phil versò la prima tranche alla data concordata, proprio come Maggie si era aspettata che facesse. In qualunque modo guardasse la situazione, o ne odiasse i motivi, era diventata una donna ricca in un batter di ciglia. Non sapendo che cosa farsene di tutti quei soldi, si era rivolta al consulente finanziario del marito. Brad le aveva lasciato un'eredità solida e fondamenta sicure costruite con cura con le sue stesse mani. Eppure, nonostante tutto, Maggie era spaesata e non sapeva chi fosse senza il marito. Si sentiva invisibile, persa. Talvolta faceva degli incubi su quel denaro, lo vedeva grondare sangue, oppure galleggiare in una piscina piena di sangue con Brad che vi annegava dentro.

Aden rimase all'oscuro dell'accaduto. Se aveva accettato gli accordi, era stato solo per lui. Ora il suo compito era salvaguardare gli investimenti, come avrebbe fatto Brad, e assicurare al figlio un futuro di benessere, senza però svelare niente né a lui né a nessun altro. Nel giro di pochissimo tempo era diventata una vedova danarosa, l'ultima cosa che avrebbe voluto. Desiderava solo essere la moglie di Brad e una buona madre. Invece adesso era ricca e avrebbe dovuto continuare a vivere senza di lui. Brad però le aveva fatto un ultimo dono: la sicurezza. Non si sarebbe più dovuta preoccupare né del denaro né del futuro.

Pian piano gli incubi si fecero sempre meno frequenti,

le emicranie meno tormentose e ritornò anche il sonno notturno. Brad le mancava, ma la sicurezza acquisita la faceva sentire più tranquilla. Non avrebbe mai fatto nulla di rischioso con quei quattrini e mai li avrebbe sperperati. Tutto, o quasi, sarebbe finito nelle tasche di Aden, un giorno. Solo così avrebbe potuto vivere serena con la ricchezza che la morte del marito le aveva portato.

4

A FINE marzo, Aden ricevette le risposte alle candidature per il college. Il Dartmouth e la Boston University gli avevano offerto una borsa di studio completa per far parte del team di hockey. Le raccomandazioni di Buck erano state utili, ma lui aveva lavorato duramente per arrivare all'obiettivo. Le preoccupazioni di Maggie aumentarono al pensiero che avrebbe dovuto praticare con regolarità uno sport così violento, nonostante lo avesse già fatto al liceo e fosse quello che desiderava per il college. Qualche giorno dopo avere accettato la Boston University, Aden rimase coinvolto in una mischia sul campo di ghiaccio dove fu colpito con un pugno da un avversario riportando la dislocazione della mascella e un taglio sull'arcata sopracciliare. Rientrando dal pronto soccorso, Maggie gli fece una bella ramanzina. Metà della sua squadra era finita in ospedale con lui e Aden era fiero della scaramuccia collettiva. Tutti, naturalmente, furono multati e squalificati per la partita successiva. Maggie era ancora arrabbiata con lui quando, il giorno seguente, passò a trovarlo Buck, il suo coach, un uomo dalla corporatura robusta, alto, che da giovane aveva giocato per due stagioni da professionista e che era stato costretto a interrompere la carriera per una grave frattura alla caviglia durante un match.

«È la natura del gioco», tentò di rassicurarla l'allenatore, senza riuscirci. «Mischie del genere capitano anche ai professionisti, di tanto in tanto.»

«Ed è proprio questa, la nota dolente. Avrebbe potuto farsi male sul serio!» gli disse Maggie accompagnandolo in cucina dopo che era stato dal figlio che guardava la tv in camera da letto. Davanti alla madre, Aden non si era azzardato ad ammetterlo, ma aveva trovato divertente la zuffa sul ghiaccio, come accadeva anche tra i giocatori della NHL. Si sentiva un uomo, ora. L'allenatore non lo aveva contraddetto quando glielo aveva confidato, ma si guardò bene dal riferirlo a Maggie, costantemente in ansia per i rischi che avrebbe potuto correre il figlio. A parte le debolezze materne, Buck la rispettava e, inoltre, la trovava attraente.

«È un bravo giocatore, Maggie. Ha tutto quello che ci vuole per entrare nella NHL: tempi incredibili, stazza, velocità. Possiede i giusti istinti. Potrebbe diventare un professionista di quelli buoni, un giorno.» Maggie sperava in qualcosa di più per il figlio e detestava vederlo impegnato in uno sport così aggressivo. Neanche Brad avrebbe gradito. «Mi mancherà quando partirà per Boston. È il mio preferito.» Al contrario di Buck, Maggie era più interessata all'istruzione del figlio che non al suo futuro della NHL.

«Mancherà moltissimo anche a me», rispose mestamente. Negli ultimi tre mesi, Buck lo aveva preso sotto la sua ala: a scuola lo spronava a non mollare e dopo la tragedia era diventato per lui una figura quasi paterna. Passava da casa, di tanto in tanto, per accertarsi delle sue condizioni e gli dedicava piccole attenzioni che lei aveva imparato ad apprezzare, specie in quel momento in cui non era più presente una figura maschile. «Questa casa sembrerà una tomba quando sarà via», aggiunse.

«Hai qualche programma in mente?» le domandò Buck.

«Non lo so. Non ci ho pensato. Mi godrò i prossimi cinque mesi prima della sua partenza e poi troverò qualcosa da fare. Non posso certo starmene seduta tutto il giorno a girarmi i pollici.» Ci rifletteva da un po' ma non le era ancora venuto in mente nulla. Ormai non aveva neanche più l'impegno delle due giornate presso lo studio e non voleva intromettersi negli affari di Phil. L'attività gli apparteneva, non aveva bisogno di lei. Se aveva ripreso a lavorare, quando Aden aveva iniziato le scuole, era stato solo per stare un po' di più accanto al marito.

Buck scambiò quattro chiacchiere con lei per qualche minuto ancora prima di guardarla dritta negli occhi e osare parlare con franchezza: «Mi piacerebbe portarti fuori a cena, qualche volta. Sei una donna splendida». Divorziato da anni, aveva figli già grandi. La sua vita ruotava intorno alla scuola e all'attività di allenatore. Era un tipo rude, spigoloso, bravissimo con i ragazzi, ma Maggie non provava attrazione verso di lui. Non riusciva a vedersi con un coach di hockey, ad andare alle partite ogni fine settimana. Quella parentesi della sua vita era chiusa ormai. Brad le proponeva qualche viaggetto per compiacerla, di tanto in tanto, ed entrambi andavano matti per il teatro e il balletto. Era questa la vita che doveva cercare, adesso?

Stare con un allenatore sportivo del liceo? Rifiutò il più gentilmente possibile, evitando di sottolineare che non era sua intenzione avere una vita sentimentale e che non sarebbe stata pronta ancora per molto tempo, e lasciò che si congedasse palesemente deluso.

Anche l'avvocato di Brad tentò un approccio nell'incontro successivo. Sessantenne e divorziato due volte si credeva un dongiovanni. Maggie rimase sconvolta quando le chiese di uscire a cena con un chiaro tono allusivo. Lo sguardo con cui la fissò le fece venire la pelle d'oca. Non lo aveva mai trovato simpatico, ma dopo quella proposta decise di voltare pagina il prima possibile. Helen le raccomandò una giovane legale sua amica, che Maggie ingaggiò immediatamente. Non era minimamente interessata a rifarsi una vita sentimentale, e di certo non si sarebbe accontentata del primo che passava, uomini viscidi o solitari che non potevano stare al pari del marito e che non esercitavano su di lei alcuna attrattiva.

Durante un pranzo insieme, Maggie ringraziò Helen per l'utile consiglio. Dalla morte di Brad si erano molto avvicinate. Il figlio maggiore dell'amica era stato accettato a Yale e anche lui avrebbe giocato a hockey, ma senza borsa di studio, per la quale non aveva le qualifiche sufficienti. In realtà, neppure Aden ne avrebbe avuto bisogno a quel punto, ma Maggie aveva preferito tenerlo all'oscuro della loro nuova situazione finanziaria. Phil Abrams e i suoi avvocati erano gli unici a sapere la verità e così doveva restare per tutti. Non avrebbe mai sbandierato la propria ricchezza. Al contrario, era sempre molto discreta. Se Aden aveva ottenuto la borsa di studio era per i suoi talenti e perché le università alle quali aveva presentato la candidatura volevano incoraggiarlo a scegliere il loro istituto e il loro team. La scelta non si basava sulla presunta precaria posizione economica della sua famiglia, perché se così fosse stato, Maggie si sarebbe sentita in dovere di rifiutare la borsa e spiegarne al figlio le motivazioni.

«E vedrai come sarà quando gli uomini sposati cominceranno a metterti gli occhi addosso», le disse Helen con un sorriso ironico. Maggie gemette sconfortata.

«Sono queste le prospettive per le donne nella mia situazione? Uomini sposati ed esseri viscidi?» chiese con disgusto. «Non ho intenzione di avere appuntamenti sentimentali e forse non ne avrò mai più. Ma se mai dovessi ricredermi, la scelta è davvero pessima. Con chi escono le persone della nostra età?»

«Vecchi amici, gente incontrata a scuola o sul posto di lavoro. Uomini divorziati da poco, persone più giovani. Altrimenti ci sono i siti online, anche se cose del genere mi spaventano parecchio», rispose Helen cauta.

«Io avrei paura di ritrovarmi con un assassino con tanto di ascia o uno uscito da poco di galera», replicò Maggie cupa.

«Oppure semplicemente con un coglione o con un uomo sposato che afferma di non esserlo. È successo a un sacco di mie conoscenti, sai? Alcune però fanno incontri non male su Internet. Io però non avrei il coraggio di provarci», disse Helen, felice del suo matrimonio, per quanto non perfetto.

«Non lo avrei neppure io», concordò Maggie. Difficilmente lo avrebbe mai fatto. Sognava ancora il marito, di notte, lo sognava sempre vivo. E quando era sveglia, si sentiva ancora sua moglie. Lo sarebbe stata per sempre.

Non riusciva a immaginare di innamorarsi di un altro o di dormirci insieme.

«Hai pensato di riprendere a lavorare?» volle sapere Helen. Maggie fece di no con la testa.

«Non lavoro full time da diciotto anni. E non ho neanche idea di quello che potrei fare. Per il momento mi limiterò ad aspettare che Aden parta per l'università.»

«Perché non ti concedi un viaggio, quando se ne sarà andato?» le suggerì Helen. «Sempre ammesso che tu possa permettertelo», aggiunse, imbarazzata. Era sicura che Brad avesse stipulato una polizza vita, da persona responsabile qual era, ma sapeva anche che Maggie stava vendendo l'attività e questo poteva significare che aveva bisogno di soldi.

«Sì, posso permettermelo. Da sola non mi sembra molto divertente, però. Per andare dove, poi?»

«Potresti fare una lista dei posti che hai sempre desiderato visitare e scegliere, che te ne pare? Potrebbe essere divertente. Poi, al rientro, comincerai a cercare un lavoro.»

«Forse.» Maggie non sembrava convinta. Con Brad era sempre partita volentieri, ma adesso?

Accantonò il suggerimento di Helen, anche perché tre giorni dopo ebbe un problema più difficile da risolvere. Per la prima volta in vita sua, Aden si era messo nei guai. Lui e cinque compagni si erano ubriacati a casa di uno degli amici, erano andati allo skatepark e si erano lanciati in folli acrobazie con le tavole. Aden si era storto una caviglia mentre un altro si era rotto una gamba. Lo skatepark decise di non denunciare il gruppetto i giovani di buona famiglia e con le fedine pulite, ma furono tutti redarguiti dalla polizia. Maggie dovette andare a recuperare il figlio in un ufficio del riformatorio, portarlo di nuovo in pronto soccorso e, sulla via del ritorno, fargli una seconda ramanzina.

«Posso sapere che ti sta succedendo? Non ti sei mai comportato così quando papà era vivo. Vuoi forse diventare un delinquente? O essere espulso dalla scuola e dalla squadra di hockey?»

«Mi dispiace, mamma», rispose lui imbarazzato e pentito. Aveva smaltito la mezza sbornia di birra, giusto qualche bicchiere per divertirsi un po', anche se biascicava leggermente. «Non hai idea di quanto sia saltato in alto!» aggiunse poi compiaciuto. «Ci ritornerò con la mia tavola!»

«Per fratturarti un braccio o una gamba? Ti voglio vivo e tutto intero. Non mi rimani che tu», rispose lei, seria. Le ritornò in mente il fratello, quando aveva la stessa età di Aden, e Paul Gilmore, con il suo skateboard prima che decidesse di passare al motociclismo. Non voleva che al figlio accadesse nulla di brutto. Purtroppo, ogni tanto, affiorava in lui il gene avventuroso ereditato dallo zio e dal nonno. «Che combinerai quando sarai a Boston senza nessuno che ti sorvegli? Farai il pazzo o ti comporterai come si deve? Non voglio andare a letto ogni sera in preda al terrore, in attesa che il telefono squilli per sentirmi dire che ti sei cacciato in qualche problema o ti sei fatto male.»

«Non accadrà, te lo prometto.» Doveva credergli? «Magari un giorno gareggerò in Formula Uno, però», aggiunse il figlio, sognante.

Maggie gemette esasperata. «Così non mi rassicuri, Aden. Forse dovresti diventare un commercialista come tuo padre. Mia mamma aveva ragione, sai? Gli uomini sempre in cerca di brividi e avventure finiscono per cacciarsi in qualche impiccio, prima o poi. O ci rimettono la pelle, o spezzano il cuore di qualcuno o entrambe le cose. Mio padre lo ha fatto, e anche mio fratello. Sebbene sia morto in guerra, è sempre stato attratto dalla velocità, dal pericolo e da qualunque altra impresa rischiosa. Alle superiori avevo un ragazzo come lui. Il mio primo amore. Partecipava alle gare motociclistiche e faceva un sacco di pazzie, dopo la scuola. Non mi stupirei se fosse morto! Devi capire che non voglio che ti succeda la stessa cosa. Come ti sentiresti se andassi a lavorare in un circo come trapezista, o mi lanciassi da un aereo, o facessi qualcosa che potrebbe costarmi la vita?» Aden scoppiò a ridere nell'immaginare la madre buttarsi nel vuoto.

«Penso che sarebbe figo!»

«Vai a letto, prima che ti chiuda in camera e getti la chiave», disse Maggie tra il serio e il faceto. Talvolta il figlio riusciva a terrorizzarla. Soprattutto adesso, che non c'era più Brad a controllarlo. Sapeva però che con quella sete di imprese rischiose, sarebbe stato difficile tenerlo a bada quando sarebbe diventato più grande e avrebbe avuto più libertà di movimento. Non restava che sperare in un comportamento pacato a Boston e che non commettesse pazzie approfittando della lontananza da casa.

Dopo quell'incidente, Aden parve tranquillizzarsi un po', a parte qualche piccola serata di baldoria prima e dopo il diploma. Lui e i compagni saltarono qualche ora di lezione e rubacchiarono qualche birra. Quell'estate, fece un paio di viaggetti con gli amici prima di salutarli e partire ciascuno verso le rispettive università. L'ultimo mese, aveva trovato persino una splendida ragazza che lo aveva distratto e con la quale trascorreva spesso la notte. Ormai stava diventando un uomo. Lei partì per l'università di Santa Cruz una settimana prima che lui facesse le valigie per Boston, ma la separazione non sembrò avere alcuna ripercussione negativa, preso com'era dai preparativi. Non era stato nulla di serio, soltanto un'avventuretta finita lì, con il consenso di entrambe le parti.

Maggie lo accompagnò a Boston. Era la prima volta che prendeva l'aereo da quando, otto mesi prima, aveva avuto l'incidente, e imbarcarsi non fu semplice. Ai tempi, era rientrata a Chicago sedata a bordo di un'eliambulanza. Non aveva quasi ricordi di quel viaggio. Ma ritornare a essere una normale passeggera seduta accanto al figlio, fu un'esperienza difficile da affrontare. Durante il volo quasi non riuscì a parlare, era nervosa e a nulla valsero i tentativi di Aden di distrarla. Bianca come un lenzuolo, non spiccicò una parola fino all'arrivo, sotto lo sguardo preoccupato del ragazzo. Sarebbe mai riuscita a riprendere un aereo senza soffrire? Lo aveva fatto solo per lui, per aiutarlo a sistemarsi al dormitorio.

Oltre alla valigia, Aden aveva due borsoni con l'equipaggiamento da hockey. Avrebbe esordito negli juniores due giorni dopo l'arrivo per poi passare in prima squadra l'anno successivo. Per l'accesso e il mantenimento del posto in ciascun team avrebbe dovuto tenere alto il punteggio scolastico, dar prova delle sue capacità e meritarsi la posizione accordata. Nel frattempo, aveva già ricevuto parecchie email dal nuovo allenatore, un uomo piuttosto noto e con la reputazione di essere un tipo tosto. Prima della partenza, Buck lo aveva portato fuori a cena raccomandandogli di continuare a farsi sentire quando, un giorno, fosse diventato una star della NHL. Aden non era ancora certo di voler diventare un professionista, ma non vedeva l'ora di cominciare a giocare nella nuova squadra e di fare un sacco di altre cose. La vita si stava srotolando davanti a lui come un tappeto rosso. E ogni volta che sperimentava qualcosa di nuovo, sentiva più dolorosa la mancanza del padre.

Madre e figlio si diedero da fare per sistemare la stanza al dormitorio con tutto il necessario: computer, stereo e un piccolo frigorifero. Comprarono anche una bicicletta per muoversi nel campus. Con grande ansia, Maggie scoprì che Aden aveva nascosto lo skateboard in uno dei borsoni sportivi. Glielo lasciò tenere solo dopo essersi fatta promettere di non usarlo in strada. Talvolta, desiderava aver avuto una femmina al posto di un maschio. Tutto sarebbe stato più semplice. I ragazzi erano più attratti dal pericolo, o almeno quelli della sua famiglia. Le femmine correvano altri tipi di rischi, però, così forse in fondo non faceva una grande differenza. Adorava Aden e quasi le si spezzò il cuore quando arrivò il momento di salutarlo. Tra le lacrime, dovette ricordare a se stessa, come avrebbe fatto Brad, che non gli sarebbe successo nulla. Era dura però affrontare da sola la separazione. Il viaggio di ritorno fu ancora più difficile di quello dell'andata senza il figlio che la consolasse. Fortunatamente però tutto filò liscio.

Si sentiva sfinita e vuota quando arrivò a Chicago e quella notte fece il peggiore degli incubi: Aden che affogava insieme al padre. Li vide entrambi scivolare sotto la superficie dell'acqua mentre lei si affannava inutilmente a tendere loro il braccio per aiutarli. Si svegliò di soprassalto, sedette in mezzo al letto e accese la tv, incapace di cancellare quell'orrenda visione dalla mente.

Il mattino seguente, quando chiamò il figlio, Aden stava andando in libreria a procurarsi il materiale necessario per le lezioni. Sembrava felice, indaffarato e soddisfatto anche dei nuovi simpatici compagni di stanza. Travolta dalla solitudine, Maggie sedette in cucina con un sospiro. La casa era vuota, come aveva temuto che sarebbe stata, immersa nel silenzio, e lei non aveva nulla da fare. Helen le telefonò proprio mentre stava meditando di rimettersi a letto. Una pessima idea, ne era consapevole, ma non riusciva a pensare a nulla di meglio. Le pareva di aver perso tutto, ora che Aden aveva lasciato il nido.

«Allora? Hai preparato la lista?» le chiese l'amica.

«Quale lista?» Di che cosa stava parlando?

«Quella dei posti che vorresti visitare e che non hai mai visto. Era il tuo compito per casa. Ricordi?»

«Ah, sì. Temo di essermene dimenticata», rispose Maggie, mortificata. Non aveva nessuna voglia di partire da sola. «Posso vederli su Internet.»

«Non sei una reclusa, Maggie. Sei una giovane vedova il cui figlio è partito per l'università. Questo significa che adesso sei una donna libera. Che ne diresti di festeggiare?» No, Maggie non ci pensava neanche e mai come in quel momento sentiva la mancanza del marito. Ora che Aden se ne era andato, il suo lutto si era fatto ancora più acuto. «Sai che c'è? Arrivo tra un attimo!» disse Helen. Una ventina di minuti dopo, suonò alla sua porta come faceva spesso da otto mesi a quella parte.

Le aveva dimostrato un'incredibile lealtà, al contrario delle vecchie amiche che si comportavano nervosamente con lei, come se perdere il marito potesse essere una malattia contagiosa, come se potesse rubare i loro uomini, come se la sua tristezza e il suo lutto le mettessero a disagio. Helen invece era sempre stata presente, piena di iniziativa. Ogni volta che Maggie iniziava ad affogare, lei la tirava su e la rimetteva sulla giusta strada. A eccezione di quella stupida idea di un viaggio da sola, che non aveva assolutamente intenzione di fare sebbene l'amica insistesse che si sarebbe divertita, una volta arrivata a destinazione. E poi, se non le fosse piaciuto, sarebbe sempre potuta tornare indietro! Non andava certo sulla luna! Doveva però almeno provare ad allargare i suoi orizzonti, a cambiare prospettiva.

«Io l'ho fatto dopo la morte di mia sorella e mi ha aiutato», le disse con convinzione.

«Che fanno le altre vedove?» chiese Maggie torva, mentre sedevano in cucina, con il portatile sul tavolo.

«Se hanno intenzione di rimettersi in gioco, s'iscrivono ai siti d'incontro online. Cambiano lavoro, traslocano, viaggiano, si concedono qualche crociera, fanno interventi di chirurgia plastica, se possono permetterselo. Tu non ne hai bisogno! Sei splendida così e non dimostri la tua età. Considerato che rifiuti di uscire con degli sconosciuti e che a quanto pare non vuoi vendere casa, non ti resta che l'opzione viaggi. Coraggio, accendi il computer.» Maggie rise. Helen prese una penna e un foglio di carta. Era fermamente determinata a dedicarsi al progetto, al contrario dell'amica. «Bene, dov'è che non sei stata e che ti sei sempre detta che sarebbe stato splendido andare?» Helen non mollava mai, persisteva con cocciutaggine.

«In Cina», rispose Maggie quasi automaticamente.

«Sul serio?» Helen sembrava colpita. «Vuoi davvero andare laggiù?»

«No, ma ho letto un sacco di cose sulla Cina. E sul Giappone.»

«Davvero saresti interessata a vedere Tokyo, Kyoto, i templi?»

«No, è troppo lontano. Mi farebbe paura, credo. San Francisco.» Quella sì che era una meta abbordabile. Helen prese nota.

«Ottimo. Ti sei aggiudicata due punti. Che ne dici di Los Angeles?»

Maggie scrollò la testa.

«No, abbiamo portato Aden a Disneyland. Sarebbe troppo triste andarci senza di loro. E poi francamente Los Angeles non mi piace. Sono sempre stata più attratta da Big Sur, dalla Napa Valley e dal Golden Gate.» Posti che si trovavano a San Francisco o non distanti.

«Qualche altra meta, sempre negli Stati Uniti?»

«No, abbiamo girato parecchio quando Brad partecipava alle convention. Credo di aver visto tutti i posti più importanti.»

«Europa?» chiese Helen. Quel giochetto la divertiva e anche Maggie si stava lasciando andare. Non sarebbe partita mai davvero, ma voleva compiacere l'amica.

«Mai stata in Europa», ammise. L'altra sgranò gli occhi.

«Mai?»

«Mai. Brad non amava spostarsi, tranne che per lavoro. Mi aveva promesso un viaggio, quando nostro figlio fosse partito per l'università, ma non saprei dirti però se intendeva farlo davvero.»

«Bene, prendiamolo in considerazione allora. Londra?»

«Perché no? Sembra una bella città e non avrei problemi con la lingua.» Helen l'annotò sotto San Francisco.

«Parigi! Non puoi andare in Europa senza passare per Parigi. È fantastica.» Scrisse il nome senza aspettare che Maggie concordasse. «E Roma. Mio Dio! Il cibo è incredibile ed è un luogo romantico come pochi. Firenze è splendida, ma da soli la si gode di meno. Venezia batte tutte per romanticismo, ma forse dovresti tenerla da parte per qualche altra occasione.» Una seconda luna di miele, per esempio, pensò senza osare dirlo ad alta voce. «Ecco fatto! Quattro delle città più fantastiche del mondo, se togli Firenze e Venezia. Potresti visitarle nel giro di tre o quattro settimane. Vedrai che il viaggio ti darà una visione nuova delle cose, ti farà cambiare la prospettiva della vita. Basta sedere davanti alla tv, annoiarsi, autocommiserarsi. Hai detto di potertelo permettere, questo viaggio. E allora chiama subito l'agenzia!»

«Partire da sola?» chiese Maggie scettica. E anche piuttosto nervosa. L'idea di prendere tutti quei voli non le piaceva per niente.

«Verrei volentieri con te, ma Jeff già non regge quando vado a trovare mia madre a Detroit un paio di giorni lasciandolo solo con i bambini. Quattro settimane significherebbero la morte per lui.»

«E non solo per lui», sorrise Maggie.

«Puoi sempre ritornare prima», le ricordò Helen. «Non dimenticherai mai un viaggio del genere, Maggie, credimi. Senza contare che non hai niente da fare, per il momento.» Era così, Aden era partito e lei non aveva nessun altro.

«Tra non molto l'università organizza il weekend dei

genitori», buttò lì Maggie aggrappandosi a quella scusa debolissima.

«E dopo, tuo figlio non tornerà a casa prima del Ringraziamento. E non ti penserà neanche per tutto il mese successivo. Hai un sacco di tempo a disposizione per viaggiare. Approfittane. Ti giuro che non te ne pentirai.» O almeno così sperava Helen, se Maggie avesse deciso di lanciarsi nell'avventura.

Maggie ci pensò su tutta la notte e l'indomani, sentendosi anche un po' folle, chiamò l'agenzia di viaggi per farsi un'idea di quanto le sarebbe costato. La spesa era alta, ma se lo poteva permettere. Sulla spinta del momento, confermò il viaggio. Da San Francisco sarebbe volata direttamente a Roma, poi a Parigi, infine a Londra e ritorno. Quattro città, quattro settimane, in business class e in alberghi di categoria superiore dove sarebbe stata al sicuro. Non si era mai lanciata in nulla di simile in tutta la sua vita, ma forse Helen aveva ragione, era arrivato il momento di osare. Di provare ad affrontare l'inconsueto. Che avrebbe fatto da lì al Ringraziamento, a parte piangere la scomparsa di Brad, sentire la mancanza di Aden e tempestarlo di telefonate?

Sarebbe partita per San Francisco tre giorni dopo il fine settimana bostoniano per i genitori. Non avrebbe festeggiato Halloween, ma non aveva nessuno con cui farlo. L'agente di viaggio le disse che i mesi di settembre e ottobre erano i migliori per spostarsi in Europa. Non c'erano troppi turisti in giro e il tempo era ancora splendido. Le suggerì anche un weekend in Costa Azzurra, prima del soggiorno a Parigi, ma Maggie rispose che avrebbe potuto pensarci quando sarebbe stata sul posto. Considerato il conto in banca che aveva adesso, avrebbe viaggiato nelle migliori condizioni possibili e alloggiato in alberghi famosi dei quali aveva sentito parlare e che mai avrebbe sognato di vedere. Non avrebbe mai avuto occasione di visitare l'Europa neanche se ci fosse stato il marito. Era una meta troppo lontana per lui e per la sua natura poco avventurosa. Un weekend a New York era il massimo dell'esotismo. Ci aveva messo dieci anni per convincerlo ad andare a Miami e fargli vedere dove aveva vissuto da adolescente, e alla fine ci era riuscita solo perché Brad aveva dovuto partecipare a una convention proprio là.

Chiusa la conversazione con l'agente di viaggio, Maggie si affrettò a chiamare Helen. «Okay, l'ho fatto. Andrò a San Francisco, noleggerò una macchina e farò una scappata a Big Sur e nella Napa Valley. Alloggerò al *Fairmont*, a Nob Hill. Cinque giorni dopo volerò a Roma. Ho prenotato all'*Hassler*, in cima alla scalinata di Trinità dei Monti. Una settimana dopo, via per Parigi, con pernottamenti al *Ritz*, poi il *Claridge's* di Londra e infine a casa.»

«Sono orgogliosa di te!» esclamò l'amica, con sincerità. «Non mi sono potuta permettere un viaggio simile quando è morta mia sorella, ma ho comprato un biglietto Interrail Europa e ho trascorso tutta l'estate nel Vecchio Continente. Dopo, mi sono sentita di nuovo viva, sono tornata al college, ho terminato gli studi, ho trovato un lavoro e ho conosciuto Jeff. Credo che non sarei stata più la stessa persona, se non avessi fatto quel viaggio. Mi pareva di non avere il permesso di vivere o di divertirmi, dopo la scomparsa di Jenna. Invece mi sono resa conto che avrebbe voluto che lo facessi. Che non avrebbe voluto che la piangessi per sempre. E che se a morire fossi stata io, lei si sarebbe comportata alla stessa maniera.»

«Brad non avrebbe mai intrapreso un viaggio come il mio, se fossi morta», rispose Maggie. «Lo avrebbe detestato.»

«Certo, ma sarebbe andato alle Hawaii, nel Wyoming, nel Montana o magari in Messico per una vacanza.»

«Forse», concordò Maggie.

«Devi essere tu stessa a darti il permesso di continuare a vivere. Viaggiare è un modo fantastico per farlo. E poi chissà, potresti incontrare l'uomo dei tuoi sogni», aggiunse l'amica, scherzando.

«Era Brad l'uomo dei miei sogni», rispose Maggie, triste.

«Lo so», replicò l'altra in tono rispettoso. «Ma non puoi seppellirti con lui. Non sarebbe giusto nei confronti tuoi né di tuo figlio. Il fatto che tu ti conceda un viaggio come questo darà anche a lui il permesso di continuare a divertirsi.»

Maggie abbozzò un sorriso. «Credo che mio figlio abbia bisogno di un po' *meno* permesso di divertirsi», commentò prima di scoppiare a ridere con Helen.

Nelle tre settimane seguenti, Maggie lesse molto sulle città che aveva in programma di visitare, ancora incredula della sua decisione. Anche Aden si mostrò stupito ma incoraggiante.

«È fantastico, mamma. Anch'io, un giorno, voglio andare in Europa. Ci sono dei ragazzi qui che parlano di un viaggetto la prossima estate e ho intenzione di partire con loro. Magari ci possiamo incontrare da qualche parte.» All'improvviso, era diventata una viaggiatrice del mondo e il figlio si proponeva addirittura di raggiungerla in un giro futuro. Avrebbe potuto andare a Venezia, l'estate prossima, in Spagna o ancora in Scandinavia. Il mondo le aveva spalancato le porte. E lei lo avrebbe girato nella maniera più sicura e confortevole, grazie ai soldi che Brad le aveva lasciato. Non le piaceva pensare a quelli ricevuti dalla compagnia aerea. Li considerava intoccabili ed era sua intenzione lasciarli ad Aden. A lei non sarebbero serviti. Ne aveva più che a sufficienza con i risparmi, l'assicurazione sulla vita e i versamenti regolari di Phil.

Maggie preparò i bagagli per l'Europa prima di partire per il weekend a Boston. Il viaggio fu più semplice della volta precedente. Si era già imbarcata due volte e non era mai stata una passeggera nervosa. Le sarebbe servito per riprendere l'abitudine prima di spiccare letteralmente il volo per l'Europa. Quello sì che la metteva in ansia!

Il weekend insieme al figlio e ai suoi nuovi amici passò in un piacevole battibaleno, tra uscite in compagnia e chiacchiere. Rientrata a Lake Forest, dormì due notti a casa e infine ripartì per San Francisco. Per l'occasione, aveva rinnovato il guardaroba. Niente di particolarmente sofisticato, più che altro capi sportivi con cui viaggiare, qualche maglione carino e dei jeans. Ogni spostamento era stato organizzato nei minimi particolari e le prenotazioni confermate.

Sul volo per San Francisco si concesse un calice di champagne per calmare i nervi. La vigilia della partenza aveva chiamato Helen per salutarla, ringraziarla dell'incoraggiamento e prometterle di tenerla informata con qualche messaggio. Proprio quell'incoraggiamento era stato il dono migliore che avesse ricevuto dalla morte del marito.

Era una splendida giornata d'autunno quando, sorridendo compiaciuta, Maggie atterrò a San Francisco. Sbarcata con la sua grande borsa rossa nuova, si gettò a capofitto nella prima tappa della sua grande avventura. A bordo dell'auto a noleggio, ebbe la certezza che la sua vita stava cambiando per sempre. In positivo, questa volta. E lei era pronta ad affrontare la svolta, pronta e sicura che Brad ne sarebbe stato orgoglioso. Sì, le aveva dato la sua benedizione e il permesso di andare avanti. Helen aveva ragione.

5

MEZZ'ORA dopo aver lasciato l'aeroporto, seguendo le indicazioni del GPS dell'auto noleggiata, Maggie raggiunse il lussuoso hotel *Fairmont*, a Nob Hill. La struttura, immensa, con diversi ristoranti, negozi, una lobby sfarzosa con lampadari giganteschi, le diede la sensazione di fare un tuffo nel passato. Sul lato opposto della strada sorgeva il noto *Pacific-Union Club*, una storica dimora appartenuta a una delle famiglie più in vista e antiche di San Francisco. Nei pressi, si trovavano anche Huntington Park e la splendida Grace Cathedral. In lontananza, la baia di San Francisco punteggiata di barche a vela.

La camera prenotata era una junior suite con angolo soggiorno e vista sul Golden Gate, sul nuovo Bay Bridge e, al centro, l'isola di Alcatraz. Maggie ammirò il panorama, ringraziò del servizio il fattorino e rimase in camera giusto il tempo per indossare un paio di jeans, scarpe da tennis, darsi una rinfrescata e bere una tazza di tè, ansiosa di lanciarsi alla scoperta della città. Finora, era stato tutto come aveva immaginato: pittoresco, architettonicamente gradevole, geograficamente splendido. San Francisco aveva un fascino particolare ed era una città a misura d'uomo.

Dal quartiere di Nob Hill si spostò in direzione di Chinatown, ammirandone i negozi colorati, per poi proseguire verso sud, su Union Square, sede di boutique alla moda. Infine, per puro divertimento, saltò su un tram per ritornare in albergo e durante il tragitto chiamò Helen.

«Okay, sono arrivata», disse tra gli scampanellii del tram e il rumore del traffico in sottofondo. «Lo sto facendo!» Si sentiva al settimo cielo e finora non le era importato di essere da sola.

«Sono orgogliosa di te», rispose l'amica prima di riagganciare. Rientrata in albergo per recuperare l'auto, Maggie fece un giro della città. Passò dalla Coit Tower, in cima a Telegraph Hill, visitò North Beach, il vecchio quartiere italiano, Ghirardelli Square e giù fino a Fisherman's Wharf, zeppo di negozi per turisti. Da lì salì fino a Pacific Heights per ammirare le eleganti case nel miglior quartiere residenziale della città e proseguire poi sull'Upper Broadway, chiamata Gold Coast. Parcheggiò l'auto nel distretto di Marina, attraversò il parco del Presidio, l'ex forte militare, e arrivò al Golden Gate, che riluceva maestoso sotto la luce del sole. Approfittando della splendida e calda giornata, tornò a prendere la vettura e tagliò sul ponte in direzione di Marin Headlands per ammirare la vista spettacolare della città. Scattò qualche foto, le inviò all'amica e percorse una lunga strada che portava su una spiaggia della quale aveva letto, una distesa di cinque chilometri di sabbia bianca e poco frequentata a parte qualcuno che portava a spasso il cane sulla battigia. Sedette sulla rena a bearsi del panorama e raccolse qualche conchiglia che conservò in una tasca della borsa. Il pensiero volò a Brad e a quanto quel posto gli sarebbe piaciuto. A dispetto di quanto aveva immaginato prima della partenza, non avvertì alcun senso di solitudine a essere lì senza compagnia. Al contrario. Le pareva di essere più forte, più viva. Per una volta da quando il marito se ne era andato, non provava rimorso, ma era grata di sedere su quella spiaggia. Un amichevole Labrador color cioccolato le andò incontro saltellando, sedette qualche istante accanto a lei e ripartì come era venuto.

Maggie restò sulla spiaggia fin quasi al calare del sole per poi ritornare in città dalla strada percorsa all'andata. Erano le sette quando arrivò in albergo. Sulle prime pensò di uscire a mangiare un boccone ma poi, stanca della giornata e delle lunghe passeggiate, optò per il servizio in camera. Sfilò i jeans e le scarpe da ginnastica e sorrise nel vedere della sabbia cadere sul pavimento. Cauta, tolse le conchiglie dalla borsa e le mise in una valigia. I primi souvenir del viaggio.

Mangiò un hamburger, guardò uno dei suoi film preferiti in tv e andò a letto presto. Il mattino seguente, partì per esplorare Napa Valley, i cui superbi vigneti uguagliavano in bellezza quelli italiani e francesi visti in fotografia. Ovunque vi erano splendide aziende vinicole, case deliziose, alcune addirittura in stile vittoriano accanto alle vigne. Molta gente si spostava in bicicletta e i turisti erano pochi, sebbene in quel periodo dell'anno il clima fosse più caldo di quello cittadino. Tutto era splendido come lo aveva immaginato. Prima di rientrare in albergo, si fermò in un ristorante giapponese del quale aveva letto per una cena a base di sushi. L'esperienza fu così soddisfacente che avrebbe desiderato che il figlio fosse lì con lei. Lo chiamò per condividere quei momenti.

«Ti sento in ottima forma, mamma», disse Aden. Maggie aveva ripreso a vivere. «La prossima tappa?»

«Domani andrò a Carmel e Big Sur.» Voleva vedere i leoni marini, il famoso acquario di Monterey e la frastagliata costa di Big Sur. Avrebbe pernottato al *Post Ranch* per poi fare ritorno a San Francisco il mattino seguente e visitare il resto delle mete prefissate.

Aden si stava già allenando con la squadra di hockey e si trovava molto bene. Erano felici entrambi quando riagganciarono, ognuno entusiasta delle proprie avventure.

Al termine della chiamata, una coppia seduta al tavolo vicino le sorrise.

«Suo figlio è al primo anno di università?» chiese la donna. Maggie annuì. «Sono quasi morta di dispiacere quando il nostro è partito. Comunque adesso stiamo approfittando dell'assenza per fare qualche viaggetto che prima non ci potevamo concedere. E ne siamo entusiasti.» La coppia, che disse di essere di Dallas, chiacchierò una mezz'oretta con Maggie prima che lei pagasse il conto e tornasse in albergo. Scambiare quattro parole l'aveva fatta sentire meno sola.

Verso la fine della settimana, aveva visto tutto quello che desiderava e avuto l'opportunità di scambiare opinioni con parecchi connazionali provenienti un po' da tutti gli Stati Uniti. Si sentiva più forte e indipendente dopo aver concluso la prima tappa di cinque giorni. Ogni cosa stava filando come previsto. Il sesto giorno, nel pomeriggio, s'imbarcò per Roma.

In aereo ebbe la fortuna di sedere accanto a un professore italiano che le raccontò storie affascinanti sulla città che stava per scoprire e che la distrasse dal nervosismo del volo. L'uomo, sulla settantina e molto distinto, aveva una figlia all'incirca della sua età, ma più volte Maggie ebbe l'impressione che stesse tentando di flirtare con lei, cosa che trovò tuttavia lusinghiera, divertente e anche tipica italiana.

Dopo una deliziosa cena in business class e un sonno durato metà del viaggio, arrivò a destinazione fresca come una rosa. Il professore le augurò buon divertimento, aggiungendo – particolare che fino a quel momento aveva omesso – che ad aspettarlo in aeroporto c'era la moglie.

Ad attenderla, mandata dall'albergo, trovò una macchina con autista che, all'ingresso in città, le fece anche da cicerone. Non vedeva l'ora di iniziare l'esplorazione della Città Eterna! Peccato che a Lake Forest fossero le quattro del mattino, altrimenti avrebbe telefonato a Helen. Le inviò un messaggio allegando una foto del Colosseo e una della hall dell'albergo che brulicava di fattorini e portieri in divisa. Un addetto alla reception le mostrò l'elegante camera con balcone e vista mozzafiato su Roma che Maggie si soffermò ad ammirare a lungo. Fu in quel preciso istante che ebbe l'inebriante sensazione di rinascere. Davanti ai suoi occhi la bellezza del passato e quella della modernità si fondevano sullo sfondo del cupolone di San Pietro, della scalinata di Trinità dei Monti ai suoi piedi e della miriade di giovani seduti intorno alla fontana della Barcaccia a baciarsi o a godersi semplicemente la vita. Più tardi, le sarebbe piaciuto gettare una moneta in quell'acqua, ma avrebbe dovuto attendere di vedere la

Fontana di Trevi per garantirsi il ritorno a Roma, secondo l'antica credenza.

Un'ora dopo, uscì dall'albergo con una lunga gonna bianca di cotone abbinata a un paio di sandali e i capelli scuri sciolti sulle spalle, l'autista la stava aspettando.

«Sembra proprio italiana», commentò Luigi, lo chauffeur, sorridendo.

«Irlandese», lo corresse lei. Montò sulla Mercedes dell'albergo e si lasciò portare nelle chiese più famose sulle quali si era documentata e che aveva visto in fotografia, senza trascurare quelle più piccole nelle piazzette o nelle vie secondarie. Tra una meraviglia e l'altra si gustò anche un gelato. Il desiderio di Maggie era di farsi pervadere dallo spirito della città, attingerne la bellezza, vederne ogni cosa, viverne la magia. Avrebbe preferito condividere l'esperienza con qualcuno, ma non si sentiva sola e per il momento mandare messaggi telefonici all'amica le bastava. Ovunque andasse, incontrava gente amichevole che si fermava a chiacchierare o la salutava. Incontrò una coppia canadese, una vispa vecchietta svedese, un attraente italiano che tentò di abbordarla in un bar. Maggie evitò di dargli corda, ma si compiacque all'idea di aver fatto colpo. A Roma, gli uomini la guardavano come nessun altro faceva da anni. E questo la fece sentire più giovane, più attraente e le mise le ali ai piedi.

Camminava per ore, usando la macchina solo se necessario. L'autista la portò in piccole trattorie fuori mano, ristorantini con dehors sul marciapiede, dove gustò piatti squisiti e si divertì a guardare i vicini di tavolo. Erano così tante le cose da vedere che non le importava essere sola.

Una sera – a Chicago era ancora pomeriggio – chiamò Helen.

«Credo che Roma sia la città che preferisco al mondo», le disse quasi senza fiato per l'eccitazione. «Se fossi più giovane, mi trasferirei qui.» Ormai era troppo tardi. Aveva una vita, un figlio, anche se purtroppo la sua esistenza era cambiata radicalmente nove mesi prima e Aden avrebbe vissuto a Boston per almeno quattro anni. Non avrebbe potuto dunque trasferirsi in Europa, ma visitarla era più entusiasmante di quanto avesse sperato.

«E non hai ancora visto Parigi. Non vorrai più tornare, sebbene gli uomini italiani siano più arditi.» Maggie stentava a immaginare un posto che le potesse piacere più di Roma. La musica, la vivacità delle strade, il cibo, la gente, persino gli altri turisti come lei erano interessanti. La città era sufficientemente caotica da essere affascinante pur senza travolgere. Anche quando, passeggiando, capitava che si perdesse, riusciva sempre a ritrovare la strada per Piazza di Spagna o l'hotel che la sovrastava. Si sentiva a casa, a proprio agio e la sua autostima ne beneficiava. Non avrebbe vissuto l'esperienza allo stesso modo se con lei ci fosse stato Brad. Essere da sola la costringeva ad aprirsi, a trovare un punto di collegamento con i luoghi e le persone che la circondavano e a sbocciare.

«Perché non ci sono mai venuta prima?» chiese una sera a Helen parlando al telefono dal suo balcone, mentre ammirava il cielo notturno della Città Eterna. Il mondo sembrava più vasto da lì, infinitamente più grande dell'esistenza condotta per anni e anni a Lake Forest con Brad. Il marito aveva organizzato le loro vite in un ambiente ristretto, al sicuro, controllato, e mai prima di adesso

Maggie si era resa conto di quanto eccitante potesse essere la vita con una prospettiva più ampia e, soprattutto, quanto le sarebbe piaciuta.

«Non ci sei mai stata perché tuo marito era americano e non gli piaceva viaggiare se non per partecipare alle convention. Magari la prossima volta troverai un europeo», rispose Helen, con gentilezza. Ai suoi occhi Brad – ma si era ben guardata dal dirlo all'amica – era sempre stato un uomo piuttosto insipido.

«Non ci sarà una prossima volta», replicò Maggie con convinzione. «Ho vissuto la mia vita con Brad e non riesco a immaginare nessun altro al mio fianco. Devo però ammettere che non mi dispiacerebbe vivere qui per qualche mese o per un anno.» Il suo stile di vita era rimasto invariato nonostante la pioggia di denaro cadutale addosso dopo la morte del marito. Si sentiva troppo colpevole per spenderlo, ma per la prima volta si rese conto delle opportunità che avrebbe potuto avere e l'idea di seguitare a viaggiare la intrigava.

«Se te lo puoi permettere, dovresti farlo», l'incoraggiò Helen. «Se accadesse qualcosa a Jeff, e i miei figli fossero grandi, penso che mi trasferirei per almeno un anno a Parigi, la mia città preferita.» Maggie non riusciva a immaginare un posto più bello di Roma e le dispiaceva di non esserci mai stata con il marito che, seppur non particolarmente amante dei viaggi, se ne sarebbe innamorato. Anche da sola, era il posto più romantico della terra.

Fu con particolare tristezza che partì, il giorno dopo, per proseguire alla volta di Parigi. L'autista, Luigi, si accomiatò da lei con un abbraccio raccomandandole di tornare.

L'aveva o no incoraggiata a gettare una monetina nella Fontana di Trevi? Roma l'aspettava per una nuova visita.

Arrivò a Parigi in meno di due ore. In aeroporto tutto sembrava più frenetico rispetto a Roma, sebbene là imperasse un'atmosfera piuttosto caotica. Parigi dava l'impressione di essere meglio organizzata ma meno accogliente.

Anche qui l'albergo le aveva messo a disposizione un'auto con conducente, Florent, che la portò in città lungo una superstrada, non molto diversa da quelle americane. Al primo impatto, Parigi le mozzò il fiato. La vista degli Champs-Élysées che si estendevano verso il grandioso Arco di Trionfo la lasciò incantata, così come lo splendore di Place de la Concorde con le sue fontane e le sculture. Le era capitato spesso di vedere quei posti nei film, ma niente ne trasmetteva la maestosità come ammirarli di persona. Contemplò gli splendidi ponti, Les Invalides, che ospitavano la tomba di Napoleone, con la cupola dorata sul lato opposto, sulla riva sinistra della Senna. Dopo aver imboccato il Ponte Alessandro III con i suoi decori dorati, l'auto proseguì sulla riva destra ed entrò a Place Vendôme con al centro la monumentale colonna alla gloria di Napoleone, e tutt'intorno eleganti gioiellerie e la maestosità del *Ritz*, con una schiera di portieri e una lunga passatoia rossa sulla scalinata d'ingresso a darle il benvenuto. Maggie aveva scelto il modo più elegante di visitare Parigi e conoscere la città, un luogo con un'atmosfera diversa da quella di Roma, con la sua storia millenaria, zeppa di splendidi monumenti antichi e di gioventù dall'aspetto felice e sexy. Parigi aveva un'impronta più romantica, contagiosa. La sua era una bellezza che puntava sul fascino. Ovunque guardasse, vedeva splendore. Un'esperienza diversa da quella italiana, che le fece comprendere perché Helen l'amasse tanto. A chi non sarebbe piaciuta Parigi?

La suite che le fu assegnata era più grande e più elegante di quella dell'*Hassler*, anche grazie alla recente ristrutturazione dell'edificio. Ovunque vi erano mobili antichi e pregiate stoffe. Sarebbe stato difficile, pensò, tornare a casa e riabituarsi alla vita in una villetta della periferia di Chicago. Qui era circondata dalla bellezza, dalla storia, da monumenti straordinari e da edifici altrettanto splendidi.

Nel pomeriggio andò al Louvre e passeggiò nel giardino delle Tuileries. L'autista l'accompagnò in tutti i negozi più eleganti su rue du Faubourg Saint-Honoré, proprio come aveva fatto in via Condotti a Roma. Maggie non si era ancora dedicata allo shopping, troppo eccitata dalla città. Non desiderava nulla, tranne che essere lì, immergersi nell'eleganza e nell'atmosfera che erano l'essenza della capitale francese.

Adorava camminare lungo la Senna e fermarsi di tanto in tanto su uno dei suoi ponti per guardare l'acqua e pensare a Brad, alla madre, a quanto difficile doveva essere stata la sua vita dopo aver perso il marito. A differenza sua, lei non si era potuta permettere il lusso di un viaggio in Europa circondata dagli agi per tentare di riprendersi dal lutto. Era passata da una città all'altra, da un lavoro all'altro per mantenere la famiglia. Solo dopo cinque anni di peregrinazioni aveva incontrato Harry che era stato in grado di garantirle una certa sicurezza. Fino a quel momento, la sua era stata una vita di battaglie, battaglie che non erano finite neanche dopo aver ritrovato un minimo di serenità. Non volendo pesare sulle spalle di Harry con due figli non suoi, aveva fatto il possibile per contribuire al mantenimento di Maggie e Tommy. Forse sarebbe stata più felice se fosse ritornata a fare l'infermiera, invece si era accontentata, pur se di malavoglia, di quel che trovava. La sua era stata una vita tribolata e priva di soddisfazioni. Il padre di Maggie aveva lasciato la famiglia impreparata ad affrontare un futuro senza di lui e la madre aveva perso la gioia di vivere persino con il secondo marito.

Brad era stato l'opposto del padre di Maggie, era stato previdente, aveva protetto lei e il figlio in caso fosse venuto a mancare. L'assicurazione sulla vita gli era costata una fortuna, talvolta più di quanto non si sarebbe potuto permettere, ma le aveva garantito uno stile di vita che non avrebbe mai sognato e la possibilità di viaggiare come stava facendo adesso. Persino ora, nonostante non ci fosse più, si stava prendendo egregiamente cura di lei. Quanto ad Aden, avrebbe avuto solide basi sulle quali costruire il futuro, un'ottima istruzione e senza mai neanche toccare il risarcimento della compagnia aerea. Brad aveva già dato loro tutto ciò di cui avrebbero potuto avere bisogno. Il denaro della compagnia era stato solo un bonus letteralmente piovuto dal cielo, un po' come una vincita alla lotteria, e quei soldi dovevano andare tutti al figlio per risarcirlo in qualche modo di aver perduto il padre in così giovane età.

Maggie si sentiva incredibilmente felice e fortunata mentre esplorava la riva destra e quella sinistra della Senna, ammirava monumenti, entrava nei musei, cercava statue famose in piccoli parchi, s'innamorava del Musée Rodin. Si fermò a bere un tè al *Plaza Athénée* e da *La-*

dureé, a mangiare qualcosa al famoso *Café de Flore* e ai *Deux Magots*, esplorò botteghe d'antiquariato e ammirò gli spettacolari allestimenti floreali di Jeff Leatham nella lobby dell'hotel *George V*. Comprò dei fiori per strada e chiese a una cameriera del *Ritz* di sistemarli in camera sua. La città era incredibilmente romantica e le sarebbe piaciuto poterla vedere in compagnia del marito. Anche così però era felice e talmente impegnata a esplorarla da non fare caso alla solitudine. Quella era la sua vita, adesso, e avrebbe fatto ogni esperienza da sola, un'idea con la quale pian piano stava venendo a patti, abituandosi alle nuove circostanze. Non immaginava neanche di poter vivere accanto a un'altra persona. Il suo destino era stare da sola. Chiacchierò amabilmente con gente incontrata ai musei e nei bistrot, alcuni americani, altri provenienti da tutta Europa. Ogni giorno era un'avventura e ogni conoscenza era interessante.

Non le fu difficile capire perché Helen avrebbe voluto vivere a Parigi almeno per un anno. Quanto a lei, le bastava quella sottile sensazione di soddisfazione e pace, di opulenta bellezza. La mattina, quando si svegliava di buon'ora, e guardava Place Vendôme, un morbido chiarore grigio perla baciava i tetti delle case fino a quando il sole non squarciava le nuvole inondando con la sua luce il cielo azzurro, che restava luminoso fino a tardi la sera. La Ville Lumière, era così infatti che chiamavano Parigi. Che dire poi della Tour Eiffel, che si stagliava illuminata nel cielo notturno?

Un pomeriggio, alla reception, mentre stava prendendo la chiave della camera, scorse la brochure di uno splendido albergo monegasco e ripensò al suggerimento del suo agente di viaggio di visitare la Costa Azzurra, se ne avesse avuto il tempo. Monaco era un piccolo principato arroccato sulle coste mediterranee. Lì Grace Kelly, proprio come nelle favole, aveva sposato un principe e, negli anni Cinquanta, era diventata la principessa di Monaco. Studiò il dépliant per qualche minuto.

«È complicato arrivarci?» chiese all'impiegato, incerta su dove si trovasse.

«Oh, no, *madame*. Appena un'ora di volo. È piuttosto vicino, direi. A sud, sulla Riviera.» Le nominò anche Saint-Tropez, una cittadina francese molto *à la page*, e aggiunse che Monte Carlo, la capitale del principato, era un'amena città con un porto pieno di yacht e nota per i suoi ospiti internazionali, famosi ristoranti e un elegante casinò dove giocare alla roulette, a blackjack e tanto altro ancora. L'idea, seppure un poco demodé, la allettò. Da lì, aggiunse il portiere, spostandosi a Nizza, avrebbe potuto prendere un volo per Londra, la destinazione seguente. Il clima nella Francia meridionale era eccellente in quel periodo dell'anno, anzi ancora piuttosto caldo, il che le avrebbe permesso, oltre che ammirare il posto, anche di sdraiarsi a bordo piscina in albergo a prendere il sole. Sarebbe stato un piacevole intermezzo tra Parigi e la baraonda londinese. E lei non aveva fretta di tornare negli States. Aveva scelto i posti più tranquilli d'Europa, dove la qualità della vita era importante. Anche i suoi ritmi avevano rallentato esplorando Roma e Parigi. Monte Carlo le pareva una tappa eccellente prima di proseguire per l'Inghilterra. A Parigi aveva ormai visto tutto quello che desiderava, sebbene le dispiacesse andarsene, proprio com'era accaduto con Roma. Ma sarebbe ritornata, ne era certa, e la prossima volta avrebbe aggiunto all'itinerario Venezia e altre città come Barcellona o Madrid. Finora il viaggio era stato una splendida esperienza gustata con i ritmi giusti, ma c'era ancora una infinità di cose da scoprire. Iniziava a sentirsi più avventurosa, un sentimento inconsueto per lei. In quelle settimane aveva incontrato diverse altre donne rimaste vedove, alcune organizzate in gruppetti, più anziane di lei, e aveva notato come tra loro vi fosse una sorta di tacita comprensione, un segreto che apparteneva solo al loro piccolo club.

Maggie si lasciò trasportare dall'entusiasmo e chiese al concierge di prenotarle una stanza per un fine settimana all'*Hermitage* di Monte Carlo. Il lunedì seguente avrebbe fatto tappa a Londra per rimanerci una settimana prima di rientrare a casa.

Qualche minuto dopo, il portiere la chiamò in camera per confermare la prenotazione. Il mattino seguente, alle dieci, si sarebbe imbarcata sul volo per Nizza, sarebbe arrivata all'*Hermitage* verso mezzogiorno e avrebbe avuto l'intera giornata per esplorare la città, passeggiare, sdraiarsi a bordo piscina e, la sera, fare persino una capatina al casinò. Maggie non giocava d'azzardo, ma si sarebbe divertita a osservare l'ambiente, a guardare gli appassionati di tutto il mondo trascorrere una serata ai tavoli verdi.

Preparò i bagagli quella sera stessa, si concesse un'ultima passeggiata nei dintorni e alle otto del mattino seguente lasciò l'albergo.

A Nizza trovò ad attenderla una Rolls-Royce bianca che la mise qualche istante in imbarazzo, ma subito dopo trovò la cosa divertente e che facesse parte dello spirito del momento. In albergo le fu assegnata una stanza che affacciava sulle splendide acque del Mediterraneo. Alla vista del porto con i suoi lussuosi yacht ormeggiati, si ripromise di farci una passeggiata.

Pranzò a bordo piscina e poi si concesse un lungo giro a piedi. Per le strade, notò le vetrine dei marchi più famosi del mondo e al porto ammirò le imbarcazioni all'ormeggio, alcune di enormi proporzioni. Qua e là qualche marinaio lavava uno scafo o i proprietari si godevano sul ponte un pranzo tardivo con gli amici. Che dire poi delle splendide barche a vela! Una in particolare la colpì per la sua slanciata bellezza. Batteva una bandiera che non riconobbe. *Lady Luck*, lesse con un sorriso passandole davanti. Anche lì l'equipaggio stava lavando l'imbarcazione. Del proprietario nessuna traccia. Doveva essere un'esperienza fantastica, sedere sul ponte di una di quelle meraviglie. Dopo aver lasciato il porto, ritornò all'hotel, in cima a una ripida collina. La passeggiata le avrebbe fatto bene.

Nel tardo pomeriggio, dopo un bagno in piscina, scelse un abito un po' più raffinato per la serata al casinò, meno frequentato fino alla mezzanotte e più popolato dopo quell'ora. Maggie decise di cenare tardi in albergo e verso mezzanotte e mezzo percorse a piedi la breve distanza che la separava dalla casa da gioco spesso raggiunta da turisti in Rolls-Royce con tanto di autista. L'ambiente era internazionale. Sentì parlare russo, arabo, cinese, inglese, francese e anche un po' di tedesco e di italiano. Era come trovarsi in una minuscola città per ricchi. Monte Carlo, un paradiso fiscale dove i residenti non pagavano tasse, attirava miliardari da ogni parte del mondo. Ovunque si vedevano Ferrari dalle quali uscivano donne splendide in abito da sera. Al casinò i tavoli erano affollati. Era sabato, la serata per eccellenza dedicata al divertimento.

Sostò per un po' al tavolo della roulette, ma non la trovò eccitante come il blackjack e il poker. Lei e Brad talvolta erano andati a Las Vegas per partecipare a qualche convention, nessuno dei due era un giocatore accanito, ma si erano divertiti a fare qualche tentativo alle slot-machine e a guardare la gente seduta intorno ai tavoli verdi.

Monte Carlo era infinitamente più chic e glamour. L'eleganza la faceva da padrona, con gli abiti e i modi raffinati della sua folla internazionale. Maggie si sentì a disagio con indosso un semplice tubino nero e i capelli sciolti. Le signore ai tavoli o in giro per i vari ambienti erano coperte di gioielli costosi mentre lei sfoggiava solo la fede e un piccolo orologio d'oro, dono del marito. Ma non se ne fece un cruccio, non era in competizione con nessuno. Tutte le belle signore erano accompagnate da cavalieri impegnati a giocare e imitati da alcune di loro. Maggie si sentiva un'osservatrice invisibile e si sorprese nel notare di essere ammirata. Era una bella donna inconsapevole della propria avvenenza. Un signore la invitò a bere un drink e lei rifiutò con gentilezza. Aveva un evidente accento spagnolo ed era molto affascinante, ma Maggie si accontentava di guardare, non era interessata alla compagnia maschile. Desiderava solo godersi l'atmosfera del casinò e svagarsi.

Un tavolo di blackjack in particolare attirò la sua attenzione. I giocatori sembravano persone importanti e puntavano forte a giudicare dai mucchietti di fiches sul tavolo. Parecchie centinaia di migliaia di dollari. Nessuno di loro parlava, l'atmosfera era di massima concentrazione. Qualche minuto dopo aver cominciato a osservare, un uomo dall'aspetto giovanile e attraente con le chiome sale e pepe e un sorriso ampio vinse. Il croupier spinse verso di lui un'incredibile quantità di fiches che l'uomo impilò con cura riprendendo subito a giocare tra i borbottii dei perdenti. Lo sconosciuto doveva essere all'incirca coetaneo di Maggie. Le parve vagamente familiare, ma era certa di non conoscerlo. Quando lo sentì parlare, capì che anche lui era americano. L'uomo vinse anche la mano seguente, con disappunto generale, ma in quella successiva perse con palese indifferenza un bel po' di quattrini. Divertito, puntò di nuovo. D'un tratto, guardò Maggie e il suo volto si illuminò di sorpresa.

«Maggie Kelly? Sei tu?» Presa alla sprovvista per essere stata chiamata col nome da ragazza, lei annuì mentre lui rideva. Le ci volle un istante prima di sgranare gli occhi incredula. Era Paul Gilmore, il suo primo flirt del liceo partito in cerca di fortuna nel giro delle gare motociclistiche e, dopo, automobilistiche. Non lo vedeva da trent'anni, sparito tra le nebbie di un'altra vita. Ricordò gli ammonimenti della madre, quando le ripeteva che quel ragazzo era un selvaggio pericoloso, le sue funeste previsioni sul futuro, e invece adesso era lì, che vinceva e perdeva una fortuna a un tavolo da gioco di uno dei più esclusivi casinò del mondo. Era povero in canna ai tempi del liceo e abitava in un cottage fatiscente con la madre. Le cose dovevano essergli andate bene. Del resto, lo aveva detto che prima o poi sarebbe diventato famoso. Ricordò vagamente di aver sentito che era un noto corridore di Formula Uno, ma la sua vita era lontana anni luce da quella che conduceva lei quando era felicemente sposata con Brad, che fra l'altro non aveva nessun interesse per le corse automobilistiche. Paul era uscito dal suo radar e adesso all'improvviso eccolo lì, sorridente, come se non si fossero mai separati.

Era circondato da un alone di ricchezza e aveva lo stesso splendido sorriso di quando, appena diciassettenne, l'aveva quasi urtata sul marciapiede con il suo skateboard. Le fece cenno di avvicinarsi e Maggie lo accontentò fermandosi al suo fianco. Poco dopo la sedia accanto si liberò e lui le sussurrò di occuparla per seguitare a portargli fortuna. Gli occhi brillavano di malizia e, a parte i capelli brizzolati, era quasi identico a trent'anni prima.

«Te la sei cavata egregiamente anche senza di me», gli sussurrò lei, accomodandosi e non osando più parlare per tutta la mano. Paul perse di nuovo, anche se non come con la puntata precedente, ma ancora una volta sembrò infischiarsene. Poi, si riempì le tasche con le fiches rimaste e si alzò per andarle a cambiare al banco.

«*Bonsoir, monsieur Gilmore*», lo salutò il croupier. Paul lasciò il tavolo seguito da Maggie. Un istante dopo, la strinse in un fortissimo abbraccio risvegliando in lei i ricordi di quanto fossero stati vicini un tempo e di quanto lo avesse amato.

«Che ci fai qui?» le chiese.

«Sono in vacanza», gli rispose con un leggero imbarazzo. Erano tante le cose da spiegare e senza diventare patetica.

«Sei da sola?»

Maggie annuì e all'improvviso le parve di essere ritornata ai tempi in cui aveva cominciato a frequentarlo con assiduità. Li separava solo un anno di età. Lui quarantanove e lei quarantotto. Il viso di Paul aveva mantenuto quell'espressione adolescenziale e i capelli argentati gli conferivano un look sofisticato, ma era sempre lui, indipendentemente da quanto la vita lo avesse portato lontano dalle sue umili origini. A guardarlo adesso, nessuno le avrebbe mai immaginate. Aveva l'aria di un uomo ricco, abituato a un alto tenore di vita. «Vieni, andiamo al bar del casinò a bere qualcosa», la invitò, visibilmente felice di averla ritrovata. Non riusciva a staccarle gli occhi di dosso, come se fosse una specie di miraggio.

«Non sei cambiata per niente», commentò, radioso. Maggie esplose in una risata.

«Devi essere cieco, allora. Vorrei che fosse così.»

«Quanti anni sono passati?»

«Trenta.»

«Abbiamo un bel po' di tempo da recuperare!» Paul ordinò champagne per entrambi. «Come mai da queste parti? Vivi in Europa?» Le sarebbe piaciuto, pensò Maggie ridendo. Lo guardò di nuovo, così mondano, sofisticato e lei così rozza al suo fianco.

«No. Vivo a Lake Forest, Illinois. Sono qui in vacanza.» Cercò di dirlo in tono casuale, sebbene per lei quell'occasione non lo fosse affatto e si sentisse consapevole della semplicità del proprio abito e del suo aspetto a paragone delle altre donne presenti nel locale.

«Perché sei qui da sola? Sei sposata?» Maggie portava la fede al dito, ma Paul non sapeva più nulla della sua vita dall'ultima volta che si erano visti. Non era mai più ritornato a casa, tranne per un paio di giorni alla morte della madre, non molto tempo dopo aver vinto la sua prima gara importante. Da allora, aveva perso contatto con il passato.

Maggie, seria, scrollò la testa. «No», rispose laconicamente.

Paul fissò interrogativo prima l'anello, poi lei. «Divorziata? Un pessimo compagno? Me lo ricordo ancora, sai, l'odio che aveva tua madre nei miei confronti.»

Maggie fece una smorfia. «Credeva che fossi un ragazzo selvaggio e pericoloso e seguitava a ripetere che mi avresti spezzato il cuore.» Non era stato così. Si erano lasciati in buoni rapporti dopo il diploma, quando le loro strade si erano separate: lui per andare in California meridionale e in Messico a correre e lei nell'Ohio per continuare gli studi. «No, non sono divorziata. Ero sposata con un uomo splendido, che ho amato e che mi ha dato un figlio. Lo scorso dicembre siamo stati coinvolti in un incidente aereo e lui è morto.»

«Oh, buon Dio, Maggie, mi dispiace. Pilotava lui? Ho imparato a volare, sai? La cosa mi tocca ancor più da vicino.» Lei sorrise alla domanda e al pensiero che la vita di Paul fosse ovviamente più stravagante della loro. I loro due mondi erano distanti anni luce.

«No, eravamo su un volo di linea da Chicago a New York. Siamo precipitati nell'Hudson durante una tormenta. Quarantanove morti, lui compreso.»

«Una sfortuna terribile», commentò Paul, con espressione compassionevole e triste per lei. Era ancora troppo bella e giovane per rimanere vedova.

Maggie annuì ed evitò di aggiungere che quell'incidente l'aveva quasi uccisa e che quello era il suo primo viaggio da sola.

«E tu? Sposato? Figli?» gli chiese.

«Due volte e no, nessuno», fece Paul. «Nel senso che

ho due divorzi alle spalle e nessun figlio. Per le mie ex il mio stile di vita non era compatibile con il matrimonio. La Formula Uno, la scalata dell'Everest dieci anni fa, la passione per l'eliscì. Mi piacciono ancora le grandi sfide, ma le donne non gradiscono. Non in un marito comunque. Quanto ai figli, non mi è sembrato giusto averne, considerato quello che faccio. Non sarebbe stato giusto nei loro confronti.»

«Non sei cambiato, dunque.» Maggie sorrise. Amava ancora il rischio, le attività pericolose. Sua madre aveva avuto ragione. Lo ammirava però per la responsabilità dimostrata nella scelta di non aver voluto figli. E per aver lasciato andare le mogli. «Dove vivi?»

«Oh, un po' dappertutto. Parigi, Londra. A Parigi ho una suite permanente al *Ritz*. E un appartamento anche qui.»

«Sono appena stata al *Ritz*», rispose lei.

«Spesso sono anche in Svizzera. Di rado a New York. Il lavoro mi segue, quindi posso fermarmi dove voglio.» Sembrava a proprio agio con se stesso e felicissimo di averla incontrata. «Quanti anni ha tuo figlio?» Voleva sapere tutto di lei.

«A settembre ha iniziato a studiare alla Boston University.» Paul iniziò a capire che Maggie stava tentando di trovare la propria strada e che era completamente sola. Il marito era morto, il figlio era andato via di casa. Provò un moto di compassione per lei, che lo guardava con coraggio e sincerità. Era sempre stata così, e per lui non era cambiata. «È il mio primo viaggio da sola e il primissimo in Europa», gli confessò.

«Che lavoro faceva tuo marito?» Che genere di uomo aveva sposato?

«Aveva uno studio di commercialista, l'azienda di famiglia.»

«E tu? Che fai di bello? Lavori?»

«Ho lavorato per il padre di mio marito prima che ci sposassimo ma da quando è nato nostro figlio non ho più avuto impieghi a tempo pieno. Ora sto cercando di orientarmi, di capire come muovermi.» A lui non sembrava depressa dalle amare vicissitudini, però. Era come una neonata, una creatura che stava tentando di imparare tutto in una volta. E quel pensiero, così dolce, lo commosse. Maggie aveva l'aria pura, innocente, non come le donne che conosceva e alle quali ormai era abituato. La ammirava ancora di più per essere venuta in Europa da sola, una vera e propria sfida per lei. Non sembrava in cerca di un marito, con quel tubino sobrio e austero la cui semplicità tuttavia ne evidenziava la bellezza. Non vi era nulla a distrarre lo sguardo dal suo fisico perfetto e dal suo volto delizioso e dai tratti regolari. Era cento volte più attraente di tutte quelle bamboline truccate che affollavano il locale, la metà delle quali squillo di lusso. Di sicuro Maggie non ci aveva neanche pensato, ma lui sapeva come andavano le cose in quell'ambiente. Era abituato a vederle e le riconosceva a prima vista.

«Ho una barca a vela ormeggiata al porto. Ti andrebbe di fare un giro con me, domani?» le chiese con semplicità. Maggie annuì.

«Mi piacerebbe, sì.» Era stato il suo primo amore al liceo ed era molto bello rivederlo. «Ho sentito che hai avuto successo in Formula Uno, ma credo di non avere mai realizzato davvero che cosa significasse, troppo impegnata a vivere la mia tranquilla vita a Lake Forest. Quel mondo per me era irreale.» Ecco perché era così conosciuto e tutti lo salutavano. Era un personaggio famoso. «Corri ancora?»

«Sì, ma non più tanto spesso. Partecipo solo alle competizioni automobilistiche più importanti per i miei sponsor. E in caso ti stessi chiedendo se sono un commerciante d'armi o un trafficante di droga, ti rispondo subito di no. Ho fatto fortuna nel mondo delle gare e in altri ambiti rischiosi investendo con intelligenza i soldi. Più uno sport è pericoloso, più si guadagna. E ti posso garantire che si è pagati piuttosto bene! Adesso seguo personalmente i miei investimenti, sebbene abbia un contratto che preveде io possa gareggiare quando voglio. In genere, scelgo le competizioni internazionali più importanti. Non ho più nessuno che mi aspetta a casa, più nessuno che si lamenti dei rischi che corro. Sono libero. E la libertà, dopo un po', diventa come una droga, come il pericolo. Ho bisogno di adrenalina continua!» Gli occhi di Paul brillarono maliziosi come trent'anni addietro. E proprio come in passato parlava di sé con sincerità. Non le aveva mai mentito, aveva sempre messo in chiaro quali fossero le sue priorità, anche allora.

«Hai sempre avuto bisogno di adrenalina», gli ricordò lei. «Ecco perché non piacevi a mia madre. Le ricordavi troppo quello spericolato di mio papà e la fine che aveva fatto.»

«E tuo fratello? Che mi dici di lui? Era un ragazzo così carino, anche se ogni tanto un po' rompiscatole.»

«È morto. In Iraq. A ventitré anni. Era un pilota della marina. Mamma non si è più ripresa da allora. Dopo la sua morte ho sposato Brad. So che essere la moglie di un commercialista pare avere ben poco di affascinante, ma era un uomo d'oro e io volevo un'esistenza tranquilla. Quella che sapevo che lui mi avrebbe garantito. Eravamo felici. Ironia della sorte, era proprio l'opposto di un amante del rischio. Ci siamo imbarcati sul volo per New York per un fine settimana, un viaggio per partecipare a una convention di fiscalisti, e l'aereo è precipitato. Nella vita non si sa mai quello che può accadere, anche se sei la persona più tranquilla del pianeta.» E poi c'erano altri, come Paul, che la sfangavano sempre. Almeno finora.

«Non è giusto!» esclamò lui. Era sorpreso che dopo la morte del padre, del fratello e del marito Maggie fosse ancora in piedi, ma era sempre stata una donna forte, determinata. Lo vedeva con i suoi occhi che ora si era ripresa molto bene, tuttavia doveva aver patito atroci sofferenze.

Paul la riaccompagnò in albergo promettendole di tornare a prenderla l'indomani mattina alle dieci per la gita in barca. Maggie lo ringraziò con un sorriso. Lo rivide con gli occhi della mente, diciottenne e dolce come sempre. Era stato il suo unico amico ai tempi in cui nessuno si prendeva la briga di conoscerla. «Sarà divertente.» Era strano averlo incontrato così per caso. Una cosa però che la rendeva felice.

«Niente di pericoloso, te lo prometto. Solo una tranquilla giornata in barca a vela.» Paul non aveva mai messo a rischio la sua sicurezza. Il pericolo lo riservava solo a se stesso.

«Non vedo l'ora che arrivi domani.» Maggie tornò nella sua suite pensando a lui. Non era cambiato rispetto a prima, nonostante il look sofisticato. Era la stessa persona affascinante e gentile di un tempo, anche però perfettamente in linea con le previsioni di sua madre. Adorava il rischio e aveva sacrificato due matrimoni su quell'altare. Da un punto di vista sentimentale, era un uomo dal quale stare alla larga. Perché preoccuparsi, però? Non aveva intenzione di lasciarsi coinvolgere in una storia e di sicuro non lo voleva neppure lui. Erano solo due vecchi amici che si erano incontrati per caso. Niente di pericoloso. Solo un divertente scherzo del destino che aveva fatto incrociare di nuovo le loro strade. Una coincidenza bizzarra, ma innocua. Paul non era che un dolce ricordo del passato.

6

Paul passò a prenderla il mattino seguente a bordo di una splendida Lamborghini vintage azzurro pallido, sfrecciò verso il porto e in men che non si dica si fermò davanti a un'enorme barca a vela, la stessa ammirata da Maggie il giorno prima. La *Lady Luck* gli apparteneva.

«L'ho notata ieri», sorrise lei, sorpresa. «È davvero fantastica.»

«La adoro», ammise Paul. «Ne ho avute diverse, ma questa è la mia preferita. È stata costruita in Italia, e sebbene per motivi fiscali sia stata immatricolata alle Cayman, la tengo sempre qui e l'utilizzo spesso. In un certo senso, potrei dire che è casa mia.» Aveva appartamenti ovunque, ma quella che sentiva davvero come la sua dimora era la barca. Era nato per essere libero, senza vincoli e per condurre una vita stravagante. Era stato sposato, ma il fallimento dei matrimoni non sembrava averlo particolarmente ferito o addolorato. Com'erano state le mogli?, si chiese Maggie. Appariscenti, di sicuro. In trent'anni la sua vita e quella di Paul si erano incamminate su strade diametralmente opposte. Entrambi però se l'erano cavata più che bene, a quanto pareva. O almeno per lei era stato così fino a quando il suo volo non era precipitato. Col passare del tempo, però, sembrava adattarsi alla nuova situazione, si stava rimettendo pian piano in piedi e cercava di abituarsi alla solitudine.

La giornata a bordo della *Lady Luck* fu perfetta in ogni senso. Lasciarono il porto utilizzando il motore, ma in mare aperto passarono alla navigazione a vela. La barca scivolava tranquilla sull'acqua. Paul, un marinaio esperto, tenne il timone per un po' prima di passarlo a uno dei membri dell'equipaggio composto da diciotto persone. Dopo qualche ora, si avvicinarono alla costa per pranzare in una baia riparata vicino a Saint-Jean-Cap-Ferrat. Mentre, seduti sul ponte, assistiti da due cameriere, gustavano un delizioso pranzo preparato da un favoloso chef, Paul le raccontò delle sue avventure negli autodromi di tutto il mondo, le parlò della scalata dell'Everest, della sua sete di conquistare le mete più impossibili, dei suoi matrimoni. Paragonata a quella di Paul, la vita di Maggie era uno specchio d'acqua tranquillo, un'esistenza senza complicazioni e, soprattutto, senza eccitazioni. Non era cambiato dai tempi del liceo, nonostante la ricchezza. Era un adulto, aveva molti più anni addosso, possedeva i giocattolini più costosi, ma lo sprone era rimasto lo stesso e avrebbe continuato a esserlo. Anche la sua gentilezza e i suoi modi erano rimasti immutati. Maggie si chiese se anche suo padre, oltre a essere sempre in cerca del brivido, fosse stato così amorevole. Rispondere le era impossibile. Lo aveva perso a nove anni e quella non era un'età affidabile per esprimere giudizi. Lo pensava come un eroe, ma forse a pungolarlo era sempre stato il rischio. Per fortuna, lei aveva avuto il buon senso di sposare Brad e di condurre un'esistenza serena e tranquilla per quasi vent'anni. La perenne sete di azzardo di Paul l'avrebbe fatta morire di paura. Ironia della sorte, però, lui era ancora vivo, mentre il marito non c'era più. Nella vita nulla era prevedibile, come aveva affermato Paul. Stranamente, a un tratto sentì di provare per lui ancora la stessa attrazione di quando era diciassettenne e aveva l'impressione che per lui fosse lo stesso. Pensare a una storia tra loro era assurdo, tuttavia. Tra qualche giorno ognuno avrebbe ripreso la propria strada, ognuno sarebbe tornato alle proprie diversissime attività, a migliaia di chilometri di distanza. Paul era pienamente soddisfatto del proprio stile di vita e sembrava non provare rimpianto per i matrimoni falliti.

La giornata proseguì piacevolmente in compagnia di un equipaggio molto discreto che li coccolava con una costante offerta di cibo e bevande. Dopo pranzo, fecero una nuotata e risero con la spensieratezza dei vecchi tempi, come i due ragazzini che erano stati. Paul aveva uno splendido senso dell'umorismo e stare in sua compagnia l'aveva sempre divertita. Riusciva a rendere speciale qualsiasi cosa, anche quando erano soltanto due adolescenti squattrinati.

«Mi ha sempre molto colpito che tu non sia voluta venire a letto con me», le disse lui, dopo la nuotata, mentre prendevano il sole.

«Sapevo che saresti partito e temevo che, se fossi rimasta incinta, non ti avrei rivisto mai più.»

«Sei stata brava. Eri una donna di sani principi già allora.»

«Non certo una che si butta a capofitto nei rischi come te!» Maggie scoppiò in una risata e lui abbozzò un sorriso. Abbrustoliti dal sole, si gettarono di nuovo in mare rincorrendosi nell'acqua come due bambini. Rientrarono a Monaco al tramonto.

«Che farai adesso?» le chiese lui serio. «Pensi di riprendere a lavorare?»

«In verità non ne ho la più pallida idea. Non conosco nessuno che potrebbe offrirmi un posto. Sono un'autista per ragazzi affidabile, faccio degli ottimi pancake e un polpettone decente. A parte per lavorare in una tavola calda o diventare un'autista Uber, non ho qualifiche per molto altro. Mi piace pensare di essere stata una buona moglie, ma non sono io a doverlo affermare.» Accontentare Brad era facile. Aveva fatto abbastanza per lui? Avrebbe dovuto sforzarsi di più?

«Ti ha lasciato del denaro?» volle sapere Paul, preoccupato per il suo futuro. Maggie annuì, senza entrare nello specifico. «È *imperativo* per te trovare un lavoro?»

«Potrei starmene senza far niente per il resto della vita. Già solo il pensiero mi fa impazzire. Pensavo di impegnarmi in una galleria d'arte o qualcosa del genere.» Al contrario del marito, innamorato dei numeri, lei stravedeva per l'arte in tutte le sue forme.

«Che ne diresti di venire a sciare con me, quest'inverno?» suggerì Paul di punto in bianco.

«Sono anni che non metto gli sci ai piedi. Ho imparato ai tempi del college, ma a mio marito non piaceva. Preferiva giocare a golf con i clienti oppure a baseball, quando era bambino, e a football al liceo.»

«Faccio eliscì in Canada ogni anno, ma questa volta

pensavo più a Courchevel, un posto più esclusivo e divertente per te. Tu potresti impratichirti sulle piste più facili mentre io mi cimenterei con le tre vallate, più impegnative. Non ho nessuno che mi faccia compagnia, al momento. Sono in una situazione di stasi sentimentale», le disse con adolescenziale malizia ma altrettanta sincerità. Erano ancora amici, nonostante fossero passati trent'anni.

«Non so se essere invitata a fare da riempitivo sia un complimento o un insulto», rispose Maggie con una risata. Si sentiva a suo agio con lui, proprio come da ragazzini. E stare insieme adesso era una sorta di tuffo nel passato. Con lui Maggie era sempre riuscita ad aprirsi, a raccontargli qualsiasi cosa. Ora erano solo più grandi e più ricchi. Lo stile di vita di Paul era impressionante, aveva una barca splendida, ma era sempre lui, nonostante il lusso che lo circondava. Amava ostentarlo, ma non in modo sgradevole. Si limitava a vivere bene. Più che bene.

«Potremmo andare a sciare dopo le feste di Natale», insistette Paul. «Perché immagino che quelle vorrai passarle con tuo figlio.»

«Esatto.» Non ci avrebbe rinunciato per niente al mondo. Era il perno intorno al quale ruotava tutto, l'unica cosa importante. Non avrebbe permesso a niente e a nessuno di interferire.

«Oppure potresti portarlo con te, se lo desideri.»

Maggie sorrise.

«Per allora sarà tornato all'università», gli rispose soffermandosi a pensare, però, quanto avrebbe potuto essere divertente trascorrere qualche giorno sulla neve con Paul, da amici. Prima o poi, avrebbe trovato un'altra donna e lei non avrebbe avuto più quell'opportunità. Ad attirarla molto era anche l'idea di ritornare in Europa. Farlo con lui sarebbe stato piacevole, come sempre.

«Sarò ai Caraibi per le vacanze di Natale, sulla mia barca. La porto sempre lì in inverno, perché il clima è splendido e ho sempre un sacco di amici che vengono a trovarmi. Allora? Che mi dici di una villeggiatura in mia compagnia a Courchevel, dopo le feste di Natale?» Paul la guardò con la faccia di un cocker spaniel che supplicava per avere un biscotto. Maggie rise forte.

«Forse. Potresti trovare l'amore della tua vita, nel frattempo. Se dovesse accadere, cancella pure l'invito senza alcun rimorso. Non me la prenderò.» Non aveva aspettative, il che rendeva tutto più facile.

«Non ci penso neanche a cancellare l'impegno. Quanto all'amore della mia vita, l'ho incontrato trent'anni fa», le rispose, improvvisamente serio. «Purtroppo allora non lo sapevo. Ero troppo giovane e me ne sono reso conto quando già non c'eri più e non avevo idea di come ritrovarti.»

«Che stai dicendo?» Maggie era rimasta di sasso.

«Solo perché non ci siamo più visti non significa che ho smesso di pensare a te o di amarti. L'ho sempre fatto. Sentimenti come quello non svaniscono come se nulla fosse.»

«Se avessi voluto, avresti potuto trovarmi. Non ero poi così lontana.» Maggie non riusciva a capacitarsi di essere stata il suo amore per trent'anni.

«E se ti avessi trovato, mi avresti sposato?» le domandò, languido.

Maggie lo guardò dritto negli occhi. «No. Eri tutto quello che temevo, e mia madre mi aveva messo in guardia. A ragione, direi. Chi rischia ingiustificatamente la propria vita come fai tu, in un certo senso è un tossico, ed è pericoloso per chi lo ama. Non voglio finire come lei, morta giovane, sopraffatta dai lutti.»

«Tu sei molto forte», le rispose Paul serio.

«Lo spero. Ma ancora oggi non mi sentirei pronta ad assumermi il rischio. È troppo pericoloso. Brad non mi ha mai spaventato, non ha mai spezzato il mio cuore. È morto, sì, ma non perché stesse correndo volontariamente un rischio. Sei un uomo pericoloso, Paul. Lo sei sempre stato e adesso hai i mezzi e le capacità per esserlo ancora di più. Corri negli autodromi, pratichi l'eliscì. Probabilmente ti butterai ancora da qualche aereo, scalerai qualche altra montagna e farai chissà quante altre pazzie. Ai tempi non potevi permettertelo, eppure ci sei riuscito comunque. Io non posso farlo. Per me stessa e per mio figlio. Ha bisogno di una vita stabile, ora più che mai.» Non voleva rinunciarci.

«Tuo figlio ha te», rispose Paul, pensieroso.

«Sì, ci sono io. E non credo che eserciteresti una buona influenza su di lui. Ha ereditato da mio padre il desiderio del rischio e tu sei uno che ne corre di continuo. Ho tentato di tenerlo a bada, ma so che quel seme un giorno germoglierà.» Maggie era preoccupata per Aden. Molto preoccupata. I geni di suo padre erano in lui.

«Tuo figlio mi piace già», la prese in giro Paul.

«Ti ucciderò, se mai dovessi invitarlo a fare qualcosa di rischioso», gli rispose, con l'atteggiamento di una leonessa che proteggeva il cucciolo. Paul capì che Maggie era sincera e intendeva rispettare il suo desiderio.

«Se ce l'ha nel dna, non riuscirai a impedirgli nulla», replicò con saggezza. Era vero, purtroppo.

«Ne sono consapevole, certo. Spero solo di farlo diventare un po' più prudente. È un giocatore di hockey su ghiaccio nella squadra dell'università.»

«Le persone come noi hanno nove vite. Prendi me, per esempio. Sono ancora qui.» A differenza di Brad, pensò senza dirlo ad alta voce. Non era necessario che lo facesse.

«Un giorno o l'altro te le sarai giocate tutte e io non voglio esserci quando accadrà», replicò Maggie con serietà e franchezza.

«Va bene. Ma se ti prometto di non saltare da una montagna o di non uccidermi sciando durante la nostra vacanza sulla neve, accetterai di accompagnarmi?» Era determinato a convincerla, ma Maggie scrollò la testa. Si erano persi di vista per trent'anni e il giorno dopo averla ritrovata, Paul la invitava sulla neve. Era troppo presto per riprendere da dove si erano lasciati diciottenni.

«Potrei venire a sciare con te, qualche volta, ma se non ti comporterai bene, me ne andrò.»

«Comportarmi bene in che senso?» scherzò Paul. «Per i rischi o in altra maniera? Sei una donna adulta ormai, Maggie Kelly.»

«Quel treno lo hai perso, Paul», gli rispose con dolcezza. «Mi sento ancora sposata con mio marito.» Lui annuì. Era facile capirlo. Portava ancora la fede al dito, un chiaro messaggio del suo stato psicologico. Avrebbe rispettato anche quello. Non le aveva forzato la mano in passato e non lo avrebbe fatto neanche adesso. Sebbene cresciuto in povertà, era un gentiluomo.

«Stanze separate», le promise. Maggie non dubitava che avrebbe mantenuto la parola così come aveva fatto ai tempi del liceo. Non si era mai dimostrato insistente, non aveva mai tentato di spingerla a fare qualcosa che non volesse. «E domani sera a cena? Che programmi hai?» volle sapere, cambiando argomento.

«Domani vado a Londra per l'ultima settimana di vacanza.» Si sorrisero. Stavano bene insieme, com'era stato anche in passato. Adesso però Paul era un amico, non una probabile storia sentimentale, indipendentemente da quanto lo trovasse attraente.

«Parto anch'io per Londra, domani. E avevo intenzione di posticipare per stare un po' più con te. Che ne diresti di viaggiare con me.»

Maggie ridacchiò. «Certo. Lo piloti tu, l'aereo?»

«No. Ho un pilota, anzi due. Sei al sicuro. Posso invitarti a cena per domani sera?» Maggie esitò prima di annuire. L'attrazione di un tempo non si era spenta, ma lei aveva più armi per combatterla. Non avrebbe lasciato che le si insinuasse sotto la pelle, non avrebbe ceduto né alla sua gentilezza né alla piacevolezza della sua compagnia. Era sempre lo stesso Paul, drogato di rischio. Forse addirittura peggio. Ora che poteva indulgere in ogni desiderio, era diventato ancora più pericoloso.

Erano le otto di sera quando attraccarono al porto dopo una splendida giornata in barca. Paul l'invitò a fermarsi a cena a bordo e a gustare di nuovo le prelibatezze preparate dal suo chef: pasta al pesto e pomodorini, una insalata e sorbetto al limone per dessert.

«Come mai vai a Londra?» le chiese Paul.

«Il solito giro turistico.» Maggie sorrise, a proprio agio. Era curiosa di vedere tutto, proprio come aveva fatto a Roma e a Parigi. «Visiterò il Victoria and Albert Museum, la Tate, la Torre, l'Abbazia di Westminster, vedrò i gioielli della corona, il cambio della guardia a Buckingham Palace. Farò anche le cose più stupide, come andare al museo delle cere di Madame Tussauds.»

«Ti farei volentieri da cavaliere, ma ho tutta una serie di meeting. In quale albergo ti fermi?»

«Al *Claridge*. Finora il viaggio è stato splendido. Ho girato Roma e Parigi da cima a fondo. Un'amica mi aveva consigliato anche Venezia, ma ci andrò la prossima volta.»

«Presto, spero.»

«E tu? Torni mai negli Stati Uniti?»

«Non spesso. Solo per lavoro. Se gareggiassi negli States, verresti a vedermi?»

Maggie fece di no con la testa.

«Non voglio vederti morire.»

«Non accadrà. Nove vite, ricordi?» Parlava come un vero giocatore d'azzardo. E come tutti i giocatori d'azzardo pensava sempre di vincere, altrimenti non avrebbe affrontato il rischio.

«Se fosse vero, mio padre e mio fratello sarebbero ancora vivi», rispose lei, seria. «E mi sarebbe piaciuto che Brad ne avesse avute almeno due.»

«Anche il destino ha il suo peso», osservò lui, con gentilezza. «Sono un ottimo pilota. Non morirò su una pista.»

«Spero di no, per te.»

«Non importerebbe a nessuno, se accadesse. Mi sono adoperato in modo che le cose restassero così e posso fare quello che voglio.»

«Importerebbe a me, ora che ci siamo ritrovati. Sei mio amico, e non voglio perderti.»

«Non mi perderai», rispose Paul con sicurezza. Neanche lui voleva perdere lei ora che l'aveva ritrovata.

Chiacchierarono fino alle dieci e prima di riaccompagnarla in albergo le chiese se non volesse fare una scappata al casinò.

«In queste condizioni?» domandò lei, stupita. Indossava dei jeans bianchi, una maglietta dello stesso colore e un paio di sneakers. «Ci faranno entrare?»

«Mi lascerebbero entrare nudo con una rosa tra i denti. Sono un frequentatore assiduo.» E lasciava anche un sacco di soldi al tavolo del blackjack. Vinceva e perdeva, sempre cifre alte, come Maggie aveva potuto vedere la sera precedente.

Lo seguì all'interno del casinò e si sorprese quando nessuno fece notare loro che non erano in linea con il dress code. Paul sedette al tavolo del blackjack, la fece accomodare accanto a sé e Maggie lo osservò giocare. Era tranquillo, rilassato. Si fece dare una montagna di fiches che perse rapidamente, per poi recuperare con una grossa vincita. Puntò tutto, raddoppiò e perse di nuovo tutto. Si alzò con un sorriso e guardò l'amica. «Il tavolo è freddo. È ora di tornare a casa.» Maggie ebbe l'impressione di avere appena assistito a una partita di giro, invece Paul aveva perso parecchie migliaia di dollari.

L'accompagnò in albergo a piedi. «Ho trascorso una giornata splendida», le disse, felice.

«Anch'io», sorrise lei.

«Intesi, allora. Passo a prenderti domattina alle otto.»

«Grazie del passaggio.» Quando Paul se ne andò, Maggie rifletté su quanto fosse bello ma anche strano stare con lui. Le pareva di aver avuto un flashback nel tempo, con il vantaggio di tutto ciò che aveva appreso negli anni. Quanto a Paul, non era certa che avesse imparato molto. Osava in qualunque cosa facesse: al tavolo verde, sulle piste automobilistiche, nella vita in generale. Rammentò le parole della madre. Stare con lui era troppo pericoloso, indipendentemente da quanto le piacesse. Sarebbe stato bello però rivederlo a Londra. Adesso aveva un amico con cui uscire a cena.

Fece le valigie, si preparò per la notte e andò a letto pensando alla splendida giornata sulla barca di Paul. Avrebbe voluto chiamare Helen, ma si sentiva a disagio a raccontarle l'accaduto. Forse avrebbe esagerato le circostanze. Non avrebbe detto neanche ad Aden di aver incontrato il suo primo amore. Per il momento, Paul sarebbe stato il suo segreto, come in passato, quando la madre le proibiva di vederlo e lei ci usciva lo stesso. Si ricordò, mentre stava sprofondando nel sonno, che gli uomini come lui erano un segreto pericoloso da mantenere. Persino come amici. Sapeva però di essere sufficientemente furba da non ricaderci. Come amico sì, non c'era motivo per non frequentarsi. Erano adulti. O almeno, Maggie lo era. Paul non sarebbe cresciuto mai, ma la faceva sentire di nuovo una ragazzina. Vederlo era stato come fare un viaggio nel tempo, in un posto dolcissimo che aveva quasi dimenticato, un soffio di calda brezza estiva venuto dal passato.

7

QUANDO Paul arrivò in albergo, alle otto, Maggie aveva già fatto il check out e lo stava aspettando nella hall.

«Temevo che avessi più valigie», ridacchiò quando le caricò sulla Lamborghini. Il portabagagli era piccolo e le sue cose ci stavano appena.

«Non avendo nulla di particolare in programma, viaggio leggera.» A Londra avrebbe acquistato un abito nuovo per la cena di quella sera. Paul aveva già visto il tubino nero e lei aveva soltanto jeans, altri pantaloni comodi, magliette e un caban per ripararsi dal freddo. Non aveva previsto serate eleganti.

Dopo aver visto la *Lady Luck*, Maggie non si stupì davanti all'affusolato jet Gulfstream G550 con arredamenti di lusso in cachemire e pelle beige, nato per offrire il massimo comfort. Non era così che si era aspettata di viaggiare, ma la situazione era indubbiamente molto piacevole.

«Mi sento viziata», commentò quando, dopo il decollo, una delle hostess servì loro la colazione.

«I paradisi fiscali mi permettono di avere un ottimo

livello di vita. Ho una complicata gestione finanziaria. Assolutamente legale, s'intende, ma al riparo dall'erario americano. Ho capito già da molto che mi piace vivere bene e non essendo responsabile per nessuno o nei riguardi di nessuno, posso spendere il mio denaro come meglio preferisco. La prima cosa che ho fatto, quando ho cominciato a guadagnare forte, è stata concedermi tutte le comodità.» Paul non temeva gli investimenti ad alto rischio che gli avevano fatto guadagnare cifre astronomiche. «Il mio primo acquisto è stato una bella casa per mia madre, così ha potuto lasciare quella specie di baracca dove viveva. Papà non le ha mai mandato un soldo. Ricordo ancora quando varcò la soglia della nuova abitazione. Disse di essere morta e finita dritta in paradiso. Purtroppo mi ha lasciato solo un anno dopo, ma posso affermare con orgoglio di averle fatto trascorrere quella dozzina di mesi che le erano rimasti in una casa splendida. Era il minimo!» Paul aveva sempre avuto il cuore d'oro, l'animo generoso, anche quando non aveva nulla. Maggie se ne era dimenticata, ma adesso lo ricordava bene. Il racconto della madre l'aveva commossa e confermato la fiducia che riponeva in lui come persona.

Chiacchierarono di molte altre cose durante il viaggio. Paul era un uomo intelligente, ben informato e di ottima compagnia. Dopo l'atterraggio, iniziò a fare una serie di chiamate e non ebbe più il tempo di intrattenersi con lei durante il tragitto verso la città. La lasciò in albergo salutandola con una mano e Maggie prese possesso di una camera molto confortevole, in perfetto stile inglese, con la tappezzeria di cinz a fiori e una toletta antica con specchiera. Nel pomeriggio avrebbe chiamato Aden. Non lo sentiva da qualche giorno, ma non voleva ossessionarlo con le sue telefonate. E anche lui, dato il silenzio, doveva essere molto impegnato.

Per prima cosa, Maggie si dedicò a fare un po' di acquisti da *Harrods*, dove prese un elegante abito nero e un paio di scarpe col tacco alto, un maglione blu scuro di cachemire, una calda sciarpa nera per il figlio e una seconda rossa, da regalare a Helen. Tra non molto a Lake Forest sarebbe arrivato il gelo.

Terminato lo shopping da *Harrods* si spostò alla Tate Britain, dove trascorse parecchie ore in ammirazione di magnifiche opere d'arte. Sulla via del ritorno, chiese all'autista di passare davanti a Buckingham Palace dove provò un brivido di emozione nel vedere la bandiera reale sventolare sulla residenza, segno che la regina era lì.

Si spostò alla Torre di Londra per ammirare la splendida mostra dei gioielli della corona e dopo dedicò il suo tempo a Westminster. L'indomani avrebbe visitato il Victoria and Albert Museum. In albergo, si concesse il tipico tè inglese, chiamò il figlio trovandolo tra una lezione e l'altra, e infine contattò Helen che stava andando a prendere il figlio più piccolo a scuola.

Aden le parlò degli allenamenti di hockey su ghiaccio, lei gli chiese delle lezioni. I professori erano di suo gradimento e si trovava benissimo a Boston, dove c'erano parecchi altri college, perciò era pieno di giovani provenienti da ogni parte dell'America. Non s'intrattennero a lungo, ma sembrava felice. Maggie intuiva sempre quando il figlio aveva un problema, e al momento tutto pareva andare a gonfie vele.

Helen la tempestò di domande su Parigi e Monte Carlo.

Voleva sapere tutto. Maggie però non le avrebbe parlato di Paul, lo aveva promesso a se stessa. Farlo, sarebbe stato dare troppa importanza a un incontro casuale tra vecchi amici, e conoscendo l'amica, avrebbe cominciato a ricamarci sopra a modo suo.

«Come mai sei andata Monte Carlo?» volle sapere, sorpresa. Lei non l'aveva mai inclusa nei suoi giri in Europa.

«Ho visto un dépliant al *Ritz* e mi è sembrata una deviazione divertente. Mi sono svagata molto e sono persino entrata al casinò, ho giocato alle slot-machine per una decina di minuti e ho vinto anche un centinaio di dollari.»

«Sei andata al casinò? Da sola?» Helen era sbalordita. Fu in quell'istante che Maggie decise di non mentirle e di spifferare ogni cosa. Non aveva nulla di cui sentirsi colpevole, sebbene provasse un certo imbarazzo.

«In verità ho incontrato una conoscenza che non vedevo dai tempi del diploma.»

«Bello! Com'è questa tipa?»

«Non è una lei, ma un lui. È stato bello ritrovarlo dopo trent'anni», rispose in tono casuale.

«Bingo!» esclamò l'altra, trionfante. «È proprio così che vanno le cose! La maggior parte della gente della tua età che si risposa lo fa con un vecchio amico dei tempi del college, con il primo amore del liceo... In genere ci si ritrova online, tramite Facebook. È davvero splendido!» Esattamente la reazione che Maggie si era aspettata e che voleva evitare.

«Non sono a caccia di un marito e non voglio risposarmi», le ricordò.

«Che fa di professione?»

«È un pilota automobilistico.»

«Suona bene.»

«Finché non ci rimette la pelle», rispose Maggie, seria. «Al liceo era appassionato di corse motociclistiche, poi, con gli anni è passato alle auto. Mia madre mi raccomandava di stargli lontano e aveva ragione.»

«È un bell'uomo?»

«Molto, ma questo è quanto.»

«È single?»

«Sì.» Ecco, le aveva spifferato tutto quello che non avrebbe voluto dirle! Adesso Helen si sarebbe messa in mente chissà quali idee, e avrebbe deciso che era stato un incontro voluto dal destino o qualcosa del genere. Si era trattato semplicemente di una coincidenza, Maggie continuava a ripeterselo. Una volta rientrata negli Stati Uniti, molto probabilmente non avrebbe più avuto notizie di lui. Non credeva neanche che l'offerta di accompagnarlo in vacanza sulla neve fosse sincera. Mancavano ancora tre mesi, e fino ad allora potevano succedere molte cose: l'incontro con una donna, un impegno di lavoro, una corsa, una sfida mortale.

«Perché non vuoi uscire con lui?» Helen sembrava perplessa.

«Perché mia madre aveva ragione. Gli uomini che amano il pericolo e i rischi sono fatti per spezzarti il cuore.»

«Magari per te smetterebbe. Non può certo correre su un'auto per tutta la vita.»

«Tipi come lui trovano molti altri modi per ammazzarsi. Credimi, li conosco.» Eppure, nonostante tutto, aveva comprato un abito nuovo per uscirci a cena, un vestito sexy, che non avrebbe mai immaginato di acquistare. Difficile resistere a uomini come Paul, seduttori dai mille talenti.

Helen non vedeva l'ora che l'amica rientrasse per farsi raccontare ogni particolare del viaggio.

«Anch'io ho tanta voglia di tornare. Questa sarà l'ultima settimana. Sono arrivata a Londra con lui, in realtà, mi ha offerto un passaggio.»

«Un passaggio in macchina fino a lì?» Helen sembrava davvero colpita.

«No, con il suo aereo.»

«Con il suo aereo?» le fece eco Helen ancora più stupefatta.

«Ha quello e un sacco di altre cose, se è per questo. Quando l'ho conosciuto era povero in canna. Ne ha fatta di strada, in trent'anni.»

«A quanto pare. Credo che tu debba pensarci su.»

«Neanche per sogno. Non sto cercando un uomo pieno di soldi.» Non ne aveva bisogno. Aveva i propri, un particolare che l'amica ignorava. Il modo in cui quei quattrini le erano piovuti addosso, la metteva ancora in imbarazzo. «Quand'anche fossi interessata a cercarmi qualcuno, preferirei una persona normale, semplice come Brad. Ma ti ripeto che non lo sono. Probabilmente la prossima volta che ci rivedremo saranno passati altri trent'anni.»

«Lo potresti rivedere, se lo volessi. Sembra una persona interessante.»

«Perché? Perché ha un aeroplano?» Era proprio questo che a Maggie non andava giù. Le sembrava così meschino e detestava le donne in cerca solo di uomini danarosi. Ora del resto avrebbe potuto anche lei trovarsi nella situazione della preda, era un obiettivo potenziale per cacciatori di dote, con il vantaggio però che nessuno conosceva la sua situazione finanziaria grazie alla saggia decisione tenere la notizia per sé.

«È interessante perché sembra essere un uomo di successo e questo è sempre attraente», rispose Helen con obiettività. «Dev'essere un tipo tosto.»

«Si comporta proprio come faceva quando eravamo ragazzini. È un po' come una boccata d'aria fresca. Ci conoscevamo bene, e non abbiamo bisogno di far colpo l'uno sull'altra.»

«Ne eri innamorata?»

«Sì. Ai tempi. Non adesso.» Sperò che sarebbe continuato a essere così. Passata quella settimana, sarebbero tornati a essere nuovamente lontanissimi. E lui l'avrebbe dimenticata. Ne era sicura. Con molta probabilità, non si sarebbero visti neanche per la vacanza sulla neve. Maggie non voleva prendere nessun genere di impegno nei suoi riguardi. Non aveva bisogno di un uomo nella sua vita. Ne era sicura.

«Be', tienimi informata. Una cosa è certa: il tuo viaggio si sta dimostrando parecchio eccitante.»

«Ora capisco perché sei innamorata dell'Europa e vorresti trascorrerci un anno», rispose Maggie malinconica.

«Jeff non lo farebbe mai. Vuole restare negli Stati Uniti a fare le stesse cose di sempre. Non riuscirò a portarlo fuori da questo buco. Forse però tu e io potremmo fare un viaggetto insieme», le suggerì l'amica. L'idea era allettante.

«Mi piacerebbe, quando potrai.» Era questo il problema. Le amiche sposate non avrebbero avuto mai un momento libero. Ma il viaggio da sola era andato bene. Lo aveva fatto e si era persino divertita. Ne avrebbe programmato un altro l'anno prossimo. Magari con il figlio, se avesse accettato.

Salutata l'amica, Maggie fece una doccia, si cambiò e si guardò allo specchio con soddisfazione. Quella mattina, da *Harrods*, aveva trovato anche una borsetta da sera da abbinare alle nuove scarpe col tacco.

Era già pronta, quando Paul arrivò in albergo. Lo raggiunse nella hall e andarono all'*Harry's Club*, il circolo di cui era membro, famoso per la sua squisita cucina italiana. Maggie restò affascinata dal cibo e dall'atmosfera tipica del jet set. I signori erano vestiti con estrema eleganza, in completi sartoriali, le donne indossavano abiti da cocktail firmati e molte erano cariche di gioielli. In mezzo a tutto quel glamour, Maggie sperò che il suo abito fosse all'altezza.

«Adoro il tuo vestito!» le fece Paul. «L'hai preso oggi?»

Lei annuì.

«Oggi. Solo per te», aggiunse pentendosene subito. Non voleva indurlo a credere di essere interessata a lui. Non lo era, ma il fascino di Paul era innegabile e l'atmosfera così romantica che si ritrovò a flirtare con il vecchio amico d'un tempo, il quale parve apprezzarlo.

Finita la cena, si spostarono all'*Annabel* per fare quattro salti. Al termine della serata, entrambi avevano avuto l'impressione che il loro incontro fosse stato un vero e proprio appuntamento. Maggie fu sollevata quando Paul, a malincuore, le comunicò di avere un impegno per la sera seguente, ma che gli sarebbe piaciuto rivederla. Avevano bisogno di rallentare un po', ma due giorni dopo, quando si rividero, era come se si fossero lasciati da anni. Lui le confessò addirittura di aver sentito la sua mancanza. Prima di portarla a cena, l'invitò a bere un drink nel suo appartamento, uno splendido attico a Knightsbridge, un perfetto nido da scapolo, dotato di ogni comodità, con un fantastico impianto stereo e una magnifica collezione d'arte. Paul amava i dipinti del Sette-Ottocento europeo. Maggie, che non aveva mai visto niente di più bello, glielo disse con sincerità.

«Non ci vengo spesso», ammise lui «ma quando ci sono, me lo godo.»

L'appartamento, con tre camere da letto, era arredato con gusto squisito e con numerose opere d'arte. Per allestirlo, Paul si era rivolto a un arredatore. L'attico possedeva anche una biblioteca con boiserie alle pareti, un'ampia zona living, uno studio, una cucina top di gamma, una stanza da pranzo e una piccola ma perfetta sala cinema. Impossibile non adorarlo. Eleganza, lusso e gusto impeccabile e costoso la facevano da padroni. Maggie ricordò ancora una volta la baracca malconcia nella quale aveva vissuto con la madre. Ne aveva fatta di strada da allora, ma era rimasto sempre il Paul semplice e modesto di un tempo e lo ammirava per questo.

«Cos'è successo al ragazzo con lo skateboard?»

«A proposito di skateboard, ne ho appena comprato uno a motore che va a cinquanta chilometri all'ora», le disse lui, un po' imbarazzato.

«Lasciami indovinare...» Maggie gli scoccò un'occhiata cinica. «Scommetto che non porti neanche il casco.»

«Come fai a saperlo?» rise lui, con aria colpevole.

«Ti conosco. Pensi che un casco ti rovinerebbe il divertimento. Abbasserebbe il fattore di rischio.» Desiderò che fosse più accorto, che non si mettesse sempre in pericolo, perché con quel suo modo di fare, non avrebbe potuto avere un ruolo nella sua vita, non avrebbe potuto neanche esserle amico. Non aveva bisogno di altri lutti. Un giorno Paul avrebbe mancato il bersaglio, avrebbe perso la scommessa e sarebbe successo qualcosa di orrendo. Era inevitabile. Solo il pensiero la rattristava.

Quando la riportò in albergo, le chiese di pranzare insieme il giorno seguente. Maggie rispose di avere prenotato la visita a un museo, e lui replicò che non avrebbe avuto problemi a riorganizzare l'agenda. Che stavano facendo? Perché vedersi di nuovo e in così breve tempo? Le erano rimasti tre giorni. Domenica si sarebbe imbarcata sul volo per Chicago.

Espresse i suoi dubbi la sera successiva.

«Non credo sia una cosa saggia vederci quotidianamente per il resto della mia permanenza qui. Non trovi anche tu?»

Paul parve deluso.

«Ti sto annoiando?» chiese. Nel vederlo amareggiato, Maggie scoppiò a ridere.

«No. Sto bene con te. Ma poi? Rispetto a trent'anni fa, la nostra situazione non è cambiata. Tu sei sempre la persona divertente ed eccitante che eri, ma, parole tue, è la tua propensione al rischio a fare di te una persona inadatta a una relazione seria. Non voglio ritrovarmi col cuore spezzato, se ti dovesse succedere qualcosa. E prima o poi, credimi, accadrà. Quindi? Che vogliamo fare? Perché ho la netta impressione che stiamo sfidando il destino.»

«Forse questa volta potrebbe essere diverso.»

«Ho sposato un commercialista per non avere nulla

a che fare con un tipo come te. Anch'io non ti ho mai dimenticato», aggiunse Maggie con sincerità, «ma non abbiamo più diciassette anni. Sappiamo come finisce la storia. Non me la sento di fare la fine di mia madre. Tu sei l'esempio di tutto quello che ho cercato di evitare quando ho sposato Brad.»

«Non farai la fine di tua madre. È impossibile. Rallentiamo un po', tiriamo il fiato. Domani vado in Svizzera per affari. Cena con me, sabato sera, prima di partire. Non voglio perderti, Maggie. Non di nuovo.»

«Sono ancora in lutto per mio marito. Non è passato neanche un anno. Non me la sento di mettere in piedi una relazione e non posso permettermi un'altra persona che va a nozze con il rischio.» Glielo stava ripetendo da tutta la settimana, ma da quell'orecchio Paul sembrava non sentirci. Era un sollievo pensare che presto sarebbe tornata a casa sua. Accettò di vederlo l'ultima sera di permanenza a Londra, per amore dei vecchi tempi, ripromettendosi di non ricaderci più. Con lui era tutto un gioco di specchi, con un candelotto di dinamite sotto ogni specchio, nascosto dal fumo. Se si fosse lasciata trascinare, Paul sarebbe partito per la tangente portandosi via con sé la sua vita e il suo cuore.

Maggie trascorse un venerdì tranquillo senza Paul e sentì di aver ripreso il controllo quando, come d'accordo, sabato sera lui passò a prenderla con una Ferrari argento per portarla in un ristorante alla moda dove sembrava essere di casa. Come dappertutto. E grazie al suo carattere solare, tutti erano sempre felicissimi di vederlo.

«Com'è andata in Svizzera?» gli chiese, gli occhi radiosi e felici. Era particolarmente affascinante, quella sera. Per evitare di tentarlo oltre, Maggie aveva deliberatamente indossato il semplice tubino nero che portava la prima volta che si erano rivisti. Non voleva ingannarlo. Lo aveva amato da ragazza, sì, ma non se la sentiva di ripetere l'esperienza adesso. Era impossibile per lei lasciarsi coinvolgere con la consapevolezza che avrebbe commesso un errore madornale. La barca, il jet, lo splendido appartamento non cambiavano il suo modo di vedere. Paul le piaceva per quello che era sempre stato e avrebbe continuato a essere, non per quello che era riuscito a ottenere nella vita.

Le raccontò di dover andare in Lussemburgo, il giorno seguente, e di essere costretto a ritornarci anche la settimana successiva.

«Forse sei davvero un trafficante di droga», scherzò lei. «Sei sempre in giro.»

«Ho molte imprese, tutte legali, ma ci vuole un sacco di lavoro per evitare che le tasse ne divorino la metà.» Possibile che amasse il rischio anche su quel fronte? No, di certo era affiancato da avvocati fiscalisti capacissimi di tenerlo fuori dai guai. «Fra una quindicina di giorni partirò per Hong Kong e dopo mi aspetta una corsa a Barcellona.» Un brivido serpeggiò lungo la schiena di Maggie, come una premonizione. Ecco perché non voleva ricascarci.

Le pareva che Paul avesse incrociato il suo cammino per ricordarle ciò che non voleva, per darle l'opportunità di essere sicura di resistergli. L'amico la guardò con tristezza, alla fine della cena. Per quanto fosse stato bello rincontrarlo, era più pericoloso adesso di quando era adolescente, perché infinitamente più attraente. L'apparenza sofisticata era quella di un uomo adulto, ma in fondo Maggie sapeva che era rimasto lo stesso ragazzo selvaggio che metteva a dura prova il destino e testava di continuo i propri limiti.

La riportò in albergo fissandola a lungo prima che uscisse dall'auto.

«È stato bello rivederti», disse Maggie con dolcezza. «Abbi cura di te e non fare niente di stupido.»

«Non lo farò», le disse. Promesse inutili, Maggie lo sapeva. Avrebbe continuato a rischiare ancora e ancora fino a quando, un giorno, la sua fortuna si sarebbe esaurita. Anche questo faceva parte dell'attrazione che emanava. Desiderare credere nell'impossibile. Quando Paul si protese verso di lei e la baciò con dolcezza, Maggie fu assalita da un'ondata di ricordi, rivisse momenti che sembravano passati, come un profumo che aveva dimenticato e che, all'improvviso, le accarezzava le narici. Rammentava bene il suo sapore, il modo in cui la baciava, e quanto intensamente avrebbe voluto cedergli e invece aveva resistito. Avrebbe voluto che quel bacio andasse avanti all'infinito e seguitarono fino a quando entrambi non dovettero prendere fiato.

«Scusa, non volevo», le disse lui con un filo di voce.

«Invece sì.» Maggie sorrise, il respiro ancora affannato. «Non avevi l'abitudine di mentire, in passato.»

«E va bene, sì, volevo farlo. Lo volevo da tutta la settimana.»

«Anch'io», ammise lei con la sincerità di sempre. «Tuttavia non possiamo. Non avrebbe senso. La tua vita è qui, tra l'Europa e l'Asia, e la mia a Lake Forest. Siamo troppo diversi.»

«Ormai non hai più niente che ti leghi laggiù», le ricordò lui nell'ultimo disperato tentativo di trattenerla.

«Aden tornerà per le vacanze di Natale», replicò Maggie, testarda.

«Per qualche settimana, fino a quando non troverà un lavoro da qualche parte. Torna con me, Maggie. Ho bisogno di te. Noi due ci amiamo ancora.» L'attrazione era potente come un tempo, ma Maggie non era convinta che si trattasse di amore.

«Non c'è spazio nella tua vita per una persona come me e lo sai anche tu. Mi chiedi di trasmetterti stabilità mentre tu metteresti la mia esistenza sottosopra. Non è giusto.» Paul evitò di rispondere, ma quando la baciò di nuovo, Maggie sentì la sua resistenza svanire. Se non si fosse affrettata a uscire da quell'auto, ci sarebbe andata a letto prima che la serata terminasse per poi pentirsene in un secondo momento. Lo baciò un'ultima volta e infine, senza dire una parola, aprì la portiera e smontò. Paul non tentò di fermarla. Si erano lasciati coinvolgere in un vortice temporale per una settimana, a Monte Carlo e a Londra, ma ora era arrivato il momento di andare, di tornare alla vita reale, da sola.

Maggie lo salutò con un cenno della mano prima di sparire nella hall dell'albergo senza girarsi indietro. Lui avrebbe voluto raggiungerla, ma non lo fece. Se era vero che l'amava, doveva lasciarla andare. Era così che doveva essere, lo avevano capito entrambi. Avviò l'auto e partì accecato dalle lacrime. E fu la cosa più difficile che avesse mai fatto. Quella volta seppe con certezza che nella sua vita non ci sarebbe stato più nessuno come lei.

8

Con il volo diretto verso ovest, andando incontro alle luci del giorno, Maggie rimase sveglia per la maggior parte del viaggio da Londra a Chicago. Pranzò, guardò un film e chiuse gli occhi per un po', senza smettere un solo istante di pensare a Paul nonostante tentasse di non farlo. Il suo nome le risuonava in testa come una colonna sonora in sottofondo. Ricordò ogni istante di Monte Carlo, delle ore in barca, dei loro incontri a Londra. La vacanza a San Francisco, Roma e Parigi era stata tranquilla e produttiva. Aveva scoperto città che aveva sempre desiderato vedere. Si era sentita libera, forte, indipendente. Aveva ritrovato il proprio equilibrio. Era la prima cosa che affrontava senza Brad in quasi vent'anni e non aveva incontrato alcuna difficoltà, provando a se stessa che se voleva, poteva. Ce l'aveva fatta da sola, si era persino divertita. Quell'esperienza le aveva chiarito le idee e sollevato lo spirito.

A Monte Carlo e a Londra, però, tutto era stato diverso per via dell'incontro con Paul. All'inizio, vederlo dopo trent'anni, l'aveva divertita ed eccitata, aveva rivissuto le memorie del passato, del periodo precedente all'ingresso di Brad nella sua vita. Era stato come fare un tuffo nella gioventù. Che cosa provava davvero per lui? Era solo un'eco di un tempo trascorso che rinverdiva oppure nutriva sentimenti reali? Tra i ricordi e la realtà presente era difficile discernere e sbrogliare la matassa. Ogni volta che lo guardava, rivedeva il ragazzo che aveva amato. A parte le manifestazioni esteriori di ricchezza delle quali si circondava, e che per lei non avevano alcun significato, era quello di sempre. Le interessava Paul, il giovane del passato e l'uomo di adesso.

Tornare da Brad era ormai impossibile. Lo amava senza riserve, lo avrebbe potuto tenere stretto nel suo cuore e nella sua mente, ma non avrebbe potuto toccarlo mai più. Stare con Paul era una possibilità che la tentava, una scelta che avrebbe potuto fare, se lo avesse desiderato davvero, ma una strada che sapeva essere disseminata di pericoli a ogni curva. *Scappa!* gridava una voce nella sua mente. Il cuore, però, quello diceva tutt'altro. Gli ultimi giorni, quelli trascorsi insieme, erano stati una lama a doppio taglio. E quel pensiero non la lasciò per tutta la durata del viaggio.

Maggie si era assentata quattro settimane e ne mancavano solo tre al Ringraziamento. Non vedeva l'ora che il figlio tornasse a casa. Aveva bisogno di vederlo. Era il suo presente, il suo futuro, rappresentava le responsabilità delle quali doveva farsi carico e il legame indissolubile che la univa a Brad. Desiderava rimanere aggrappata al presente, a tutto quello che nella sua vita era reale, ed evitare così che il passato prendesse il sopravvento. Durante il soggiorno a Londra gli incubi erano ritornati, a differenza della prima parte del viaggio. Forse a tormentarla era il senso di colpa, il fatto di sentirsi attratta da un altro uomo, o forse perché tra sei settimane sarebbe ricorso il primo anniversario della sua morte. Provava un mix di sentimenti. Non voleva stare con nessuno dopo Brad, per lealtà nei suoi confronti. Un giorno forse si sarebbe sentita diversa, ma adesso era ancora troppo presto.

Per quanto riguardava Paul, aveva deciso trent'anni prima, e lo aveva fatto con cognizione di causa. Non era cambiato, conduceva la vita che aveva sempre voluto e, se possibile, era ancora più attratto dal rischio.

Sperò che non la chiamasse, che non tentasse di comunicare con lei. La sconvolgeva la facilità con la quale si era sciolta tra le sue braccia desiderando di più e le ci era voluta tutta la sua forza di volontà per non mandargli un messaggio prima di partire. Neanche lui l'aveva chiamata alla vigilia del volo. Maggie era pronta a gettarsi quella vecchia storia alle spalle, ma ogni volta che decideva di farlo, Paul faceva di nuovo capolino nella sua mente, come uno di quei pupazzi con la molla che, saltato fuori dalla scatola, non riusciva più a richiudere dentro. Si rifiutava di sparire dai suoi pensieri, e anche la sensazione delle sue labbra sulle proprie era ancora lì, persistente.

Maggie era esausta quando sbarcò a Chicago. Ritirò i bagagli e attraversò la dogana per raggiungere l'auto che la aspettava per tornare a casa. All'uscita dall'aeroporto, fu scioccata dal clima gelido. L'inverno era già arrivato, in perfetta sintonia con il suo umore, specie quando entrò nella villetta vuota. Adesso era sul suo territorio, non su quello di Paul. A Monaco gli aveva dato tutte le informazioni per contattarla, mentre ora sperava che non si facesse più sentire. Non voleva che la solitudine, il dolore o l'imminenza dell'anniversario della morte del marito potessero influenzare le sue decisioni o indebolire quella di non rivederlo più.

Si guardò intorno. Il vuoto era totale. La donna delle pulizie, che passava due volte a settimana, aveva lasciato ogni cosa in ordine e messo del cibo in frigorifero, ma la casa pareva abbandonata. Si percepiva che non era stata abitata. Gli attrezzi sportivi di Aden non erano nell'ingresso. Non c'erano vestiti sparpagliati in giro. La posta era impilata ordinatamente su un mobile dell'ingresso. Essere lì, però, era come riaprire una ferita nel cuore, ricordare che Brad se n'era andato per sempre e che Aden viveva altrove. Era sola. Era quella la sua realtà, adesso. Persino Paul le pareva un ricordo sfocato quando varcò la soglia di casa.

Trascinò le valigie al piano superiore, nella sua stanza, e fece il giro delle camere, sperduta. Inviò un messaggio al figlio per dirgli di essere arrivata, ma non chiamò nessuno. Anche la voglia di sentire Helen si era affievolita. L'avrebbe tempestata di domande su Paul e lei, in quel momento, non voleva parlarne, non voleva smuovere le braci. Braci che dovevano morire. Si stupiva ancora di quanto fosse stato semplice ravvivare la fiamma di un tempo, come se il ricordo di lui le fosse stato più vicino di quanto non avesse immaginato. Trent'anni si erano dissipati come nebbia al sole nell'istante in cui lo aveva veduto.

Non si presa neanche la briga di cenare e la notte fu lunga e insonne. Colpa del jet lag, seguitava a ripetersi, nonostante sapesse che sotto c'era più di quello. Era Paul, e il senso di colpa che provava nei confronti del marito che si era fatto ancora più pressante dal momento in cui aveva varcato la soglia di casa, come se fosse stato lì, ad attenderla per rimproverarla. Lo amava ancora e lo avrebbe amato per sempre, ma per qualche giorno, a Londra, a riempire i suoi pensieri e il suo tempo era stato Paul. Maggie si addormentò al sorgere del sole e quando si alzò, vide che Helen l'aveva già chiamata tre volte. Alla quarta, non potendo evitare di farlo, le rispose.

«Stai bene? È tutto il giorno che provo a chiamarti.»

«Sto benissimo», le rispose, sebbene dalla voce non si sarebbe detto. «Non ho dormito tutta la notte per via del jet lag.» Le sei ore di differenza con il fuso orario di Londra erano una scusa plausibile ed Helen le credette.

«Come ci si sente a essere tornati?» chiese l'amica entusiasta di saperla lì.

«Strani. È difficile. La casa sembra così vuota senza Aden.» Non si era ancora abituata alla sua assenza perché era partita poco dopo il trasferimento del figlio a Boston. Adesso, però, era tutta un'altra storia.

«Temevo il momento in cui avresti messo piede in una casa vuota, anche se non dispiacerebbe che accadesse a me. Ti sei persa Halloween. C'è stato un viavai di bambini mascherati per giorni, Joey ha partecipato a due sfilate scolastiche e voleva due costumi diversi», disse riferendosi al più giovane dei figli. Grazie al cielo, Maggie, in quel periodo che le piaceva tanto, era stata a Londra. «Allora? Che cosa mi racconti del tuo vecchio amore? Lo sentirai, ora che sei tornata?» chiese, speranzosa.

Il suo tono di voce l'irritò subito. «Spero di no. Talvolta è meglio che il passato rimanga tale. E questa è una di quelle volte. Le nostre vite sono diametralmente opposte. Le stesse cose che mi hanno impedito di sceglierlo trent'anni sussistono ancora, anzi, sono diventate addirittura più pericolose. Non mi piace l'idea di restare due volte vedova. Una è più che sufficiente. Un pilota di automobilismo non fa per me, indipendentemente da quanto sia famoso e di successo.»

«Finora se l'è cavata alla grande, direi. Potrebbe anche decidere di ritirarsi», rispose Helen, delusa.

«Quand'anche andasse in pensione, troverebbe sempre qualcosa di pericoloso in cui impegnarsi. Non può farne a meno. È più forte di lui. E sarà sempre così. Lanci col paracadute, eliscì, scalate sulle montagne, le possibilità sono infinite e lui è attratto da tutto. Anzi, è addirittura peggiorato. Forse adesso sente di dover provare qualcosa di nuovo. È uno dei piloti senior più noti nel settore e, grazie alla fama di cui gode, l'accesso alle attività rischiose gli è diventato ancora più semplice di quando era giovane e povero in canna. Può fare quello che vuole, ora.»

«Peccato. Sembra l'uomo perfetto», commentò Helen, malinconica.

«Non per me. E a quanto pare neanche per le sue ex mogli che lo hanno lasciato. Una addirittura dopo meno di un anno.» A Londra, Paul le aveva raccontato della modella di diciotto anni più giovane, aggiungendo che aveva messo una pietra sopra le relazioni con partner tanto differenti per età, sebbene Maggie dubitasse che avrebbe resistito se la tentazione fosse stata sufficientemente forte. Era una star ovunque andasse. E aveva visto come le donne lo guardavano, anche se quando era con lei le dedicava tutte le attenzioni. Non era mai stato un traditore, neanche da ragazzo, e da quel punto di vista il successo non gli aveva dato alla testa. La sua carriera e l'amore per il pericolo, però, facevano pendere i piatti della bilancia dalla parte sbagliata.

«Mi spiace, Maggie», mormorò Helen, sincera.

«No. Pericolo scampato, ancora una volta.»

«Come siete rimasti?» seguitò Helen, curiosa. Quell'uomo le dava l'impressione di essere una persona eccitante, un modo per riempire la vita desolata di Maggie. L'aspettavano tempi duri e avrebbe sofferto di più la solitudine, adesso che Aden era all'università. Quale occasione migliore, per riprendersi, di una storia sentimentale? Per quanto fedele Maggie potesse essere, Brad non sarebbe ritornato.

«Ieri sera ci siamo detti che non saremmo andati avanti.» Maggie evitò di aggiungere che lo avevano fatto dopo mezz'ora di baci. Non era necessario che l'amica conoscesse quel particolare e lei stessa desiderava dimenticarlo. Doveva dimenticarlo, per ritrovare la tranquillità mentale. «C'è rimasto male, ma sono sicura che mi scorderà presto», aggiunse con un pizzico di durezza nella voce. «Le donne gli strisciano ai piedi e lo trovano sexy, ovunque vada la gente lo riconosce e gli uomini lo considerano un eroe. Il tempo non ha intaccato la sua bellezza.»

«L'ho cercato su Internet. È davvero sexy! E nel mondo reale è ancora piuttosto giovane.» Aveva quarantanove anni, era più giovane di Brad e migliore nell'aspetto, sebbene a Maggie non importasse, come non teneva in nessuna considerazione che avesse una grossa barca a vela o un jet privato. Quelli erano accessori della persona, non la persona stessa. «Mi spiace non riuscire a conoscerlo. Non sarebbe male vedere un bel tizio in giro da queste parti.»

Anche il marito di Helen era molto attraente, alto, atletico, con un fisico perfetto. Si manteneva in forma alzandosi ogni mattina alle quattro per allenarsi prima di andare in ufficio. Helen era costantemente preoccupata per le donne che incontrava sul lavoro, di almeno una ventina d'anni più giovani di lei, che ne aveva due meno di Maggie. Di solito, gli interni che assumeva nella sua agenzia erano freschi di laurea. Grazie al cielo, il più delle volte il loro comportamento faceva impazzire Jeff. Era come avere a che fare con degli adolescenti troppo cresciuti, diceva. L'ufficio del marito aveva anche una sala relax e un angolo dolci al quale attingere per rallegrare le pause dal lavoro, una consuetudine oramai in tutte le agenzie e le start-up. I figli di Helen adoravano andare a trovare il padre per approfittare della sala giochi. «E dimmi, hai pensato a che cosa vorresti fare, ora che sei ritornata?» chiese l'amica cambiando argomento. No, non lo aveva fatto. Aveva riflettuto sulla possibilità di dedicarsi al volontariato o agli studi per il conseguimento di un master in arte, ma finora nessuna di quelle soluzioni le era apparsa quella giusta.

«Potrei fare del volontariato in qualche ospedale, ma troverei piuttosto deprimente parlare magari con degli anziani affetti da demenza. Mi ricorderebbe troppo mia madre nel tempo precedente la sua morte. Deve pur esserci qualcosa di meglio da fare! Magari al Museum of Contemporary Art. Oppure ritornare a studiare. Non hai idea di quante splendide piccole gallerie d'arte abbia visitato a Parigi. Potrei aprirne una qui, anche se non sono sicura che gli abitanti di Lake Forest siano così propensi all'arte. E comunque, per dare maggiore valore ai loro acquisti, andrebbero a farli in città.» Helen concordò.

«Che mi dici dello studio di Brad?» Era stato venduto e lo sapeva.

«Non hanno bisogno del mio aiuto. E poi sarebbe troppo doloroso per me ritornarci. Tutte le volte che ci ho messo piede, da quando non c'è più, mi aspettavo di vederlo uscire dal suo ufficio e dire che era stato tutto uno scherzo, che era rimasto nascosto lì dentro per un anno!»

«Sì, so come ci si sente. L'ho provato con mia sorella. Per anni, quando rientravo a casa, pensavo di trovarla lì.»

«Mi ero data tempo fino a gennaio per riflettere su che cosa fare. Tra non molto il momento fatidico arriverà e io sono allo stesso punto di undici mesi fa. È difficile inventarsi una carriera su due piedi, tanto più che ne avevo una in ascesa prima di sposare Brad. Sai bene che lavoravo come segretaria nel suo studio commerciale, no?»

«Hai sposato il figlio del capo. Come dice mia suocera, un lavoro fantastico, se riesci a trovarlo!» Il commento fu accolto dalla risata di entrambe. Chiacchierarono ancora del più e del meno prima che Helen la salutasse per portare a scuola il pranzo che uno dei bambini aveva dimenticato. Sembrava cavarsela egregiamente da quando il maggiore era andato a Yale, ma aveva ancora i due più piccoli ai quali badare, beata lei! Maggie non aveva quella consolazione. Helen non avrebbe sofferto della sindrome del nido vuoto per i prossimi dodici anni. Se solo avesse saputo quanto la invidiava! Prima di salutarsi, decisero di incontrarsi a pranzo il giorno seguente. Sentirla era stato un bene, così, quando si fossero viste, non avrebbe dovuto ricominciare a parlare di Paul.

Nel pomeriggio, Maggie ricevette tre dozzine di rose rosse da un fioraio locale. *Grazie. Mi dispiace. Con amore, Paul* recitava il biglietto di accompagnamento. Quella proprio non ci voleva! I fiori erano splendidi, ma avrebbe preferito non averli. Avrebbero solo prolungato la sofferenza di un giorno ancora, sebbene in cuor suo lo considerasse un gesto amorevole. Lo ringraziò con un messaggio e tirò un sospiro di sollievo quando lui non le rispose.

Le ci vollero due settimane per cominciare a smettere di pensarlo costantemente. Era quasi come disintossicarsi da qualche sostanza. I primi giorni furono faticosi, ma più il tempo passava, più il dolore si affievoliva e il Ringraziamento si avvicinava, più Maggie si preparava al ritorno di Aden. Sarebbe stato il primo senza Brad, solo loro due. Per l'occasione, aveva già tirato fuori la scatola con le decorazioni, decisa a preparare una tavola degna dell'occasione. Il figlio avrebbe voluto riabbracciare gli amici e tra quelle mura sarebbe tornata di nuovo la vita, il movimento, con ragazzi che andavano e venivano a tutte le ore, con Aden che ordinava pizza a tutto spiano, e tutti insieme avrebbero guardato la partita di football durante il fine settimana. E dopo il Ringraziamento, sarebbe arrivato Natale, il primo anniversario della morte del marito, il primo anniversario del disastro aereo. Maggie sperò che nessuno dei media si fosse preso la briga di cercarla per raccontare il seguito della storia. Perché quella storia una fine non ce l'aveva. Sui giornali aveva letto che alcuni famigliari delle vittime non avevano trovato un accordo con la compagnia aerea, che avevano sporto denuncia e che i vertici tentavano di mettere la sordina alla faccenda.

* * *

Al ritorno di Aden, Maggie si sentì finalmente meglio. Gli incubi erano spariti e aveva sofferto di forti mal di testa solo una volta. I medici l'avevano informata che quella era la normalità per chi soffriva di stress post-traumatico e che la situazione avrebbe potuto peggiorare di tanto in tanto in momenti di particolare tensione, ma col tempo tutto sarebbe rientrato. Gli incubi che la riportavano al momento dell'incidente avrebbero potuto continuare per anni. Era tuttavia molto migliorata rispetto a prima, tanto da aver smesso di andare dalla psichiatra dopo il viaggio in Europa.

Nell'istante in cui Aden varcò la soglia di casa, tutto parve rianimarsi. Gli amici cominciarono a suonare alla porta meno di un'ora dopo. La cucina si affollò di ragazzi, di voci che si rincorrevano, di risate, di squilli di campanello, di chiasso per tutta l'abitazione.

Maggie era al settimo cielo, entusiasta di vedere il figlio, che a sua volta era felicissimo di essere a casa, sebbene la vita universitaria gli piacesse moltissimo.

Il caotico andirivieni si calmò in maniera notevole il giorno del Ringraziamento, quando gli amici trascorsero la festa con le famiglie, per poi, al calare della sera, ritornare tutti lì, più rumorosi che mai, sotto lo sguardo sorridente della padrona di casa. Quanto erano cresciuti negli ultimi tre mesi!

Il giorno seguente il Ringraziamento, Aden passò l'intera giornata in giro con gli amici, a incontrare ragazze, ad andare con le macchine a casa di uno o dell'altro. Tutto sembrava più vivace, ma anche più faticoso, con quella montagna di indumenti da lavare che Aden aveva riportato a casa! Un impegno che Maggie affrontò di buona lena e addirittura con felicità. Le piaceva essere utile.

Venerdì sera, la taverna di casa fu invasa da un gruppo di ragazzi venuti a vedere un film, ed erano ancora lì, tra risate e chiacchiere, quando Maggie andò a dormire. Adorava ricevere gli amici di Aden e circondarsi dei volti familiari dei tempi in cui lui andava a scuola.

Si sorprese nel vederne altrettanti il sabato mattina, quando uscì dalla lavanderia con le braccia cariche di vestiti puliti da portare a Boston. I ragazzi stavano guardando una corsa automobilistica che doveva trovarsi nel momento clou, a giudicare dalla concitazione del cronista, che parlava sopra la voce di un altro commentatore di lingua apparentemente spagnola. Istintivamente, Maggie si fermò a guardare e in quell'istante vide due macchine scontrarsi con violenza e colpirne una terza. Nel giro di qualche secondo, due delle auto presero fuoco. Mentre gli spettatori gridavano e i soccorritori si affrettavano a raggiungerle, entrarono in scena i vigili del fuoco. Aden e gli amici, a voce alta, commentavano l'accaduto. La scena dei piloti estratti dalle auto fu raccapricciante. Uno sembrava privo di sensi. I pompieri lottavano contro le fiamme mentre in sottofondo la folla ruggiva. Aden e gli amici erano agitati. Nonostante lo spettacolo la ripugnasse, Maggie non riusciva a staccare gli occhi dallo schermo. Uno dei cronisti disse che il pilota Garcia-Marques sembrava morto, i paramedici ne stavano portando via un secondo mentre il terzo balzava fuori dall'auto con alcune parti della tuta in fiamme, per poi essere circondato all'istante dai pompieri e dal personale medico. Maggie assisteva alla scena terrorizzata, come i ragazzi.

«Dov'è questa gara?» chiese Maggie. Posò per terra il cesto della biancheria.

«In Spagna», rispose uno dei ragazzi senza scollare gli occhi dalla tv. In quell'istante Maggie sentì il suo nome: l'uomo con la tuta in fiamme era il leggendario pilota di Formula Uno Paul Gilmore. Rimase paralizzata, gli occhi fissi allo schermo. Paul, nel frattempo, era stato fatto allontanare dalla pista ma zoppicava e la tuta fumava ancora. Si era tolto il casco svelando il volto annerito. Le tute erano ignifughe, ma le maniche che avevano preso fuoco erano raggrinzite dalle fiamme. Maggie si lasciò cadere pesantemente su una sedia mentre Aden e gli amici continuavano a discutere e sulla pista regnava il caos. Uno dei piloti era stato dichiarato ufficialmente morto, il secondo era in condizioni critiche per traumi multipli. Il cuore di Maggie batteva come un tamburo impazzito.

«Gilmore è stupefacente», disse Aden a un amico. «È il miglior pilota che io abbia mai visto, e non sai quante volte se l'è cavata uscendo vivo dagli incidenti più brutti.» A Maggie non sfuggì il suo tono di ammirazione. Guardava volentieri le partite di hockey, football e baseball, ma gli piaceva qualsiasi sport.

«Andavo al liceo con lui», si sentì dire Maggie a voce alta, tra i commenti dei ragazzi sull'incidente. «È di queste parti, o almeno lo era. L'ho incontrato durante il viaggio in Europa. Non ci vedevamo da trent'anni.» Aden la fissò, stupefatto.

«Lo conosci? Non me lo hai mai detto.»

«Non lo vedevo dai tempi del diploma. Avevo all'incirca la tua età.» Non gli disse che era stato il suo primo amore. Erano segreti che non si svelavano facilmente a un figlio maschio, magari più a una femmina.

«Dove lo hai visto, in Europa?»

«L'ho incontrato per caso a Monte Carlo, e poi di nuovo a Londra. Mi aveva detto di avere una gara a Barcellona.»

«È questa.» Gli occhi di Aden brillarono di eccitazione. La conoscenza della madre con Gilmore lo intrigava, come il fatto che si fossero incontrati recentemente. «Mi piacerebbe conoscerlo. È una persona simpatica?»

Maggie sorrise.

«Secondo i tuoi standard, sì. È folle come tutti quelli», rispose la madre, indicando lo schermo.

«È il miglior pilota di tutti i tempi. Ha vinto un sacco di corse. Una volta l'ho visto tagliare il traguardo con l'auto in fiamme. Non c'è niente che riesca a fermarlo.»

«Sì, lo so.» Maggie riprese il cesto della biancheria e andò al piano di sopra. Aveva visto abbastanza. Paul si era spinto, ancora una volta, a un passo dalla morte. Lo aveva visto lei stessa, con i suoi occhi. Sperò che non avesse riportato troppi danni. I ragazzi seguitarono a commentare l'accaduto mentre lei sistemava la biancheria del figlio sul letto e tornava poi in cucina per una tazza di caffè. Le mani le tremavano. Temeva per la sorte di Paul. Quell'uomo non aveva nessuno, né moglie né famiglia. Chi si occupava di lui, in quella sua vita solitaria, quando era ferito o stava male? Dopo la scarica di adrenalina, avrebbe sicuramente provato dolore per l'incidente appena subito. Il commentatore tv aveva detto che Paul era stato portato nell'ospedale più vicino per un controllo e che era scampato alla morte per miracolo. Quante delle sue nove vite gli restavano ancora?

Maggie attese un'ora prima di decidersi a cercare sul cellulare il numero che Paul le aveva dato, quello inglese, che usava più spesso. Aveva anche il suo indirizzo email e un contatto svizzero. Digitò il numero inglese e sperò di riuscire a comunicare con lui. Se non le avesse risposto, avrebbe potuto almeno lasciargli un messaggio, dirgli che aveva assistito all'incidente in televisione e che sperava che non si fosse fatto nulla di grave. Aveva giurato a se stessa di non chiamarlo più dall'ultima volta che si erano visti, ma quella era una cosa del tutto diversa. Che male poteva esserci a confessargli di essere in ansia per lui?

Il telefono squillò due volte. Poi, nel momento in cui Maggie si aspettava di sentire scattare la segreteria, lui rispose in spagnolo. Lo parlava fluentemente da quando, agli inizi della carriera, era stato in Messico.

«Maggie?» Sembrava sorpreso di sentirla.

«Sì. Tutto okay? Stavamo guardando la corsa in televisione, cioè, mio figlio e i suoi amici. Abbiamo visto che cosa è successo. Ti sei ustionato gravemente?»

«Le mani sono alquanto abbrustolite, per il resto è tutto a posto. A parte sei costole rotte. Rischi del mestiere.» Di sicuro quella non era la prima volta. «Da qui ai prossimi mesi dovrò dedicare parecchio tempo a curarmi e rimettermi in forma prima di tornare a gareggiare.» Non sembrava preoccupato, ma era chiaro che parlare gli provocava dolore. «Immagino che questo vada tutto a svantaggio della mia causa», aggiunse poi.

«Per questa volta lascerò correre», rispose Maggie con dolcezza. Provava un dispiacere infinito a saperlo da solo, dolorante per le fratture al costato e senza nessuna persona cara che si prendesse cura di lui. Evitò di dire nulla al proposito. La sua era una carriera pericolosa, lo sapevano entrambi, e ogni volta rischiava la vita. «Ti trattengono in ospedale?»

«Volevano, sì, ma ho deciso di tornare a Londra. Partirò tra qualche ora. Andrà tutto bene, me la prenderò con calma per qualche giorno.»

«E poi?» Era preoccupata. Paul era tornato a essere una presenza reale nella sua vita da quando lo aveva rincontrato. Non era più un ricordo o una voce senza corpo proveniente dal passato.

«La *Lady Luck* è già in viaggio per Antigua. La raggiungerò non appena sarà arrivata a destinazione. Il mio equipaggio si prenderà cura di me. Non posso muovermi molto con sei costole fuori uso.» Respirava a fatica.

«Mi spiace davvero immensamente», ribadì Maggie, sollevata però che almeno avesse un posto dove qualcuno lo avrebbe accudito e che avrebbe potuto raggiungere a bordo del suo aereo personale.

«Sei stata carina a chiamare. Credevo che non ti avrei sentita mai più», le disse lui, in tono triste ma in realtà felice per la telefonata.

«Non volevo farlo», ammise Maggie, «ma non so resistere ai tipi con le costole rotte e gli abiti in fiamme.»

La risata di Paul si tramutò un istante dopo in un urlo di dolore.

«Non farmi ridere, ti prego!» Lei però non trovava affatto divertente quello che era appena accaduto. Assistere all'incidente era stato terribile. Ad Aden e ai suoi amici era capitato spesso di vedere scene simili nelle gare in televisione, ma a lei no e nell'istante in cui aveva sentito che si trattava di Paul, c'era mancato poco che perdesse i sensi.

«Abbi cura di te», gli disse in tono quasi materno.

«Lo farò. Anche tu.» Sapeva che, tra qualche settimana, per lei e il figlio sarebbe arrivata una data dolorosa.

«A proposito, Aden è rimasto senza parole quando gli ho raccontato di conoscerti. Sa che ci siamo incontrati a Monaco e a Londra.»

«Gli hai anche detto che sono l'uomo più fantastico che tu abbia mai conosciuto, a parte suo padre, e che ti amo da trent'anni?»

«Questa parte l'ho evitata. Non è necessario che lo sappia.»

«Comunicamelo, se vuoi portarlo a qualche gara. Ti terrò informata dei miei eventuali spostamenti negli Stati Uniti. Potresti accompagnarlo.»

«Non mi piace l'idea che veda gente morire», disse lei. Com'era accaduto quel giorno. Come al solito, Paul era stato fortunato, al contrario degli altri due piloti.

«È stato terribile, hai ragione. Per fortuna me la sono cavata, rispetto ai miei colleghi.»

«Sei vivo, sei riuscito a sopravvivere a un'altra gara e io sono grata al cielo per questo. Ma non ti dirò altro. Ti risparmierò le solite ramanzine perché sai benissimo come la penso.»

«Che cosa preferiresti che facessi nella vita? L'acquerellista?»

«Perché no, se potessi vivere qualche anno in più! Ne varrebbe la pena, a mio parere.»

«Preferirei morire in mezzo alle fiamme che starmene seduto a fare qualcosa di noioso per il resto della mia esistenza.»

«Mi rallegro al pensiero che questo tuo desiderio oggi non sia stato esaudito.»

«Il mio unico desiderio è rivederti, Maggie, stare con te. Che ne diresti di venire sulla barca? Porta anche tuo figlio.»

«Trascorreremo il Natale a casa.» Quello sarebbe stato il secondo senza Brad e, come il primo, avrebbe rappresentato un momento particolarmente duro. Quell'anno Aden aveva promesso di aiutarla a montare le luci esterne come faceva sempre il padre e a decorare l'albero.

«Avvertimi, se cambi idea.»

«Lo farò, grazie», gli rispose educatamente, pur sapendo che non sarebbe successo. Ora più che mai le tradizioni di famiglia erano importanti. Paul non ne aveva, non poteva capirlo.

«Posso richiamarti qualche volta?» le domandò, esitante.

«Non è necessario», replicò lei, un modo gentile per dirgli di no. «Sarò io a farlo, se per te va bene.»

«Quando vuoi. Non ti disturberò. E saluta tuo figlio da parte mia, se gli dirai di questa telefonata.» Maggie ne dubitava. «Grazie per esserti fatta sentire. Significa molto per me.» Nessun altro lo avrebbe fatto, lo sapeva anche lei.

Riagganciarono subito dopo e per il resto del tempo Maggie non fece che pensare a lui e all'incidente. Ecco quello che aveva sempre temuto. Paul era stato fortunato, ancora una volta. Avrebbe dovuto avere almeno una cinquantina di vite, se non un centinaio. Nove sembravano poche per il suo stile di vita. Come minimo avrebbero dovuto essere mille.

9

Aden non ritornò da Boston per l'anniversario della morte del padre e Maggie dovette affrontarlo da sola, in preda all'ansia sin dal momento in cui aprì gli occhi quel mattino. Aveva trascorso la notte quasi in bianco, tormentata dalle visioni dell'incidente aereo, ricordando le parole dette dal marito quando stavano per precipitare, il suo volto mentre affogava, troppo lontano per essere aiutato, in mezzo alle correnti che lo allontanavano dalla scialuppa di salvataggio. Non aveva ancora capito come avesse fatto a perdere la presa dallo scivolo gonfiabile, ma ormai poco le importava. Era successo e doveva imparare a convivere con quell'atroce ricordo.

Quel giorno telefonò due volte al figlio che, come ammise lui stesso, era molto giù di corda. Non c'era nulla di più potente e travolgente di quella data per loro, come se in quella giornata il dolore della perdita fosse diverso, come se li legasse indissolubilmente al peggior avvenimento della loro vita senza che nulla e nessuno potesse distrarli da quel pensiero fisso. Diversamente dal compleanno di

Brad, non era accompagnato anche da bei ricordi. Il giorno dell'incidente era come varcare le porte dell'inferno.

Phil Abrams le mandò un biglietto e alcuni tra gli amici più cari dei bouquet floreali. Paul le aveva espresso la sua vicinanza con un messaggio sul cellulare ma senza chiamarla. Difficile immaginare quale fosse la cosa giusta da fare in circostanze come quelle, senza rischiare di intromettersi in faccende così intime. Da quando, dopo l'incidente all'autodromo, aveva ricontattato Paul aprendo, di fatto, una porta chiusa in precedenza, Maggie era turbata a quel pensiero. Non voleva fare nient'altro che potesse aprirla ancora di più. Ma anche lui camminava con i piedi di piombo con lei.

Qualche giorno più tardi, Aden rientrò per le vacanze. Si sarebbe fermato fin dopo Natale per poi partire con un gruppo di amici nel Vermont e trascorrere qualche giorno sulla neve. Con altri amici, aveva accettato volentieri l'invito di uno dei compagni di stanza la cui famiglia risiedeva laggiù. Maggie naturalmente gli aveva dato il permesso di andare. Non si aspettava che il figlio restasse con lei ad annoiarsi.

Per prima cosa, sistemarono le luci esterne della casa come in passato aveva sempre fatto Brad. Maggie tirò fuori le vecchie foto per ricopiare il suo allestimento, una missione nella quale riuscirono con un certo successo. Armati di scala, si aiutarono reciprocamente, ma quando Aden tentò di salire sul tetto, dovette desistere per il troppo ghiaccio. Tutto sommato, il risultato fu più che soddisfacente, con tanto di pupazzo di neve pieno di lucine di fronte all'ingresso e un Babbo Natale a grandezza naturale, il vero e proprio pezzo forte. Tutto un po' visto e rivisto, forse, ma gradito ai padroni di casa e ai bambini del vicinato.

Il giorno dopo, andarono a comprare l'albero di Natale e lo addobbarono con le loro decorazioni preferite, incluse quelle che a Brad piacevano di più. Il loro era stato un grande passo avanti rispetto all'anno precedente, subito dopo la sua morte. Per Natale, Maggie regalò al figlio un nuovo equipaggiamento da sci e un casco che Aden si rifiutò sin da subito di indossare.

«Bene, allora dimenticati il viaggio nel Vermont», rispose lei con espressione glaciale. «Non accetto compromessi su questo punto. So come scii e non ti permetterò di procurarti un trauma cerebrale solo perché pensi che portare il casco non sia una cosa figa. In molte località sciistiche europee è addirittura obbligatorio. Si può morire in caso di caduta se non lo si indossa.»

«Se è per questo si può morire anche scivolando nella vasca da bagno», le fece notare lui, arrabbiato. «Vuoi proibirmi di fare anche quello? Papà non portava il casco quando andavo a sciare con lui.»

«No, e a lui non piaceva neanche farlo quanto piace a te. Era uno sciatore cauto e andava sulla neve solo per compiacerti, senza comportarsi come un folle nelle discese.» Per qualche anno, da adolescente, Aden aveva gareggiato, era un esperto sciatore e amava la velocità. «Dipende da te», aggiunse Maggie, incorruttibile. «Niente casco, niente Vermont. E non mentire dicendomi che lo metterai per poi non farlo. Devo essere sicura di potermi fidare di te su questa questione, altrimenti non ci andrai.»

Il ragazzo acconsentì alla vigilia della partenza. A parte quello, la permanenza a casa fu piacevole e anche senza

Brad trascorsero un bel Natale. Aden era andato a pattinare diverse volte con gli amici su un laghetto nelle vicinanze che d'inverno ghiacciava, aveva fatto qualche giro nei dintorni, era andato a trovare il vecchio coach Buck per raccontargli degli allenamenti con la nuova squadra, era uscito un paio di volte con una ragazza che conosceva dai tempi del liceo e che come lui frequentava l'università a Boston. Ma, soprattutto, si era goduto il ritrovare le sue cose e l'atmosfera familiare. Era bello essere di nuovo a casa con la madre che lo viziava riempiendo il frigo di tutte le leccornie che gli piacevano.

La vacanza a Lake Forest si concluse con la sua partenza per Boston, dove avrebbe incontrato gli amici per poi proseguire nel Vermont. Prima di montare sull'auto del padre di un amico che lo avrebbe accompagnato all'aeroporto di Chicago, strinse forte la madre, la ringraziò e si allontanò salutandola con una mano. Maggie non guidava volentieri con le strade ghiacciate e così era stata contenta dell'offerta di quel passaggio. Lo guardò andar via fino a quando la macchina non scomparve e lei, triste, rientrò. Lo avrebbe rivisto a marzo, per le vacanze di primavera.

A Natale, Paul le aveva inviato un messaggio di auguri informandola di essere a bordo della sua confortevolissima barca a vela nelle acque di Antigua e di sentirsi molto meglio del mese prima. Stava guarendo bene e le costole non gli procuravano più dolore. Poteva persino ridere!

Quella sera, mentre Maggie sistemava la stanza del figlio, Paul la chiamò per avere notizie e per informarsi del viaggetto di Aden con la sua comitiva. Doveva essere difficile per Maggie ritrovarsi di nuovo da sola dopo quelle splendide vacanze.

Fu bello sentire la sua voce. Si erano scambiati qualche messaggio dopo l'incidente e a Natale, ma l'ultima volta che si erano parlati era stato durante la telefonata dall'ospedale a Barcellona, dopo averlo visto in tv con la tuta in fiamme.

«Che programmi hai per Capodanno?» chiese lui in tono più disinvolto possibile.

Maggie scoppiò a ridere. «Andare a letto con un bel libro. Brad e io non avevamo l'abitudine di uscire a festeggiare il nuovo anno. Le strade sono troppo pericolose. E tu? Andrai a sciare a Courchevel non appena ti sarà possibile?»

Quella volta a ridere fu lui. «Non con sei costole fratturate. Va meglio, ma non sono ancora guarite del tutto. Penso che non potrò sciare almeno per uno o due mesi. No, il programma è di restare a bordo e rilassarmi. Nient'altro, al momento.» Paul decise di mettere alla prova la sua fortuna approfittando del miglioramento dell'umore di Maggie. Era più rilassata dopo le belle festività trascorse con il figlio, sembrava ben disposta e si era lasciata alle spalle l'anniversario di Brad. Sperava che questo avrebbe fatto la differenza, ma non era pronto a scommetterci. Era piuttosto cocciuta quando decideva di esserlo. Difficile farle cambiare opinione quando si metteva in testa una cosa. Da quel punto di vista non era cambiata di una virgola.

«Che ne diresti di venire un paio di giorni, o magari una settimana o due, o quanto vuoi, a farmi compagnia per rilassarti un po' e goderti qualche giretto?» tentò di allettarla, senza pressarla troppo. «Cabine separate, va da sé. Solo due amici che si godono la compagnia reciproca. Sono innocuo, te lo garantisco, con tutte le bende che ancora mi porto addosso. Riesco a malapena a muovermi. Se mi dovessi comportare male, puoi tranquillamente gettarmi in mare.»

«Mi fido di te», rispose lei, con semplicità. Paul non l'aveva forzata in passato e non lo avrebbe fatto adesso. Era della sua volontà che non si fidava. Non voleva iniziare una relazione con lui, ma erano stati bene insieme e al momento erano entrambi soli. Ora poi che Aden era tornato all'università, si sarebbe sentita ancora più depressa con la casa vuota. Aveva in programma di iscriversi ad alcuni corsi di storia dell'arte al Museum of Contemporary Art, ma ancora non aveva fatto nulla. Alloggiare a bordo della barca a vela di Paul era un'idea che la allettava parecchio.

«Ti direi anche di portare tuo figlio, ma mi hai detto che andrà a sciare.»

«Sì, è partito oggi. Si fermerà nel Vermont fino alla ripresa dell'università, fra tre settimane. Certo, sono sicura che se avesse saputo di quest'invito, probabilmente avrebbe abbandonato gli amici e sarebbe corso a raggiungerti. Muore dalla voglia di conoscerti.»

«Anche a me farebbe piacere vederlo», rispose sinceramente Paul. Aveva tanto sentito parlare di Aden. Significava tutto per Maggie, ora più che mai. «Allora? Che ne pensi della mia idea?»

«Posso dormirci sopra?» Non voleva fare nulla d'impulsivo per poi pentirsene e Paul era stato attento a mantenere le distanze e a mostrarle tutto il suo rispetto dall'ultima volta in cui si erano visti a Londra. Poteva fidarsi di lui e sarebbe stato più bello trascorrere Capodanno su uno yacht nei Caraibi che non a Lake Forest da sola, a spalare neve dal vialetto di casa per andare a fare la spesa.

Ci pensò tutta la notte. Difficile resistere alla tentazione. Forse potevano davvero essere solamente amici. Detestava l'idea di perderlo di vista solo perché non voleva coinvolgimenti sentimentali, e lui sembrava disposto ad accettare le sue regole. Offrirle quella vacanza era stato un gesto carino. Così, il mattino seguente, lo chiamò per confermargli la partenza.

«Quando arrivi?» le chiese, felice come un bambino. «Se vuoi, posso mandarti l'aereo questa sera stessa. Sarebbe compatibile con i tuoi impegni?»

«Che ne diresti di domani? Ho ancora qualche cosa da sistemare.»

«Perfetto. Ce la fai a essere all'aeroporto di O'Hare per le dieci di domattina? Ti organizzo anche l'auto, se me lo permetti.»

Maggie sorrise. «Ce la faccio da sola, ma grazie. Non vorrei mai, stando in tua compagnia, diventare troppo viziata e incapace.»

«Non credo che esista quel rischio.» Paul rise. «Non lasceresti mai che accadesse.»

«Hai ragione.» Non voleva dipendere da nessuno. Era già abbastanza difficile abituarsi a fare senza Brad, e da quando lui non c'era più Maggie si era ripromessa di essere lei e soltanto lei a badare a se stessa. Voleva camminare con le sue gambe e Paul la rispettava anche per questo. Era sempre stata una ragazza determinata che si era trasformata in una donna coraggiosa. La conferma l'aveva avuta nell'ultimo anno, da quando era rimasta vedova.

Maggie trascorse anche la notte seguente a pensare all'invito di Paul, a chiedersi se avesse fatto bene ad accettare, a ripetersi di avere piena fiducia in lui e di gradirne immensamente la compagnia. Se non fosse andato come prevedeva, poteva sempre tornare a casa. Senza contare che con sei costole fratturate, Paul era davvero innocuo. Che male poteva esserci? Avvisò Helen e Aden con un messaggio della sua assenza per qualche giorno, aggiungendo che sarebbe stata sempre contattabile tramite cellulare. Specificare dove e con chi andava, era inutile.

Come promesso, il mattino seguente alle dieci, trovò l'aereo di Paul ad attenderla. Aveva già viaggiato sul lussuoso jet, da Nizza a Londra, così non si sorprese di nulla. Il capitano e i due membri dell'equipaggio, un uomo e una donna, la accolsero con gentilezza.

Ad Antigua – che raggiunsero senza fare scalo – il commissario di bordo della *Lady Luck* la stava aspettando con un van. Passata rapidamente la dogana, Maggie arrivò poco dopo sulla barca, felice e rilassata. Più ci pensava, più era convinta di aver fatto bene ad accettare il generoso invito. Paul la ricevette raggiante. Seppur ancora rigido nei movimenti, affrettò il passo per abbracciarla mentre un paio di membri dell'equipaggio sistemavano i bagagli di Maggie nella spaziosa cabina che l'ospite aveva scelto per lei. Il viaggio doveva essere perfetto, come promesso. Non avevano progetti particolari, solo navigare da un'isola all'altra o attraccare quando desideravano farlo. Maggie si era portata molto da leggere, ancora incerta se trattenersi a lungo o meno. Non aveva affari urgenti che la costringessero a tornare a casa se non le lezioni di storia dell'arte alle quali voleva iscriversi, ma trastullarsi a bordo di una barca a vela era decisamente più allettante di un corso a Chicago in quel momento.

Per darle il benvenuto, lo chef aveva preparato sandwich deliziosi e del tè ghiacciato. Paul amava circondarla con lusso e ogni comfort. L'unico regalo che potesse farle, per renderle più piacevole l'esistenza.

Sedettero a chiacchierare fin quasi all'ora di cena, per poi recarsi nelle loro cabine per indossare qualcosa di più pesante per affrontare il freddo della sera. Niente formalità tra amici, e con Maggie Paul poteva rilassarsi come preferiva.

Gustarono una delicata sogliola alla mugnaia e dei frutti di mare locali, con la vista del porto di Antigua davanti a loro, un po' lontani dalla costa, per evitare i rumori del porto, gli sguardi dei curiosi e godersi il silenzio e la pace. Dopo cena, continuarono a chiacchierare per un po' e si divertirono a giocare a Perudo per una mezz'oretta prima di ritirarsi per la notte. Paul non tentò di trattenerla ancora con sé in alcun modo né cercò di sedurla. Era solo felice di stare con lei e non avrebbe potuto chiedere di più. Maggie sprofondò nel sonno nell'istante in cui la testa toccò il cuscino e dormì senza interruzioni fino alle dieci del mattino seguente.

Quando raggiunse Paul sul ponte, lo trovò impegnato a leggere i giornali che gli erano stati portati dalla riva. Il sole era splendente e l'aria rinfrescata da una dolce brezza.

«Buon Dio, questo è il paradiso», gli disse sorridendo. «Non so che cosa ho fatto per meritarlo, ma ti ringrazio di avermi chiesto di raggiungerti.»

Gli era davvero grata e lui si muoveva con tutte le

precauzioni possibili per evitare di spaventarla, ligio alle sue regole.

Spiegarono le vele un po' più tardi, rimanendo in mare per tutto il giorno prima di fermarsi nel pomeriggio nei pressi di una delle tante piccole isole locali. A bordo di un tender raggiunsero una baia deserta con una spiaggia di finissima sabbia bianca, si sdraiarono al sole e nuotarono per qualche ora, per poi ritornare a bordo dove Paul si fece fare un massaggio mentre Maggie si tuffò nella lettura di un libro.

Ogni giorno sembrava più rilassante del precedente. Giravano per le isole, gettavano di tanto in tanto l'ancora in qualche porto per rifornire la cambusa e riprendevano il mare solcando leggeri le acque. Di tanto in tanto, era Paul a mettersi al timone della *Lady Luck* con Maggie accanto.

I pasti erano deliziosi, l'equipaggio ben addestrato e discreto, Paul una compagnia splendida che, nonostante le costole fratturate, la faceva ridere raccontandole storie divertenti. Maggie lo riteneva un amico perfetto e cercava di dimenticare di esserne stata innamorata un tempo e di averlo baciato quella sera a Londra. Si sentiva ancora attratta, ma voleva impedirsi di commettere un passo falso e desiderava mantenere il loro rapporto casto e senza implicazioni di alcun genere. Non le piaceva l'idea di diventare la compagna di un pilota di automobilismo, con tutto lo spavento che ciò avrebbe comportato, le preoccupazioni che l'avrebbero assalita prima e durante ogni gara, il panico che avrebbe provato se fosse rimasto ferito in un incidente o peggio. Come amici, si ripeteva, avrebbe potuto mantenere una sana distanza. Eppure, ogni giorno, un passo dopo l'altro, erano sempre più vicini e in sintonia. Da ragazzi erano stati innamorati e adesso, da adulti, formavano una coppia perfettamente armoniosa.

Quando, dopo Natale, Maggie aveva scritto a Helen della breve vacanza, l'amica aveva subito sospettato che potesse essere partita con Paul, ma aveva evitato di domandarlo per non rompere qualunque incantesimo Maggie stesse vivendo o intromettersi. Era lei a doverle dare notizie. Quanto ad Aden, era troppo impegnato a divertirsi con gli amici per preoccuparsi di dove fosse la madre o anche soltanto chiederglielo. In caso di bisogno, sapeva come raggiungerla. Forse era andata in un centro benessere, cosa che non aveva mai fatto prima, oppure era partita per New York.

Alla vigilia di Capodanno, la *Lady Luck* entrò brevemente nel porto di Saint Barth per poi ancorarsi al largo. Ovunque si vedevano imbarcazioni enormi e lussuose, per lo più russe. Persino il loro yacht a vela sembrava modesto, sebbene fosse tra i migliori e molto grande.

«Da questa posizione stanotte vedremo degli splendidi fuochi d'artificio», le disse Paul.

Maggie indossava un semplice vestito di maglina bianca e sandali argento, lui aveva scelto per l'occasione jeans candidi e una giacca blu navy. Un abbigliamento casual per entrambi, solo loro due, senza formalità, fanfare o amici, all'insegna del più completo relax. Talvolta sedevano l'uno accanto all'altra tenendosi per mano, gli occhi fissi sul tramonto, ma senza pressione da parte di Paul che aveva compreso che cosa Maggie volesse e che cosa fosse disposta a dividere con lui: un'amicizia profonda, arricchita dalla lunga storia che avevano alle spalle, niente di più. Era il solo modo in cui Maggie poteva far pace con la vita spericolata di Paul. Se ci fosse andata a letto, o fosse diventata la sua compagna, sarebbe morta di paura prima di ogni corsa, terrorizzata all'idea che potesse morire. Rimanendo così le cose, quel carico non sarebbe stato suo. Si sarebbe preoccupata lo stesso, era inevitabile, ma senza nessuna pretesa né da una parte né dall'altra. Solo così la loro storia avrebbe potuto funzionare.

Terminata la vacanza, sarebbe tornata a casa, avrebbe proseguito la sua vita e fatto ciò che più desiderava. Non avrebbe voluto che a Paul accadesse alcun male neanche da amici, ma non vi era modo di fargli cambiare idea, né di domarlo. Avrebbe sempre vissuto la sua esistenza spericolata a dispetto delle costole fratturate, delle ustioni, di altre ferite gravi, perché era questo che voleva fare e lei doveva lasciarlo libero e sperare soltanto nella buona sorte. Sapeva però di non poter legare il proprio futuro a quello di lui o contare sulla sua incolumità, considerato lo stile di vita al quale era abituato.

Vedere la sua macchina prendere fuoco e lui uscirne con la tuta in fiamme all'autodromo di Barcellona l'aveva riempita di terrore. Maggie non aveva affrontato il discorso, né intendeva farlo, ma sapeva che stava ancora soffrendo per le ferite riportate, nonostante fosse sempre di buonumore e non si lamentasse mai. Facevano parte della sua attività, le accettava come altre persone accettavano gli straordinari o condizioni lavorative stressanti. Per lui era normale rischiare di essere ferito o giocarsi la vita. In realtà, lo adorava. Considerava quel suo modo di fare un segno di coraggio, una medaglia da esibire con orgoglio. Vederlo in costume, nuotare, pieno di fasce e bende, per Maggie non era stato piacevole, l'aveva fatta sussultare al pensiero di ciò che aveva dovuto provare. Una mano non era ancora guarita dalle ustioni, la pelle era rosa e sottile. Come amica, stava tentando di accettarlo per ciò che era.

Paul sperava ancora di riuscire ad andare a sciare a Courchevel, il mese seguente, e le aveva chiesto di accompagnarlo. Finora però non era riuscito a farle cambiare idea nonostante Maggie avesse a disposizione due mesi per fare ciò che desiderava prima del rientro del figlio casa per le vacanze di primavera. Aden le mancava immensamente, ma in cambio, la sua libertà era illimitata. Sarebbe stato diverso se Brad fosse stato ancora con loro. Adesso ad aiutarla a riempire il vuoto nel modo più piacevole e lussuoso possibile, c'era Paul, la cui compagnia e premura superavano l'immaginabile. Colmavano le loro solitudini in amicizia, senza interferire l'uno nella vita dell'altra, una condizione ideale per lei.

Alla cena di Capodanno, bevvero champagne, mangiarono caviale, astice e per dessert torta Alaska.

Maggie aveva appena finito il dolce quando Paul le sorrise riempiendole il bicchiere di altro champagne. «Sai, la mia vita mi piace, ma non dimentico mai quanto sono stato povero in passato e tento di restare umile. Se mi dovesse capitare di perdere tutto, ricomincerei da capo.»

«Rischiando la vita come hai fatto finora?» rispose lei cinica. «È un prezzo troppo alto da pagare. Hai guadagnato tutto questo sudando sangue. Il tuo sangue. Come a Barcellona. E io detesto vedertelo fare.» Sapeva però che non avrebbe potuto fermarlo e non ci provava neanche. Il pericolo era parte di lui. Nonostante le apparenze, Paul era l'indomito di sempre.

Rimasero seduti sul ponte, avvolti in una morbida

coperta in attesa dei fuochi d'artificio. Poco prima di mezzanotte, Paul guardò l'orologio. «Ci siamo quasi», le disse con un sorriso. «Un anno nuovo. Spero che sia bello per te, Maggie. E mi auguro che tu possa avere tutto quello che desideri perché lo meriti.»

«Anche tu.» Il desiderio di Maggie era che Paul restasse in vita per molto tempo ancora, ma evitò di dirlo.

Due minuti dopo, allo scoccare della mezzanotte, il cielo s'illuminò di una pioggia di fuochi pirotecnici simili a diamanti e lui la baciò come aveva fatto a Londra, e lei non fece nulla per fermarlo. Impossibile resistere ai loro sentimenti, alla tenerezza di ritrovarsi insieme. A differenza della volta precedente, Maggie non provò alcun senso di colpa nei confronti di Brad. Era qui, con Paul, e le pareva giusto indipendentemente da quanto sarebbe o non sarebbe durato. Non volevano che condividere il momento. Non stavano facendo del male a nessuno. E se i rischi che Paul correva fossero diventati troppi, lo avrebbe potuto lasciare. Lo sapeva anche lui. Il loro era un tacito accordo. Maggie era riuscita a fare pace con la persona che Paul era e avrebbe potuto vivere con quell'idea.

Rimasero a lungo a baciarsi sul ponte, raggomitolati sotto la coperta, e quando i fuochi d'artificio terminarono, seguitarono a coccolarsi.

«Buon anno, Maggie», le sussurrò Paul in un orecchio. «Ti amo.»

«Ti amo anch'io. Ti prego, resta in vita per me. Non ti chiedo altro», mormorò lei di rimando. Poi, senza opporre resistenza, lo seguì in cabina dove festeggiarono un anno nuovo e un nuovo capitolo della loro vita. Un capitolo che, almeno per il momento, sembrava quello giusto.

10

Il primo dell'anno, salparono le ancore da Saint Barth per proseguire il giro delle isole. Rannicchiata accanto a Paul sul divano, Maggie si lasciò andare tra le sue braccia che la cingevano stretta. Sapevano entrambi cos'era accaduto e che cosa significava. Non avevano bisogno di condividerlo con nessuno.

«Quando pensi che potrò incontrare Aden?» Paul voleva includerlo al più presto nella loro relazione e non lasciarlo da parte. «Perché quest'estate non mi raggiungete sulla barca nel Sud della Francia?»

«So che a giugno lui e gli amici intendono fare un viaggio in Europa.»

«Perfetto, allora. Venite a luglio. Oppure tu potresti raggiungermi a giugno e lui unirsi a noi il mese successivo.» L'idea era allettante. Aden sarebbe stato felicissimo di conoscere Paul Gilmore, ma Maggie non era certa di come avrebbe reagito alla notizia di una relazione tra loro. L'avrebbe considerata un tradimento verso il padre? La prima cosa da fare era parlargli di Paul. «E tu? Quanto pensi di volerti fermare, adesso?»

«Non ho ancora deciso il tipo di lavoro adatto a me e sono libera fino a quando mio figlio non tornerà a marzo, per le vacanze di primavera. Tu? Devi andare da qualche parte?»

«In teoria sono ancora convalescente.» Paul rise. «In Spagna, i dottori mi hanno consigliato di prendermela comoda per almeno quattro mesi. Ma credo che sarà impossibile. Ho degli incontri d'affari a Londra e a Zurigo alla fine del mese e un'altra competizione automobilistica a febbraio. Per allora dovrò avere recuperato la forma. Inizierò ad allenarmi tra qualche settimana», le rispose, rilassato. «Perché non rimani fino alla fine di gennaio e poi torni a Londra con me? Puoi rimanere tutto il tempo che vuoi.»

«Per quando è prevista la gara?» Maggie sarebbe andata via prima. Non poteva assistere e lui sapeva che non era il caso di incaponirsi al riguardo conoscendo l'opinione della compagna sulla sua attività rischiosa.

«Per metà febbraio in Inghilterra, a maggio in Francia e a settembre in Italia. Il prossimo anno ne avrò una in Cina e una in Australia.»

«Temo che salterò anche quelle.» Maggie sorrise. Forse, se non avesse visto il modo in cui rischiava la vita, la loro relazione avrebbe potuto funzionare. Fino al giorno in cui sarebbe accaduto il peggio. Nonostante le buone risoluzioni, non era sicura di essere capace di sopportare una pressione come quella. Per il momento, però, lo avrebbe seguito, senza impegni e alle condizioni che Paul era pronto ad accettare pur di stare con lei.

«Significa che verrai con me a Londra?» Maggie annuì. Il programma s'incastrava alla perfezione con i suoi piani, come per Paul la pausa primaverile di Aden. Nell'attesa di conoscerlo, avrebbe avuto la possibilità di partecipare ai suoi incontri d'affari come previsto dall'agenda. Allo chalet sulla neve aveva rinunciato definitivamente. Non era ancora pronto per quello sforzo fisico.

Per il momento avevano degli obiettivi e non necessitavano d'altro. Con un sospiro, Maggie pensò di non avere abiti da città adatti per la stagione invernale londinese e che si sarebbe di nuovo dovuta dedicare allo shopping.

Le tre settimane seguenti sulla barca di Paul furono come una luna di miele e fu con tristezza che partirono in aereo da Antigua diretti a Londra dove, già qualche ora dopo l'arrivo, Paul fu trascinato in un vortice di conferenze telefoniche e incontri con le società internazionali nelle quali aveva investito.

Nel frattempo, per ingannare le ore libere, Maggie si dedicò a qualche acquisto per quando fosse uscita insieme al compagno. Rimanevano spesso a casa, con lui sempre preso dagli impegni lavorativi in una dozzina di fusi orari diversi, sveglio a tutte le ore.

Partiti per Zurigo, alloggiarono al *Baur au Lac*, e mentre lui si occupava degli affari, Maggie si concedeva lunghe passeggiate intorno al lago e rifletteva sui cambiamenti che nell'ultimo mese le avevano stravolto l'esistenza, e a quanto avvenuto nell'anno seguente la morte di Brad. I suoi orizzonti si erano allargati in maniera esponenziale.

Rientrati a Londra, Maggie chiamò Helen, preoccupata

dalla lunga assenza. Sebbene l'amica le mandasse regolarmente qualche messaggio, erano sempre piuttosto criptici.

«Si può sapere *dove* sei?»

«A Londra. Dopo le feste di Natale invece sono rimasta con Paul, sulla barca.»

«Accidenti! Come vanno le cose?»

«Benissimo, per ora. Viviamo alla giornata, l'unico modo in cui riesco ad accettare questa storia. Ho bisogno di sapere come ci si sente a stare con un uomo che ha fatto del rischio la sua fonte di guadagno. Potrebbe non durare per sempre, ma per il momento pare andare tutto a gonfie vele.»

Helen la ammirava per il suo coraggio e la determinazione, considerata la sua storia. Ma Maggie amava Paul, era giusto impegnarsi per far funzionare il rapporto.

«Quando pensi di tornare?»

«Tra qualche settimana. Voglio andarmene prima della gara che lo attende a febbraio. A marzo, poi, Aden sarà a casa per le vacanze di primavera e mi fermerò lì per un bel po'. Con Paul ci rivedremo in aprile. Aden terminerà i corsi a maggio, e vorrebbe stare un po' a Lake Forest prima di partire con gli amici per l'Europa, a giugno.»

«Che vita complicata! Sembra che tu debba dividerti tra Paul e Aden!»

«E lo faccio più che volentieri. Il problema è che non so come la prenderà mio figlio. Potrebbe considerarlo un tradimento nei confronti di Brad.» Era una possibilità che avrebbe affrontato quando si fosse presentato il problema. Si salutarono qualche minuto dopo, con la promessa di chiamarsi presto. Helen sentiva la sua mancanza, ma sarebbe stata felice per lei se Paul era davvero l'uomo giusto. Maggie era ancora titubante sulla loro storia, ma più passavano i giorni, più le piaceva far coppia con Paul. Si capivano e lui era gentile e amorevole come l'uomo che era sempre stato.

Durante la convivenza, Maggie notò che il compagno non aveva molti amici, anzi, addirittura nessuno a eccezione di un paio di conoscenze a Londra. Per il resto era circondato prevalentemente da persone con cui era in affari. Un'altra cosa che non sfuggì alla sua attenzione fu che, all'inizio di febbraio, le telefonate tra Paul e i suoi consulenti avevano assunto un tono più frenetico. Non volendo intromettersi, non aveva chiesto nulla al riguardo, ma aveva la sensazione che spesso, al termine di quelle chiamate, Paul fosse stressato, pervaso da una tensione della quale non sempre le spiegava le ragioni. Non le parlava mai della complessità dei suoi affari ripetendole ogni volta che tutto andava a gonfie vele per tenerla al riparo da qualsiasi evento stressante o spiacevole. Aveva già sofferto troppo, in vita sua.

Con la gara in Inghilterra fissata per il 12 febbraio, Maggie decise di tornare a Chicago un paio di giorni prima, con un volo di linea. Alla vigilia della partenza, Paul però le chiese di seguirlo e di assistere alla competizione.

«Sai che non voglio», rispose lei, incupita dal modo in cui il compagno si stava spingendo oltre i confini definiti.

«Sì, lo so. Solo per questa volta. Mi porterai fortuna. Non dovrai rifarlo, se proprio non ti piacerà.» Paul evitò di forzarla, ma si vedeva che teneva molto alla sua presenza, così, alla fine, Maggie lo accontentò posticipando il volo di tre giorni.

Partirono insieme quarantott'ore prima della gara e

Maggie lo seguì anche ai box osservandolo muoversi freneticamente e controllare l'auto in ogni dettaglio, animato dalla stessa intensa partecipazione che lo caratterizzava negli affari internazionali. E con la medesima passione che ci metteva quando faceva l'amore con lei.

Il fatidico giorno, Maggie si svegliò in preda al terrore. Detestava essere lì e detestava ancora di più se stessa per essersi fatta convincere.

Assistette alla corsa con il volto teso e il corpo contratto. Paul ebbe diversi imprevisti, urtò di striscio un muretto, perse un pezzo di parafango, e per due volte sfiorò una collisione. Alla fine, vinse. Ma a quale prezzo? Maggie era madida di sudore e tremava come una foglia quando la raggiunse, radioso. Aveva la tuta sporca di grasso, il torace ancora fasciato, ma per lui, quella corsa era valsa ogni minuto. Viveva per quello.

«Corsa stupenda, non trovi?» le chiese con un sorriso a trentadue denti prima di baciarla.

«Stupenda per te e un'agonia per la sottoscritta. Da questo momento in poi non assisterò più a nessuna gara», gli disse con tanta serietà da scoraggiarlo a contraddirla. Inutile mettere in pericolo il delicato equilibrio trovato negli ultimi due mesi e che sembrava funzionare.

«Capisco», rispose lui, comprensivo. Rientrarono a Londra, la macchina caricata su un grosso furgone per essere portata in un magazzino vicino alla capitale, dove Paul teneva tutte le sue auto da corsa. La serata passò tranquillamente, senza parlare della gara, e una volta a letto fecero l'amore. Durante il sonno, Maggie si aggrappò a Paul, che si svegliò e si accorse della disperazione della compagna. Trascorse una notte in preda al rimorso vedendola in preda a incubi che dovevano essere terribili.

L'indomani Maggie sarebbe partita per Chicago. Era arrivato il momento di ritornare alla sua vita, controllare gli investimenti finanziari e prepararsi all'arrivo di Aden dopo tre settimane. Doveva restare un po' da sola, dormire nel proprio letto, allontanarsi per qualche tempo da Paul. La vita con lui era sempre molto intensa. Per la prima volta tornando nella sua semplice Lake Forest Maggie fu felice di varcare la tranquilla soglia di casa.

Attese con impazienza il ritorno di Aden che ravvivò la casa proprio com'era stato a Natale, con un andirivieni continuo di amici e qualche serata tranquilla solo loro due.

Maggie gli parlò di Paul il secondo giorno, a cena, pronta ad affrontare la sua reazione.

«Paul *Gilmore*? Il pilota automobilistico? Dici sul serio? Oh, merda!» Maggie ne fu disorientata per scoprire, subito dopo, che era la reazione di un giovane a qualunque cosa fosse strafiga. Per un istante, era stata colta dal panico. «Sei innamorata?» le chiese subito dopo il figlio, tornando serio. Una domanda più che ragionevole alla quale però non era in grado, al momento, di dare una risposta giusta.

«L'ho amato tanto ai tempi del liceo, quando avevo diciassette anni. Il nostro era un sentimento tra ragazzi, mentre adesso è diverso. Mi piace stare con lui, ci capiamo e ci conosciamo bene, nonostante siamo stati lontani per trent'anni prima di incontrarci per caso lo scorso settembre a Monte Carlo. Adoravo la vita che conducevo con tuo papà tanto quanto non mi piace quella con un uomo che ha bisogno di rischiare la propria vita ogni giorno per sentirsi vivo, giustificare la propria esistenza, e che, come se non bastasse, lo trova persino divertente.»

«È così che si guadagna la pagnotta, mamma. È una leggenda, uno dei più grandi piloti della storia, che ha infranto la maggior parte dei record.» Aden era favorevolmente colpito da Paul e voleva un eroe nella sua vita, un motivo di preoccupazione in più per Maggie.

«È difficile per le persone che lo amano. Ecco perché non è sposato e non ha figli. Per lui è più importante gareggiare. Sebbene per il momento le cose tra noi abbiano trovato un certo equilibrio, non sono certa di voler sentirmi così stressata per tutta la vita. È un uomo gentile, generoso e credo che ti piacerà come piace a me. Lo amo, Aden, seppur in modo differente da come ho amato tuo padre. Lui mi dava sicurezza, sapeva che per me era importante. Non chiedermi dove andrà a finire questa storia, perché ancora non saprei risponderti. Forse da nessuna parte.» Maggie stava tentando di parlargli con il cuore in mano, ma forse Aden era troppo giovane per capire.

«Stai bene con lui?»

«Sì.» Maggie sorrise.

«Allora perché non ti godi il momento in attesa di vedere che cosa accadrà? Perché voi donne siete sempre così complicate?» La madre scoppiò a ridere nel sentirlo parlare come un uomo.

«Hai qualche problema sentimentale?» domandò, curiosa di sapere un po' di più della sua vita amorosa della quale non parlava molto, ora che si era trasferito a Boston.

«Non lo so. Mi vedo con una ragazza che mi chiede in continuazione dove vado, che cosa faccio. Non ho idea di come finirà questa storia, ma non voglio neanche preoccuparmene adesso. Desidero solo divertirmi e farlo con lei che, però, ha il difetto di comportarsi come se fossimo sposati. Sono troppo giovane per una relazione del genere.»

«Sì, è vero. E sappi che neanch'io sono interessata al matrimonio. Volevo solo informarti che stavamo insieme.»

«Posso dirlo in giro?» Aden sorrise radioso. Non aveva manifestato alcuna reazione negativa come invece lei aveva temuto. Si stava dimostrando maturo, forse perché sapeva chi era Paul.

«Sì, certo. Non è un segreto.»

«Vedrai quando i ragazzi sapranno che esci con Paul Gilmore!» Risero insieme. Paul era una star nel suo mondo.

«Ci ha invitato sul suo yacht, a luglio, nella Francia meridionale. Una splendida imbarcazione a vela.»

«Accetto eccome!» rispose Aden. Il problema era risolto. Maggie aveva sentito storie orribili sui ragazzi della sua età, o anche più grandi, che obiettavano con veemenza per le relazioni delle madri, ma il figlio l'aveva presa bene. E il fatto che l'uomo in questione fosse un pilota automobilistico leggendario aveva contribuito a migliorare la situazione. Aden era entusiasta. L'unico problema, adesso, era evitare che sentisse il bisogno di emulare Paul, al quale aveva già raccomandato di non tessere le lodi del suo lavoro e di non fare nulla di pericoloso con lui. Maggie, infatti, aveva la sensazione che il figlio si sarebbe incamminato molto presto su quella via. Lo aveva nel dna. Per il momento, la sollevava che avesse reagito così bene alla novità e che non fosse sorpreso dal fatto che si vedesse con un altro uomo dopo un anno dalla morte del padre.

Quella sera tardi, approfittando della sua assenza,

Maggie chiamò Paul per comunicargli la bella notizia. Il sole era già sorto a Londra.

«Pensavo che sarebbe stato d'accordo, o almeno lo speravo. Con i ragazzi, però, non si può mai dire», rispose lui.

«Secondo me ha bisogno di una compagnia maschile, di una guida. Il padre è morto da quindici mesi ormai. Sta molto con i papà dei suoi amici ed era anche particolarmente vicino all'allenatore di hockey, durante l'ultimo anno di liceo.»

«Mi piacerebbe trascorrere un po' di tempo con lui, quando ci troveremo in Francia a luglio. E vedrai che ci divertiremo un sacco sulla barca», le promise Paul. Il suo tono di voce morbido la commosse. Nonostante la felicità per la notizia, Maggie notò però che sembrava stanco e più stressato del solito. Non discuteva mai di problemi di lavoro con lei, ma era sempre molto impegnato con i consulenti che gestivano il suo complesso meccanismo finanziario, nulla a paragone della cura degli investimenti di Maggie, molto più semplice, e che nell'ultimo anno avevano reso piuttosto bene. Anche in quel campo, però, Paul amava l'azzardo. Solo rischiando grosso si guadagnavano palate di soldi… e se ne potevano perdere altrettanti. Maggie, cauta per natura, voleva mantenere il patrimonio e addirittura aumentarlo per assicurare al figlio un futuro migliore.

Paul, al contrario, investiva nella stessa maniera in cui viveva, sul filo del rasoio: lo faceva con i soldi, la vita, la carriera. Il pericolo era l'ingrediente principale della sua esistenza e Maggie non voleva che potesse in qualche modo influenzare il figlio. Sapeva bene dove poteva condurre quello stile di vita.

* * *

Terminate le vacanze di primavera, Aden tornò a Boston. Sarebbe ritornato a Chicago tra altri due mesi, in estate. Il primo anno all'università era andato bene, i voti erano non straordinari ma soddisfacenti, e comunque giustificati dal momento difficile che aveva attraversato. Gli allenamenti con la nuova squadra andavano benissimo e non vedeva l'ora di partire per l'Europa con gli amici, un viaggio che sarebbe stato coronato dall'invito di Paul sulla sua barca, agli inizi di luglio. Ci sarebbe stata una gran differenza tra il viaggiare in treno con lo zaino, spostandosi per la Spagna, la Francia, l'Italia, la Scozia e l'Inghilterra e girovagare fra Corsica e Sardegna a bordo di uno yacht a vela. Erano così tante le cose che adesso Maggie voleva condividere con lui. Aden era diventato più forte, aveva messo le ali e la madre desiderava stargli accanto il più possibile, prima che spiccasse definitivamente il volo per cieli diversi. E quel momento, era sempre più vicino.

Quanto a lei, quelle ali non le aveva ancora spiegate e non sapeva a quale lavoro le sarebbe piaciuto dedicarsi. Desiderava intraprendere una carriera, ma il fatto di dividersi tra il proprio mondo e quello di Paul non le avrebbe facilitato il compito. Aprire una propria attività? Il tempo che passava in Europa con il compagno non le avrebbe permesso di garantire continuità a un datore di lavoro. E Paul era diventato una priorità ormai. La attirava l'idea di gestire una galleria d'arte, ma non sarebbe stata abbastanza presente per portarla avanti.

Ne parlò con Helen che le suggerì il commercio d'arte via Internet, un'idea che la colpì subito positivamente.

Avrebbe approfondito il progetto più avanti, magari dopo l'estate. Quella avrebbe potuto essere una soluzione perfetta per lei. Voleva rendersi indipendente e non seguitare ad andare dietro Paul senza avere interessi o obiettivi personali.

Tentò di discuterne anche col compagno, dopo il ritorno di Aden all'università, ma lui sembrava distratto e sempre di corsa. Forse, stava bollendo qualche grosso affare in pentola. Ogni volta che lei lo chiamava, o stava partecipando a una videoconferenza o le diceva che si sarebbe fatto risentire, e poi la ricontattava dopo ore o addirittura si scordava di farlo. Strano, per uno che fino a quel momento si era prodigato in mille attenzioni. Molto probabilmente si sarebbero rivisti a Londra, in aprile, prima che Aden rientrasse per le vacanze estive, a maggio. Voleva andare a trovarlo nel momento migliore per entrambi, non presentarsi lì all'improvviso, ma lui non ebbe neanche il tempo di parlarle quando lo chiamò per definire la data di partenza. Non lo sentiva da due giorni. Era forse impegnato in qualche viaggio d'affari all'estero?

Maggie meditava con preoccupazione sul protratto silenzio del compagno, quando una mattina ricevette una telefonata di Helen. La voce dell'amica era diversa dal solito.

«Hai letto il *New York Times* di oggi?» le chiese.

«No. Perché? Di solito lo faccio di domenica. Durante la settimana guardo qualcosa qua e là in rete.»

«È in prima pagina. Si parla di Paul», le disse, seria. «'Il famoso pilota automobilistico, investitore internazionale e *bon vivant* Paul Gilmore è indagato per evasione fiscale, attività fraudolente e utilizzo di società offshore illegali per un giro di milioni di dollari.' Qui dice che l'appartamento londinese è stato sequestrato dall'erario britannico che sta conducendo investigazioni su di lui. I conti in Inghilterra e negli Stati Uniti sono stati congelati in attesa dei risultati, come potrebbero esserlo anche il suo yacht e l'aereo privato.» Helen era scioccata.

«Mio Dio!» Maggie riagganciò in fretta per leggere l'articolo sul computer. Non aveva idea di che cosa fosse accaduto. Paul non le aveva detto nulla. Dopo aver scorso rapidamente il pezzo, compose il suo numero ma scattò la segreteria telefonica. Probabilmente non era Londra, visto che l'appartamento era sotto sequestro. Dov'era, chi era e che cosa aveva fatto? Davvero lo conosceva bene? Provò a chiamare una seconda volta ed ebbe un tuffo al cuore quando, di nuovo, si azionò la segreteria. Tentò per altre tre ore di raggiungerlo, ma senza successo. Paul sembrava svanito nel nulla.

11

VENTIQUATTR'ORE dopo la telefonata di Helen, Maggie seguitava a non avere notizie di Paul né era riuscita a rintracciarlo. Ormai erano tre giorni che non lo sentiva. Nel frattempo, anche Aden aveva letto l'articolo e si era premurato di chiamarla.

«Mamma, che succede? È vero quello che dicono i giornali? Pensi che andrà in prigione?» Lui e Paul non si erano ancora conosciuti, ma il ragazzo lo idolatrava e detestava l'idea che potesse essere un furfante. Come la madre, era preoccupato per la situazione.

«Non lo so. So soltanto quello che ho letto. Non lo sento da giorni e non sono stata in grado di rintracciarlo. Credo che sia un uomo onesto, ma non sempre la gente è come crediamo che sia.» Se le accuse fossero state vere, erano terribili e Paul si era cacciato in guai grossi. «Ti darò notizie non appena saprò qualcosa. Ci sarà pure una spiegazione all'accaduto», aggiunse, incerta e rosa dal dubbio.

«Spero proprio di sì, mamma», rispose Aden in ansia

per lei e timoroso che, considerata l'intima frequentazione degli ultimi tempi, il suo nome potesse essere associato a quello di Gilmore. Anche Maggie aveva considerato la questione e non sapeva che cosa pensare.

Quella sera, sul tardi, finalmente Paul la chiamò. Sembrava stanco ma calmo. Non un'ombra di panico incrinava il suo tono di voce normale mentre si scusava per essere sparito per quasi quattro giorni.

«Sono stato costantemente al telefono con gli avvocati di quattro nazioni diverse e con gli uffici erariali inglesi e americani. Il succo della faccenda è questo: non gradiscono il mio intreccio di interessi, anche se personalmente ho sempre prestato molta attenzione a restare dalla parte giusta. Non abbiamo fatto nulla d'illegale. Vero è però che con la nostra gestione abbiamo sempre evitato di sborsare altre tasse tanto all'Inghilterra quanto agli Stati Uniti e lo abbiamo fatto ogni volta che ci è stato possibile. Sapevamo che un giorno le agenzie delle entrate avrebbero potuto sollevare il polverone, ma ne è valsa la pena. Nelle ultime tre o quattro settimane aveva cominciato a bollire qualcosa in pentola, ma non volevo preoccuparti. Sì, è vero, siamo stati creativi ma non disonesti. Le leggi fiscali cambiano in continuazione ed è facile quindi trovarsi dalla parte sbagliata, ma noi siamo sempre molto accorti e ogni volta che ci sono stati cambiamenti, ci siamo adeguati per restare nella legalità. Avranno delle belle gatte da pelare per dimostrare che ho fatto qualcosa di sbagliato. Del resto, si sa che la legge talvolta è solo una questione d'interpretazione e che non sempre le disposizioni sono esposte in maniera cristallina. Ho imprese a Hong Kong, nel Lussemburgo, nelle Bahamas, nelle Isole Cayman, in Giappone, in Inghilterra e negli Stati Uniti. Eravamo consapevoli che avrebbero potuto obiettare per quelle del Lussemburgo e sapevamo che le Cayman non sono ben viste, ma negli Stati Uniti pago una montagna di tasse. Alla fine, dopo avermi sbatacchiato per bene per un po', giungeremo a un negoziato per appianare la situazione. Prima, però, si sono messi in testa di fare tanto rumore nella speranza di mettermi paura. Perderò un po' di soldi, a causa di questa faccenda, ma non moltissimi, spero. E saranno sicuramente compensati da quello che ho guadagnato finora. Lo so che può sembrare una brutta faccenda, ma non sono preoccupato. Mi sono assunto il rischio di un probabile crollo di parte del tetto, non dell'intero edificio da me costruito. Forse dovrò riportare negli Stati Uniti una parte del mio patrimonio, il che mi fa andare fuori di testa, ma è così che vanno le cose. La maggior parte dei miei investimenti è al sicuro offshore e ci rimarrà, in mano ad aziende contro le quali nessuno può fare niente. Ho sempre giocato d'anticipo per proteggere i miei interessi e le agenzie del fisco lo sanno e si mangiano i gomiti. Ho soldi anche a Malta, al di fuori delle possibilità di intervento degli Stati Uniti e dell'Inghilterra.»

«Una gestione molto impegnativa, la tua», commentò Maggie con dolcezza. Non gli piaceva l'idea che Paul camminasse sempre sul filo del rasoio, anche con la legge.

«È vero, ma ne è valsa la pena. Sono stato fortunato, ho fatto un sacco di quattrini e ho investito benissimo. Non rinuncerò a tutto questo, se non sarò costretto. Mi sono sempre comportato in maniera legale, con tanti arzigogoli ma comunque nel rispetto della legge, e sborso un sacco di soldi per restare pulito. Ho avuto anche un passaporto irlandese che mi è stato utile in un certo momento della vita, anche se non adesso, considerato che le leggi in materia sono state modificate di nuovo.»

Paul era tornato calmo come un tempo mentre le spiegava ogni cosa. Per lui il rischio era la normalità, indipendentemente dalle conseguenze. Di quelle si occupava quando arrivavano, non prima, com'era accaduto quando, durante l'ultimo incidente automobilistico, era uscito dall'auto con la tuta in fiamme. Spegneva il fuoco ed era pronto a distruggere completamente la macchina pur di vincere la gara. Chi sarebbe stato però il vincitore in quest'occasione? L'agenzia delle entrate o Paul? Maggie non aveva una risposta.

«Rischi la prigione?»

«Potrei, ma è improbabile. Sono stato molto fortunato con i miei investimenti esteri che hanno moltiplicato in maniera esponenziale il mio patrimonio, e se devo andare in galera per un anno pur di salvare milioni, sono disposto a farlo. Ti garantisco, però, che non accadrà. Negozierò e se mi daranno la possibilità di scegliere tra la prigione e i soldi, stai pur certa che perderanno. Non lo faranno, e neanche io, te lo prometto. Ho già chiuso i miei affari in Lussemburgo e probabilmente dovrò fare lo stesso con qualche altra attività, ma ho avvocati molto scaltri e la maggior parte delle mie holding sono ben protette e tecnicamente legali, in base ai regolamenti attuali. Non morirò in prigione, e questo significa che non siamo stati stupidi ma molto furbi.» Un po' troppo furbi, a quanto pareva, perché altrimenti il fisco non lo avrebbe preso per la gola.

«E l'appartamento di Londra? L'articolo che ho letto diceva che è stato sequestrato.»

«È vero. È successo due giorni fa. Sequestrato con tutto il contenuto. Probabilmente dovrò rinunciare anche a quello. Ma è solo una vetrina, che non m'importa di perdere per mantenere proprietà più importanti. Posso sempre comprarne un altro. Quanto alla *Lady Luck* e all'aereo, non possono toccarli perché registrati offshore e assolutamente protetti. Se dovrò farlo, non avrò problemi a vivere sullo yacht. Per il momento è escluso che possa rientrare negli Stati Uniti, almeno fino a quando tutto non si sarà risolto. È necessario che mi fermi in Paesi che non possano concedere la mia estradizione, come la Francia o la Svizzera. Forse anche gli italiani chiuderebbero un occhio. Tra non molto lascerò Londra e l'Inghilterra e non potrò venire a trovarti per i motivi che ti ho appena detto.»

Per lui erano solo affari, per Maggie invece la situazione era terrificante. Paul seguitava però ad affermare di essere stato soltanto furbo, non disonesto. In ballo c'erano cifre che Maggie non riusciva neanche a immaginare. Lei aveva investito in maniera tradizionale, per garantire il futuro del figlio ricavandone guadagni che per Paul erano noccioline, quattrini che guadagnava in una sola giornata di lavoro. Agire in quel modo, però, e seguitare a ricavare una fortuna dal suo successo, comportava rischi enormi, azzardi che per Paul erano la normalità. Da tutta la vita camminava sull'orlo del burrone, qualsiasi cosa facesse, indomito, ignorando l'abisso che si spalancava sotto di lui. Maggie non avrebbe mai potuto immaginare di condurre un'esistenza come quella. Il brivido era la linfa vitale di Paul, per lui il gioco valeva sempre la candela. Si divertiva ed era più che deciso ad avere la meglio sull'agenzia delle entrate statunitense.

Maggie pensò con tristezza al bellissimo attico londinese ormai perduto sebbene a Paul sembrasse non importare. Era già proiettato verso un progetto più grande, infinitamente più grande di un appartamento di lusso ed era stato tanto previdente da mettere al sicuro la barca, l'aereo e la maggior parte dei suoi investimenti.

«Per il momento, la *Lady Luck* è sotto sequestro a Monaco, in attesa dei controlli sulla registrazione e per capire che cosa potrebbero prendermi, ma noi sappiamo già che non potranno mettere le mani su nulla. Non è neanche registrata a nome mio. Il che significa che tra qualche settimana dovrebbe essere libera di salpare. Anche l'aereo, che per adesso si trova all'aeroporto di Gatwick, potrà presto decollare. All'agenzia delle entrate piacerebbe molto multarmi per il modo in cui ho registrato lo yacht e il jet, ma non potranno fare niente neanche in questo caso. Me ne sono assicurato al cento per cento quando ho concluso gli acquisti. Alla fine si aggiusterà tutto, Maggie. Te lo prometto. Il mio team di avvocati è imbattibile e stiamo già negoziando con l'erario. Sarà un po' come giocare una partita a scacchi.» Di nuovo Maggie pensò a quanto fosse portato all'azzardo, a puntare grosso. Niente sembrava intimorirlo. Più il terreno era disseminato di rischi, più lui prosperava. «Non preoccuparti di niente.» Facile a dirsi, ma difficile a farsi per una come lei che entrava in ansia per qualsiasi cosa.

«Che cosa mi dici delle autorità inglesi? Potresti essere arrestato ed estradato?»

«Potrebbero farlo, sì. Ecco perché tra qualche giorno partirò per Parigi o andrò a sciare in Svizzera fino a quando le acque non si saranno calmate. Lì non corro il rischio d'estradizione. Nessun Paese europeo prevede la galera per il mancato pagamento delle tasse, a parte qualche eccezione che però si verifica di rado. Al contrario degli Stati Uniti, dove potrebbero sbattermi in gattabuia solo per provare il loro punto di vista. La disputa verte unicamente su quali deduzioni fiscali ho il diritto di fare e che cosa sia tassabile negli Stati Uniti. È su questo che non ci troviamo d'accordo. Alla fine si arriverà a un accordo, vedrai. Mi costerà, ma non quanto mi chiedono. Bisogna essere furbi con le tasse, Maggie», l'ammonì. Lui però forse lo era stato un po' troppo, dimentico dei rischi, o forse pungolato proprio da quelli.

«Quanto tempo pensi che ci vorrà per venire a capo della faccenda?» chiese Maggie. Quello era un territorio vergine per lei.

«Qualche mese. Forse un anno. Due o tre al massimo. Non sono preoccupato. Ho un amico che mi presterà la villa a Gstaad, nel caso volessi andarci, ho una suite permanente al *Ritz* di Parigi e per quest'estate mi sistemerò sulla barca. L'unico motivo per me di venire negli Stati Uniti, al momento, sei tu. Se vorrai, mi piacerebbe vederti qui in Europa.»

Maggie esitò. Si sarebbe potuta mettere nei guai frequentandolo? «Non sono contagioso, lo giuro», rise lui immaginando a che cosa stesse pensando. «Vieni a Parigi, ti prometto che tutto si sistemerà.» Maggie non era così sicura e si sentiva sopraffatta dalla situazione.

«Dove alloggi, al momento?» gli chiese, scossa dalle notizie ricevute.

«Al mio club di Londra. Sono troppo educati per portarmi fuori in manette e non avrebbero neanche motivo di farlo. Domani o dopodomani partirò per Parigi. Meglio levare le tende, prima che la situazione peggiori. Credo che i britannici considerino volgare il fatto che mi dia tanto da fare per non essere scuoiato vivo dalle tasse. Gli americani se lo aspettano, ma sono convinti che il loro dovere sia di evitare che gente come me si riveli più furba di loro. Sono affari, Maggie, e ognuno tira acqua al proprio mulino. Ti chiedo solo di non preoccuparti e di lasciare che a risolvere la situazione siamo i miei avvocati e io.»

«E se dovessi finire in prigione?» Non riusciva neanche a immaginarlo.

«Non accadrà. Pago una quantità mostruosa di tasse allo Stato americano, lo faccio da anni. Non sono un evasore. Ce l'hanno con me soltanto perché ho organizzato le cose al meglio e loro mirano a impossessarsi di una parte di quello che sono riuscito a mettere al sicuro. Abbiamo lavorato in maniera aggressiva e abbiamo approfittato legalmente di tutti i vantaggi del caso. È una fetta della torta, quella che vogliono. Solo questo. Non lo ritengo molto sportivo da parte loro, ma è la natura del gioco. Direi che possono essere paragonati a quei delinquenti che ti fermano per strada e cercano di rubarti quello che hai vinto onestamente al casinò. Gliene darò una parte e si accontenteranno. Il polverone rientrerà. Tutto ritornerà come prima, vedrai. Alla fine avranno fatto soltanto un buco nell'acqua.» Maggie voleva credergli, ma quello era un gioco distante anni luce da lei. Un gioco che invece Paul amava, in particolar modo se a perdere sarebbe stata l'agenzia delle tasse statunitense. Con la sua intelligenza e con le persone giuste al suo fianco, aveva tutto il necessario per arrivare dove voleva e senza alcun rammarico per i problemi che avrebbe potuto affrontare. Come diceva lui, il gioco valeva la candela. Ai suoi occhi, stava vincendo la gara, di nuovo, anche se aveva perso un favoloso appartamento e tutto il suo contenuto. Per lui, era solo un dettaglio, però, rispetto al resto. Come un danno riportato alla macchina quando vinceva una gara. Era preventivato.

«Non lascerò che ti accada nulla, Maggie. Lo giuro. Se pensassi di metterti in pericolo, non ti chiederei di venire e starei alla larga da te fino a quando la situazione non si fosse sistemata. Qui è in ballo solo una transazione d'affari tra me e l'agenzia delle entrate, una seccatura, certo, considerato tutto quello che pubblicano i giornali. Alla fine della storia, tutto morirà così come è nato. Adesso si tratta di un braccio di ferro tra gli esperti dello Stato e i miei. E non intendo perdere.» Era un avversario temibile, così com'era un leggendario pilota, impavido e brillante in tutto ciò che faceva. Gli amanti del rischio, alla fine, o vincevano grosso oppure morivano provandoci. Maggie sapeva anche questo. Era pronta ad affrontare le montagne russe con lui? Era pronta a vivere con tanta pressione addosso? E a farlo adesso che Paul giocava duro non soltanto con la propria vita, ma anche con l'erario? Tante erano le sue preoccupazioni quanto profondo era l'amore che provava per lui e che sapeva essere ricambiato. «Ci vediamo a Parigi?» le chiese di nuovo.

Maggie esitò. «Dammi il tempo di pensarci.»

«Non ci saranno problemi. E se vuoi, poi potremmo andare a Gstaad. Purtroppo la barca resterà ferma per qualche settimana, ma presto sarà dissequestrata e tutto tornerà come prima.»

«Sei davvero una forza della natura, Paul Gilmore»,

sospirò Maggie. «Che ne è stato del ragazzo con lo skateboard che correva sulle moto?» Già ai tempi faceva paura, ma la versione adulta era un uomo di proporzioni epiche, un vero e proprio Everest.

«È cresciuto, si è fatto furbo, ha guadagnato un sacco di soldi e ha imparato a prendersi cura di sé.»

«E a rischiare la vita in ogni modo possibile e immaginabile.»

«Con l'agenzia delle entrate non sto rischiando la vita. Stiamo solo bisticciando per soldi, come quei bambini che giocano a biglie nei cortili. Te l'ho detto, è solo una questione di accordi.» Maggie non riusciva a immaginare quanti soldi fossero in ballo, ma di sicuro erano molto più di un pugno di biglie. A Paul importava solo vincere, indipendentemente da quanto gli ci sarebbe voluto o gli sarebbe costato. E forse avrebbe vinto anche questa volta. O almeno lo sperava, per il suo bene, perché se si fosse sbagliato e fosse finito in prigione, sarebbe stato un colpo devastante per entrambi.

Maggie ribadì di volerci ancora pensare su, addirittura di voler chiedere consiglio al suo avvocato. Aveva la responsabilità del figlio, e non poteva correre stupidi rischi. «Prenditi tutto il tempo che vuoi», rispose lui, calmo. «Mi troverai a Parigi, nel caso decidessi di partire. Ti amo, Maggie. E mi dispiace immensamente se tutta questa storia ti ha terrorizzato. Ma credimi, è tutto fumo e niente arrosto.» Parlava in tono convincente. Non avrebbe desiderato nulla di meglio che credergli, ma era spaventata. La vita tranquilla con Brad era solo un ricordo, ormai. «Chiamami quando lo desideri. Adesso sono rintracciabile.»

Maggie riagganciò, pensierosa. Aveva molte cose da digerire, voleva credergli ma non era certa di farlo davvero. Lasciò un messaggio al suo avvocato, una donna, che la richiamò il mattino seguente. Maggie le raccontò quello che sapeva, senza escludere la possibilità che Paul avesse omesso qualcosa o le stesse mentendo. Era tutto possibile.

La legale ascoltò attentamente, senza interromperla. Ammise di non essere molto ferrata sull'argomento finanziario, non a quei livelli almeno, e le consigliò di consultare un esperto in materia. Le sarebbe costato un po', ma almeno si sarebbe potuta fare un'idea chiara dei problemi che affliggevano Paul. Maggie chiamò lo studio consigliato e riuscì a ottenere una videochiamata per quel pomeriggio.

Carson McGregor si fece fare un quadro quanto più dettagliato della situazione di Paul e, alla fine, disse di non poter esprimere una valutazione precisa senza vedere la documentazione, ma "grosso modo" e in base alla sua esperienza, quelli come Paul spesso superavano il limite, intenzionalmente o meno. Sottovalutavano i rischi insiti nelle società, proprietà e investimenti offshore e, prima o poi, l'agenzia delle entrate li beccava. Le regole fiscali cambiavano costantemente proprio nella speranza di prendere con le mani nel sacco persone come lui che, in genere, appoggiate da team di avvocati esperti, riuscivano sempre a essere un passo avanti.

«Sarà legalmente ben protetto. Da quello che mi racconta, devono esserci un sacco di soldi in ballo e l'erario non mollerà facilmente, lo so. È un giocatore d'azzardo?» volle saper McGregor, incuriosito.

«Sì, lo è.»

«Non mi sorprende. Forse è convinto di vincere e non è escluso che ci riesca. È solo un gioco, come le ha già detto lui, una questione di accordi. Se però con i suoi trucchetti farà innervosire troppo l'erario, quest'ultimo ne farà un sol boccone non appena se ne presenterà l'occasione. Sono comunque certo che, alla fine, riusciranno a trovare un compromesso. Quasi tutto è negoziabile e con molta probabilità lui e i suoi legali sono molto bravi a trarsi d'impaccio.»

«Potrebbe finire in prigione?» volle sapere Maggie, preoccupata. Lo amava, ma voleva stare alla larga da lui se si fosse dimostrato un criminale e non solo un tipo molto intelligente che tentava di pagare meno tasse possibili.

«Tecnicamente sì, ma dubito che gli succederà. Di sicuro preferirà negoziare per riportare in patria una parte dei soldi che si trovano in qualche paradiso fiscale offshore, cosa che non farebbe mai se lo mettessero dentro. Inoltre, potrebbe evitare l'estradizione vivendo in Paesi che non la contemplano. Ce ne sono tanti, mi creda. Alla fine, sono certo che l'agenzia delle entrate preferirà stare al suo gioco, anche se ci rimetterà un po' di quattrini. E anche su questo il suo amico ha ragione. Con tutta evidenza, sa perfettamente che cosa sta facendo. È un giocatore di gran classe. Bisogna essere molto scaltri e avere nervi d'acciaio per riuscire in questo genere di cose.»

«Sembra che la faccenda non lo preoccupi per niente.»

«Persone come lui amano rischiare. Io non potrei dormire la notte se avessi l'agenzia delle entrate col fiato sul collo, ma lui avrà valutato l'azzardo in anticipo e continuerà il suo gioco il più a lungo possibile. Quanto a lei, signora Mackenzie, non deve preoccuparsi. La faccenda riguarda soltanto il suo amico. Lei di sicuro sarà in regola con le tasse e non è sua moglie. È inattaccabile.»

«Sono pulitissima», rispose Maggie sollevata dalla risposta dell'avvocato.

«In tal caso, stia serena.» Per lei non c'erano problemi, ma Paul la preoccupava molto.

Quella sera stessa, telefonò al figlio per rassicurarlo. «Ho parlato con Paul, col mio avvocato e con un esperto fiscalista. Da quello che ho capito, si tratta di una battaglia tra Paul e l'agenzia delle entrate per via delle sue proprietà e dei suoi investimenti all'estero. Lo scopo dell'erario è di screditarlo per recuperare più soldi possibili. Molto probabilmente la faccenda si aggiusterà con un accordo ed è difficile che finisca in prigione. Paul ha ammesso che i suoi avvocati hanno giocato duro per proteggerne il patrimonio, forse un po' troppo, e adesso devono giustificare le loro azioni con l'agenzia. Quanto a lui, non è per niente preoccupato e sapeva che prima o poi sarebbe successo.»

«Dev'essere davvero un gran volpone», commentò Aden ammirato, e con parecchio disappunto da parte della madre. Non lo aveva ancora incontrato ma era già preparato a perdonargli qualunque cosa facesse, convinto che avesse ragione.

«Per me invece tutto questo è un incubo. Le autorità britanniche gli hanno sequestrato l'attico di Londra, che, quasi di sicuro, non recupererà più.»

«Perderà anche la barca?» chiese Aden con un pizzico di delusione nella voce.

«Sembra di no. Dice che non può essere toccata. Tuttavia, anche se ha risparmiato un bel po' di soldi in tasse, non credo che sia questo il modo ideale per farlo, non in maniera tanto estrema.» Non era forse estremo tutto quello che faceva? Era una persona eccitante, ma anche eccessivamente impavida e che si esponeva di continuo al pericolo.

«Sono felice che se la caverà. A leggere il *Times* la situazione sembrava peggiore», commentò Aden, sollevato.

«Be', lui non è per niente preoccupato e io volevo che tu lo sapessi.»

«Intendi rivederlo?»

«Non lo so. Forse presto. A Parigi. Sto ancora tentando di decidere.» Evitò di aggiungere che Paul stava andando in Francia per sfuggire a una possibile estradizione negli Stati Uniti e magari anche alla galera, seppur temporaneamente. Non aveva mai conosciuto una persona che fosse stata dietro le sbarre. Brad, accorto nel suo lavoro e di vedute tradizionali, avrebbe sgranato gli occhi per l'orrore nel modo in cui Paul gestiva gli affari e si faceva carico dei rischi e mai avrebbe voluto prendere parte alle sue attività. Paul, al contrario, viveva in cima all'Everest e giocava secondo regole differenti. Non era però un criminale, se ciò che aveva detto era vero, ma non viveva neanche come Maggie aveva sempre fatto. Il suo stile di vita era completamente nuovo per lei. Non era più il ragazzo conosciuto al liceo. Adesso gli credeva, ma non era sicura di riuscire a vivere nella sua stessa maniera e non sapeva neanche se voleva farlo davvero.

Due giorni dopo la telefonata con Aden, Maggie volò a Parigi. Paul le mancava e voleva essergli vicino in quel momento così traumatico, nonostante lui si proclamasse tranquillo. Quando lo vide, lo trovò stanco, ma era felice di riaverla accanto. Come sempre, si prodigò per rendere tutto perfetto. Passava la maggior parte del tempo insieme a lei, tra una telefonata d'affari e i contatti con i legali di tutto il mondo. Facevano lunghe camminate, cenavano in ristoranti romantici, la sommergeva di fiori, le dichiarava il proprio infinito amore, la faceva ridere. Talvolta si comportava come un ragazzino, nonostante l'immenso patrimonio che gestiva, il suo successo, la sua carriera. A maggio avrebbe corso una nuova gara, lì in Francia, un pensiero che per Maggie era come un tormentoso tarlo. Ma a parte le corse, la carriera rischiosa e il minaccioso sottofondo dei tamburi dell'agenzia delle entrate, la vita con lui per la maggior parte del tempo era la cosa più normale che potesse esserci. Forse la loro era una pazzia, ma erano capaci di astrarsi dalle situazioni più difficili di Paul e vivere insieme come una coppia qualunque.

Paul aveva acquistato due biciclette e nel fine settimana si divertivano a pedalare per il Bois de Boulogne, a fare un picnic nel parco prima di ritornare nella lussuosa suite del *Ritz*. Era come se riuscissero a gestire le gioie e i rischi della sua vita premendo un semplice interruttore, quello che a lei rendeva possibile stargli accanto felicemente. Le notti che trascorrevano insieme erano il paradiso. Paul era tenero e amorevole con lei come lo era stato durante i loro appassionati baci adolescenziali. Da quando si erano ritrovati, le loro vite si erano riempite di novità, nel bene e nel male. Qualunque cosa fosse accaduta, però, l'avrebbero affrontata insieme.

Maggie trascorse a Parigi tutto il mese di aprile. Sarebbe rientrata qualche giorno prima della gara di maggio, per prepararsi a ricevere Aden per le vacanze estive prima che, a giugno, partisse per il tour europeo con gli amici. Poi, dopo sei settimane, avrebbe fatto ritorno dal compagno. Come previsto da Paul, la *Lady Luck* ritornò in suo possesso nonostante gli sforzi dell'agenzia delle entrate ed era pronta ad accoglierla al molo di Monte Carlo, dove la coppia si sarebbe incontrata per la vacanza prevista. Nonostante tutto, la loro vita continuava ad andare a gonfie vele, senza ostacoli e con Aden impaziente di raggiungerli a luglio.

C'erano delle volte in cui Maggie stentava a comprendere che cosa le stava accadendo. Stare con Paul era una contraddizione costante, un susseguirsi di splendidi picchi e cadute terrificanti, notti da sogno e poi il timore che qualcosa andasse storto e che alla fine si ritrovasse in prigione, a dispetto delle sue previsioni. Aveva la sensazione che l'avrebbe amata per sempre, e che tutto quello che le prometteva fosse vero, ma temeva anche che ogni cosa potesse finire tra le fiamme sulla pista di un autodromo. Paul era come un fulmine che squarciava il cielo, eccitante, potente. Illuminava con la sua forza elettrica il buio che lo circondava, ma non c'era modo di sapere che cosa avesse in mente di fare il momento successivo, quale terribile sfida mozzafiato avrebbe deciso di affrontare. Stargli accanto la faceva tremare di gioia e di spavento, ma c'erano delle volte in cui confessava a se stessa di non essere mai stata così felice. Sì, le pareva di trovarsi sulle montagne russe dalla mattina alla sera, la migliore esperienza della sua vita, nonostante in passato avesse sempre fatto di tutto per evitarlo. Ora che aveva provato quell'ebbrezza, non voleva rinunciarci più.

12

Sebbene Maggie sentisse la mancanza di Paul, tornare a casa per sei settimane e andare a letto senza di lui, le fece bene. Quando poi Aden rientrò per le vacanze estive, si lasciò assorbire dalla routine quotidiana, dividendosi tra spese e lavatrici cariche di biancheria, vivendo a un ritmo più tranquillo di Parigi, al *Ritz*, in attesa di sapere quali altri progetti avesse in mente Paul. Nel frattempo, dall'agenzia delle entrate statunitense, non erano arrivate più notizie. Come anticipato dal compagno, i suoi avvocati e quelli dello Stato avevano iniziato a negoziare per un accordo da milioni di dollari. Il solo pensiero le sembrava irreale, come la vita lussuosa che aveva vissuto fino a quel momento in uno dei più grandi alberghi parigini.

Maggie aveva cominciato a muovere i primi passi per la galleria online e contattato qualche artista interessato all'iniziativa, principalmente giovani emergenti dei quali aveva già avuto modo di ammirare alcune opere in varie fiere artistiche e nelle gallerie di Chicago, quando aveva avuto il tempo di girarle. Due erano di Londra, uno di

Parigi, e tutti erano entusiasti della sua idea e delle possibilità che avrebbe potuto offrire. Agli inizi, i prezzi che avrebbe proposto sarebbero stati moderati, ma avrebbero guadagnato sempre di più di adesso che non esponevano i loro lavori in nessuna galleria permanente. Forse, un domani, si sarebbe lanciata anche in un progetto non virtuale, sul quale aveva riflettuto spesso, ma non ora, troppo impegnata com'era a stare al passo con Paul.

Lui, sempre intraprendente negli affari, le aveva suggerito l'eventualità di una spedizione delle opere ai clienti per una visione e valutazione di persona, se questi avessero avuto un credito affidabile. L'idea le era piaciuta, ma le sei settimane a Parigi col compagno e le altre sei che avrebbe trascorso a casa con Aden avevano rallentato i progressi nell'organizzazione della galleria online. Tra Paul e il figlio, il tempo sembrava non bastarle mai.

Parlò nuovamente del progetto con Helen.

«Non vedo come riuscirai a mettere in piedi l'idea, girovagando intorno al mondo per stare accanto a Paul tra una corsa automobilistica e la sua battaglia con l'agenzia delle entrate, per poi volare a casa, immergerti nei tuoi compiti di madre e saltare infine su un altro aereo. Fatico a capire come tu faccia a gestire questa girandola di impegni. Soltanto sentirtene parlare mi fa diventare matta. Davvero credi che Paul sistemerà la faccenda delle tasse?» le chiese l'amica. Lei e Jeff ne avevano parlato, ma era una questione che superava la loro capacità d'immaginazione. Si trattava di accuse di frode fiscale internazionale.

«Sembra che tutto sia sotto controllo. Per il momento sono più preoccupata per le sue corse.» Alla gara in Francia si era classificato terzo, con grande delusione di Paul, però almeno ne era uscito illeso. «Mi sento la donna di un torero», commentò Maggie. «Temo sempre che possa essere incornato. Essere la moglie di un commercialista era più semplice, sai? Mamma aveva ragione. Gli uomini troppo eccitanti ti uccidono pian piano. In particolare Paul. A lui non bastano le competizioni, ma fa tutto quello che di pericoloso esiste al mondo. Una volta ingaggia una battaglia con l'erario americano, un'altra dice di volersi lanciare da un aereo o scalare una montagna per rilassarsi. Gli ho già anticipato che semmai gli venisse in mente di fare qualcosa di pericoloso con mio figlio, quest'estate, lo ucciderò con le mie stesse mani. Voleva comprare una barca speciale da portarsi dietro con la *Lady Luck* per fare paracadutismo ascensionale, ma gliel'ho proibito categoricamente. Allora sai che cosa ha fatto? Ha optato per una moto d'acqua! Aden ne andrà matto. È bello stare con Paul, ma forse anche un po' troppo in certe occasioni.» Maggie era passata da un estremo all'altro, ma capitava anche che Paul fosse felice di condividere qualche momento di tranquillità con lei, come quando prima del ritorno di Maggie a Chicago avevano trascorso uno splendido e idilliaco fine settimana in Svizzera.

«Parliamoci chiaramente. Se sei capace di reggere quel ritmo, credimi, è molto meglio che fare la madre di turno con l'auto per accompagnare i ragazzi a scuola, il momento clou della giornata a Lake Forest», commentò Helen.

«Non ne sono così sicura.» Maggie sorrise, ma in realtà non vedeva l'ora di tornare sulla barca con Paul e passare una parte delle vacanze estive in compagnia del figlio che non stava più nella pelle per l'eccitazione.

«Quest'estate porteremo i ragazzi in un ranch del Wyoming di un amico», le disse Helen.

«Mi sembra un'ottima idea.» Erano riuscite a mantenere i contatti e a vedersi nonostante l'andirivieni di Maggie e la vita lussuosa che ormai conduceva con il compagno. Per tutto il resto lei non era cambiata e apprezzava moltissimo l'amicizia con Helen. Impossibile dimenticare quando l'aveva aiutata a rimettersi in sesto dopo la morte del marito, spingendola al viaggio in Europa, che aveva cambiato la sua esistenza con l'incontro con Paul a Monte Carlo. Davvero erano passati solo nove mesi da allora?

Quando Aden partì con lo zaino in spalla per la sua avventura europea, a giugno, Paul era già sulla barca a lavorare freneticamente, dividendosi fra telefoni e computer. Non passò molto che Maggie volò a Nizza per raggiungerlo a Monaco, da dove poi salparono diretti a Portofino. Sul ponte, tra le braccia di Paul e col vento tra i capelli, si sentì serena e rilassata. Tutto sembrava sparire quando erano insieme.

«Mi sei mancata, tesoro. Sei stata via troppo tempo», le sussurrò lui malinconico mentre lei gli si accoccolava contro.

«Solo sei settimane.» Si voltò a guardarlo, ad ammirare quei suoi intensi occhi blu e i capelli argento ed ebbe la sensazione che fossero stati destinati da sempre a stare insieme. Erano anime gemelle, nonostante le differenze.

«Detesto separarmi da te», disse Paul a fior di labbra.

«Quando la storia delle tasse sarà sistemata, verrai con me negli States.» Sebbene non lo immaginasse proprio a

Lake Forest. Forse Chicago, o magari New York, ma Lake Forest? A dispetto degli umili inizi, Paul era più sofisticato e adorava la vita movimentata tanto quanto lei era felice di stare in sua compagnia sulla barca. A Portofino, dove calarono l'ancora, un poco al largo, si godettero un bagno notturno alla luce della luna. In lontananza, in cima a un colle, si scorgeva un castello, e ai suoi piedi si estendeva il minuscolo porto simile a una cartolina. In acqua si sfilarono i costumi che lasciarono appesi sui pioli della scaletta. Ogni cosa organizzata da Paul era perfetta, magica.

Nuotarono per qualche minuto, poi lui la baciò e lei scivolò sotto il pelo dell'acqua allontanandosi. Paul raccolse subito la sfida e l'inseguì fino a quando non dovettero riemergere per respirare. I loro corpi, allacciati in un ennesimo bacio, scintillavano come avorio sotto la superficie del mare.

«Che ho fatto per meritare l'incredibile fortuna di incontrarti di nuovo?» Paul la guardò, incantato, mentre lei gli si avvinghiava addosso.

«Se non fossi venuta in Europa, non ti avrei mai ritrovato.»

«E avresti seguitato a vivere la tua pacifica esistenza a Lake Forest senza il sottoscritto», aggiunse Paul baciandole il collo, i seni di lei premuti contro il torace.

«Mi sarei annoiata a morte», ammise Maggie. Era la prima volta che lo diceva, persino a se stessa. La vita senza di lui sarebbe stata terribilmente insipida. Talvolta, adesso, era un po' troppo movimentata, ma i sentimenti che condividevano la appagavano in maniera totale. Gli ultimi sei mesi erano stati tra i più felici della sua vita. Fecero ancora qualche bracciata prima di decidere di ritirarsi nella cabina padronale, grande, confortevole e splendidamente arredata. Risero come bambini mentre tentavano di infilarsi i costumi bagnati lasciati sulla scaletta e poi risero ancora più forte quando non riuscirono a metterli. Paul indossò il suo all'inverso, mentre lo slip di Maggie, dopo esserle scivolato in acqua, sparì per sempre. Prese uno dei teli da bagno preparati dall'equipaggio, lo avvolse intorno al corpo e risalì la scaletta ridacchiando come una bambina birichina per poi andare a rifugiarsi in cabina. Quel che rimaneva dei costumi da bagno cadde di nuovo a terra pochi minuti dopo, mentre la coppia festeggiava il ritorno di Maggie, dolcemente cullata dal rollio della barca. Non sarebbe voluta essere in nessun altro posto, se non lì, con Paul.

Il mattino seguente, a bordo del gommone, raggiunsero il molo per un caffè ed esplorare i negozi di Portofino. Paul acquistò due enormi blaster ad acqua, un arsenale di pistole e una miriade di palloncini, mentre Maggie due nuovi bikini e un paio di sandali.

«Che vuoi farci con tutta quella roba?» gli chiese quando lo vide tornare con due borsoni pieni.

«Sono per me e Aden», le rispose, orgoglioso. Quando le sventolò la bandiera pirata davanti agli occhi, la compagna scoppiò a ridere.

«Ti adorerà, vedrai. Con voi due a piede libero, non oserò più mettere il naso fuori dalla cabina», scherzò. Seguitò a ridere mentre Paul le mostrava i palloncini per fare dei gavettoni e non smise di farlo neanche sul tender per rientrare a bordo. «Quanti anni hai detto di avere?

Dodici?» Paul aveva ordinato delle nuove canne da pesca e intendeva guidare Aden in qualche esplorazione sottomarina, attività che Maggie concesse solo perché il figlio aveva un brevetto. A guardarlo sprizzare entusiasmo, pensò che era un peccato che non avesse avuto figli. Sarebbe stato un padre meraviglioso. Non era troppo tardi per lui, se avesse trovato una donna più giovane. Il suo tempo era scaduto, ma Paul aveva ancora tante possibilità. Quand'anche l'età non fosse stata un ostacolo per avere altri figli, Maggie era più che felice di avere soltanto Aden e non avrebbe tenuto in alcun conto l'eroica decisione di averne un altro. Si stava godendo a pieno la sua vita, la libertà acquisita, e Paul aveva più volte ripetuto di non desiderare di metter su famiglia.

La settimana passò tra la costa italiana e quella francese, con tappa a Saint-Tropez, che Maggie non conosceva. La stagione estiva era appena agli inizi, ma la località già affollata e piena di negozi e ristoranti splendidi che frequentavano di giorno. La sera tornavano sulla *Lady Luck* ancorata fuori dal porto perché troppo grande per attraccare. Durante una delle passeggiate nella cittadina, i paparazzi lo individuarono e lo seguirono bersagliandoli di fotografie, spingendosi addirittura a salire su un motoscafo e tallonarli fino allo yacht. Per garantirsi un po' di privacy, Paul fu costretto a chiedere all'equipaggio di abbassare le tende nella zona pranzo sul ponte per mangiare senza essere disturbati. Maggie, non abituata a simili episodi, fu colta di sorpresa da quell'assalto. I paparazzi seguitarono per un po' a gridare il nome di Paul dalla barca sottostante, sperando che si affacciasse, ma ogni tentativo fu inutile.

«Lo trovo importuno e anche molto invadente», commentò Maggie.

«Dopo un po' ci si abitua», sorrise Paul. «Ti confesso però di trovarlo molesto anch'io. Sai che ti dico? La prossima volta, tirerò fuori una delle nostre super pistole ad acqua!» Divertita, lei riprese a gustare l'aragosta tra una chiacchiera e una battuta scherzosa.

Quando Maggie accennò, un giorno, che le sarebbe piaciuto andare a ballare, Paul la portò in discoteca, indossando, prima di scendere dal tender, un paio di baffi finti e un naso da clown «per non essere riconosciuto», aggiunse facendo sbellicare la compagna dalle risate. Purtroppo, dopo qualche ballo alle *Caves du Roy*, i fotografi lo intercettarono di nuovo costringendoli a fuggire in taxi fino al porto dove ad aspettarli c'era il tender con due membri dell'equipaggio. Rapidi, saltarono a bordo e partirono a tutta velocità lasciando a terra i reporter. Sulla *Lady Luck*, Maggie indossò il naso da clown che Paul aveva conservato in una tasca e si lasciò fotografare per inviare lo scatto ad Aden che rispose quasi immediatamente. «Che ti è successo al naso, mamma? Ti sei beccata un raffreddore?» Tutti e tre non vedevano l'ora di riunirsi.

Trascorsero le settimane seguenti spostandosi da un porto all'altro e a luglio fecero nuovamente rotta verso Monaco per recuperare il figlio di Maggie. Aden si sarebbe poi ritrovato con gli amici agli inizi di agosto per passare un altro paio di settimane con loro, e infine sarebbe tornato negli States per riprendere gli studi.

Nel frattempo, erano passati quattro mesi da quando

Paul aveva iniziato la sua battaglia con l'agenzia delle entrate statunitense, una lotta della quale ancora non si vedeva la fine. Le autorità fiscali britanniche si erano accontentate del sequestro dell'attico e del suo contenuto chiudendo definitivamente la pratica. I colleghi statunitensi, invece, erano ancora nel clou delle investigazioni. Paul, come sempre, non sembrava preoccupato, sebbene ogni giorno Maggie lo sentisse parlare con i suoi legali.

Aden, in arrivo da Edimburgo, atterrò a Nizza, dove ad attenderlo ci sarebbero stati due membri dell'equipaggio e la madre. Lei non stava più nella pelle e anche il compagno era impaziente di dargli il benvenuto a bordo. Maggie era diventata il ritratto della salute, abbronzata e riposata grazie alle cure di Paul. Avevano attraccato a Monaco da Saint-Tropez la notte precedente, e l'equipaggio stava ripulendo la barca da cima a fondo e preparando una delle cabine più grandi per il ragazzo su richiesta di Paul mentre Maggie, dopo aver parlato con lo chef, aveva organizzato una cena a base delle sue pietanze preferite. Dopo cena, avrebbero fatto una puntata al casinò e avrebbero concluso la serata al *Jimmy'z* per quattro salti, se Aden ne avesse avuto voglia. Previdente, di ritorno dall'America, Maggie aveva messo qualche capo più elegante in valigia per lui che non avrebbe avuto né lo spazio né la voglia di infilarli nello zaino. In barca era necessario un abbigliamento più consono, soprattutto se, come quella sera, fossero andati sulla terraferma.

Il volto di Maggie s'illuminò alla vista del figlio. Sorridente, gli andò incontro. Aden assomigliava a un preadolescente di ritorno dal campeggio, con quei suoi jeans strappati, le scarpe da tennis lerce e piene di buchi e la T-shirt con il logo di un pub scozzese. Aveva i capelli in disordine e lo zaino sembrava essere finito sotto le ruote di un camion. Maggie scoppiò a ridere.

«Che cosa c'è di tanto divertente?»

«Sembri un ragazzino di dieci anni e sono felicissima di rivederti.» Nonostante ne avesse diciannove, per lei Aden era sempre un bambino. Uscirono abbracciati dall'aeroporto, dopo averlo presentato ai due marinai, poco più grandi di lui. Scoperto che uno di loro era scozzese, sul tragitto verso Monaco, Aden gli raccontò le sue avventure a Edimburgo.

«Possiamo fermarci a mangiare qualcosa?» chiese alla madre. «Non ho pranzato e sto morendo di fame.»

«Avrai tutto quello che vuoi sulla barca», gli promise lei. Aden aveva visto qualche foto della *Lady Luck* in rete, ne aveva ammirato la stazza e il numero delle vele, ma non aveva idea del comfort che questa offriva, delle dimensioni dell'equipaggio, del servizio impeccabile e della bellezza dell'imbarcazione. Al porto, le linee aggraziate della *Lady Luck* e la sua lunghezza di più di sessanta metri, lo lasciarono senza fiato.

«Accidenti, mamma», disse con un filo di voce. «Non credevo che fosse così grande.» Per accoglierlo, Paul aveva fatto schierare l'equipaggio di ventiquattro membri nell'uniforme bianca con i colletti blu, il monogramma delle due L ricamato sopra e le spalline dorate, creata da un noto sarto italiano. Fu impressionante per il ragazzo risalire la passerella salutato da tutte quelle persone. Davanti a loro, Paul sorrise al nuovo ospite. Aden, ancora stupefatto, gli strinse la mano, scambiò qualche battuta e lo lasciò andare a fare una telefonata al termine della quale si sarebbero rivisti.

Sedette con la madre nell'area relax del ponte in attesa del ritorno di Paul e ancora meravigliato dell'attività che brulicava intorno a lui.

«Tutto questo è incredibile, e lui è davvero una gran persona. Lo sapevo.» Aveva appena finito di parlare, quando qualcosa gli volò sopra la testa. Aden si piegò e un palloncino pieno d'acqua esplose contro uno degli alberi dello yacht a circa tre metri di distanza. Alzato lo sguardo e visto Paul sghignazzare dal ponte di comando, si raddrizzò e, ridendo, sventolò una mano nella sua direzione.

«Te la farò pagare!» gridò. Quando un altro palloncino lo sfiorò di pochi centimetri, si precipitò su per le scale per raggiungere Paul. Dopo che l'uomo gli ebbe indicato una bacinella piena di palloncini già riempiti d'acqua, i due cominciarono a bersagliare i membri dell'equipaggio che si allontanarono di corsa e quasi colpirono un paio di visitatori della barca a motore ormeggiata accanto alla loro. Paul e Aden si nascosero dietro la timoneria sghignazzando come due bambini colti con le mani nel sacco.

«Ho comprato anche delle splendide pistole ad acqua», gli comunicò Paul, scendendo dal ponte per raggiungere Maggie. Sul tavolo, ad aspettarlo, Aden trovò un vassoio di tramezzini, una caraffa di limonata e un piatto di profumati biscotti appena sfornati. «Leveremo l'ancora tra un po', così potrai provare le superpistole», gli promise Paul. Il ragazzo non la smetteva di ridacchiare. Sarebbe stato un viaggio splendido. Qualche minuto dopo, mentre mangiava, notò la bandiera pirata.

Terminato lo spuntino, una delle assistenti gli mostrò la cabina che lo lasciò senza parole. Esplorata la barca, mezz'ora dopo, questa salpò diretta a Saint-Jean-Cap-Ferrat dove avrebbero passato il resto del pomeriggio a nuotare. Inevitabilmente, Paul tirò fuori le pistole ad acqua e ingaggiarono una battaglia con l'equipaggio prima di rientrare in porto. Maggie, seduta nel soggiorno interno, evitò di essere bagnata dalla testa ai piedi. Dopo un altro bagno in mare, decisero di rimanere in zona per cena e di non rientrare a Monte Carlo fino a tardi, quando sarebbero andati al casinò. Stare sulla barca, significava divertirsi, essere viziati e accuditi dall'equipaggio. Una vita splendida, alla quale Maggie si era rapidamente adeguata.

Aden e Paul avevano stretto amicizia prima ancora di sedersi a cena e si comportavano come se fossero sempre stati insieme. La battaglia con le pistole ad acqua era stata fantastica. Aden aveva anche scambiato quattro chiacchiere con diversi membri dell'equipaggio, gentilissimi e impeccabili nel servizio. A tavola, Paul gli chiese del viaggio e dell'università e Aden domandò informazioni sul mondo automobilistico, lasciando sorpresa la madre quando si accorse quanto si fosse dato da fare per conoscere il passato di Paul, commosso anche lui da tanta premura.

«So che giochi a hockey», gli disse mentre gustavano le bistecche che Maggie aveva ordinato per loro. Quella del figlio era gigantesca. Mangiava a quattro palmenti nonostante il fisico alto e snello.

«Sì, è uno sport che adoro, ma non continuerò dopo la laurea. Vorrei fare qualcosa di diverso, ma ancora non ho deciso. Forse dirigente sportivo o telecronista per qualche network.» Maggie si sentì sollevata all'idea. «E voglio anche prendere lezioni di volo», aggiunse, deludendola un po'.

«Credo che sia una buona idea quella di non entrare nella NHL», commentò Paul. «Alla fine ti ritroveresti senza denti e con un paio di ginocchia da buttare prima dei venticinque anni.» Aden rise, concorde.

«E tu? Quali sono stati i tuoi inizi nel mondo delle corse automobilistiche?»

«In realtà ho cominciato con le motociclette, nel periodo in cui ho conosciuto tua mamma, al liceo. Dopo sono andato per un po' in Messico, ho avuto qualche colpo di fortuna e mi sono dedicato alle auto. È successo, sai com'è, una cosa tira l'altra... Ho vinto delle gare importanti e sono stato messo sotto contratto dallo sponsor che mi sostiene ancora adesso. Il mondo delle corse è stato generoso con me. Sappi però che tua madre mi ucciderà se comincerai a correre anche tu», concluse serio Paul.

Aden scoppiò a ridere. «Lo so. E detesta pure gli aerei. Mi piacerebbe provare il deltaplano. Alcuni miei amici del Vermont praticano il volo a vela. Sembra figo.»

«È pericoloso», aggiunse Paul. Aden annuì con poca convinzione.

«Posso salire sull'albero maestro, domani?» gli domandò un istante dopo. «Uno dei marinai ha detto che lassù ci si può sedere.»

«Se a tua madre sta bene, per me è okay.» Paul guardò la compagna. «È sicuro. Lo faccio sempre. Non può cadere.» Maggie esitò prima di annuire.

Dopo cena rientrarono in porto per prepararsi per la serata e, dopo un bicchiere di champagne – senza obiezioni da parte di Maggie – andarono al casinò.

Paul sedette al tavolo del blackjack assistito da Maggie e da Aden che lo guardò giocare tutto emozionato. Realizzò una vincita di diecimila dollari in pochi minuti, la raddoppiò per poi lasciare il tavolo prima che la situazione si facesse troppo impegnativa. Non desiderava dare a Maggie l'idea di voler corromperne il figlio. Una preoccupazione inutile quella della compagna. Secondo lui Aden era un ragazzo a posto, intelligente, pieno di vita e desideroso di scoprire il mondo. Non era selvaggio e indomito come la madre affermava, ma neanche un posapiano. Sarebbe stato proprio il genere di ragazzo che avrebbe voluto avere, se avesse deciso di mettere al mondo un figlio. Possedeva l'integrità e i valori ereditati da Maggie e parlava rispettosamente del padre.

Dal casinò si spostarono in discoteca dove non si trattennero a lungo. Paul si accorse subito che qualche giovane adescatrice aveva messo gli occhi addosso ad Aden e decise di mettere fine al gioco ancor prima che cominciasse. Erano già le tre del mattino e la discoteca avrebbe chiuso tra le cinque e le sei. Quanto a loro, si erano già divertiti più che a sufficienza.

Il mattino dopo, di buon'ora, quando Maggie raggiunse Paul e Aden per la colazione, quest'ultimo si stava arrampicando con entusiasmo sull'albero maestro della nave lodando la vista fantastica che si godeva da lassù. Dopo, si spostarono al largo per nuotare, provare le moto d'acqua e per andare a pescare nel pomeriggio.

Aden si trattenne quasi tre settimane e sarebbe rimasto volentieri se non avesse deluso gli amici che volevano finire il viaggio in Europa in sua compagnia.

L'ultimo giorno di permanenza a bordo, ingaggiarono

una strepitosa battaglia a colpi di gavettoni e pistole ad acqua. Tutti, compresi il capitano, il primo ufficiale e i mozzi, si ritrovarono zuppi dalla testa ai piedi con Paul e Aden che reclamavano ciascuno la vittoria sull'altro.

Arrivò il giorno della partenza. Aden, rattristato, abbracciò il suo ospite. «Torna presto con tua madre», gli disse Paul con voce arrochita dalla commozione. «Mi annoierò moltissimo senza di te. E tienila d'occhio, quando non sono in giro. Ho una gara a settembre e ogni volta teme che io possa farmi male. Se mai te lo dovesse permettere, vieni a vedermi correre, una di queste volte», gli propose, dubitando che Maggie avrebbe acconsentito.

«Mi piacerebbe.» Aden sembrava sul punto di piangere. Fu in quell'istante che Maggie comprese quanto gli mancasse un punto di riferimento maschile. Paul era il padre da sogno di chiunque, l'eroe perfetto al quale ispirarsi. Durante la permanenza sulla barca non avevano fatto che divertirsi, guardare film alla tv, nuotare, andare a vela, pescare. Aden aveva provato il paracadutismo ascensionale e lo sci d'acqua. Avevano chiacchierato a lungo sul suo futuro e sulla filosofia di vita di Paul, che gli aveva detto di rammaricarsi, da un certo punto di vista, di non aver messo su famiglia, per via della sua natura, ma di essere felicissimo di aver avuto l'opportunità di ritrovare Maggie. Un'esistenza più tranquilla non era una brutta cosa con la donna giusta al fianco. Da giovane non l'aveva trovata e adesso si godeva semplicemente la vita fino a quando fosse durata.

«Abbi cura di te», gli disse Aden abbracciandolo un'ultima volta prima di scendere sul molo, salutarlo con una mano e andare all'aeroporto accompagnato dalla madre.

«Ti adora», disse Maggie a Paul con voce tenera, una volta tornata. «Gli piaci davvero. Grazie per essere stato così meraviglioso con lui.»

«Aden piace anche a me. È un gran bravo ragazzo e sente molto la mancanza del padre. Non potrei mai sostituirlo, non sono quel tipo di persona, ma tu e lui lo avete allevato in maniera splendida insegnandogli le cose giuste. Non posso prendere il posto del padre, certo, ma posso essergli amico. Anzi, ne sarei onorato.»

«Per lui sei un fantastico eroe. Sotto alcuni aspetti condivido», replicò Maggie prima di baciarlo. Rimasero a guardare il sole tramontare su Monaco, abbracciati stretti, lei seduta sulle sue gambe. Quella sera stessa partirono per la Corsica. Paul adorava viaggiare di notte e anche lei aveva imparato ad apprezzarlo. Considerate le condizioni impegnative del mare tra la Costa Azzurra e la Corsica, avrebbero percorso la maggior parte del tragitto a motore.

«Sei una donna incredibile, Maggie», le sussurrò lui prima di baciarla. «E adesso capisco perché vuoi evitare i rischi più folli. Aden ha bisogno di te. E anch'io.»

«Pure io ho bisogno di te... cerca di ricordartelo.» Paul annuì senza fare promesse. Come sempre. Sapeva che gli impulsi che guidavano la sua natura talvolta erano più forti di lui stesso, più forti forse persino dell'amore che provava per quella donna.

13

A METÀ agosto, Maggie lasciò Paul a Monaco per tornare negli Stati Uniti e riunirsi con Aden che avrebbe trascorso ancora due settimane con lei prima di riprendere l'università a Boston. Il figlio parlò molto di Paul e disse che il resto del viaggio era stato un po' deludente dopo l'esperienza sulla barca. Vedeva Paul come un guerriero impavido, una persona audace che viveva secondo le proprie idee e sempre fedele a se stesso. Maggie concordava su quel punto, ma sapeva quanto quello stile di vita gli fosse costato e quanto, a parte lei, fosse solo.

In settembre, in Italia, Paul corse un'altra gara fortunata che gli valse il primo gradino del podio sul quale arrivò illeso. Ogni volta che smontava da un'auto da competizione, per Maggie era come se fosse tornato dalla morte. Non le importava che vincesse o perdesse, voleva soltanto che sopravvivesse e pregava solo per questo.

Passata una settimana a Chicago, Maggie si spostò per trascorrerne un'altra a New York, visitando gallerie alla ricerca di idee per quella che avrebbe voluto aprire online. Nel frattempo, aveva stilato una lista di artisti che desiderava promuovere e, un passo alla volta, si stava avvicinando al suo sogno. Dopo New York, ripartì alla volta di Boston per partecipare al weekend organizzato dall'università per i genitori degli studenti e infine volò a Parigi per incontrare Paul. L'agenzia delle entrate americana non aveva ancora chiuso il suo dossier, ma tra non molto avrebbero raggiunto un accordo economico. La somma che avrebbe dovuto sborsare era piuttosto consistente, ma non più di quanto si fosse aspettato o fosse disposto a pagare. A settembre la questione fu archiviata in maniera definitiva con reciproca soddisfazione di Paul e del governo. Aveva riorganizzato alcune sue società all'estero e una certa quota di investimenti in modo da soddisfare i requisiti richiesti senza rimetterci del tutto. Ora che era libero di ritornare negli Stati Uniti senza timore di essere arrestato per evasione fiscale, Maggie colse al volo l'occasione per invitarlo a casa sua in occasione del Ringraziamento. Paul accettò, impaziente anche di rivedere Aden, altrettanto trepidante. Finalmente si sarebbero potuti riunire a Lake Forest. Quella di Maggie era una casa semplice, non certo lussuosa, ma non le importava; desiderava anche presentare Paul a Helen e Jeff che non stava più nella pelle all'idea di vederlo vis-à-vis. Le ragioni che invece rendevano impaziente Helen erano ben altre, giacché Maggie e lui facevano coppia da quasi un anno ormai.

Prima di ritornare negli States, e dopo aver chiuso il contenzioso con l'agenzia delle entrate statunitense, volarono da Parigi a Londra dove Paul acquistò un altro appartamento, non grandioso come l'attico perduto, ma accogliente e ben strutturato, che Maggie amò sin da subito. Quello sarebbe stato il loro punto di riferimento nel quale avrebbero allestito anche una piccola suite per Aden in modo da permettergli di andare a trovarli in qualunque momento desiderasse.

Al mobilio avrebbe pensato Maggie, dopo le vacanze. Paul disse di voler comprare un pied-à-terre anche a New York, che frequentava per gli affari. Nel frattempo, Maggie aveva deciso di organizzare una base per la sua galleria nella Grande Mela e a Londra, con un incaricato in ciascuna città per gestire personalmente i clienti e portare loro le opere che intendevano visionare. Restavano ancora molti dettagli di cui occuparsi, ma l'agenzia avrebbe aperto i battenti col nuovo anno. I lavori, tutti di artisti emergenti da lei scoperti, sarebbero stati presentati tramite slide. I prezzi si sarebbero mantenuti nella fascia medio-bassa, per far sì che anche i collezionisti meno danarosi potessero avere l'occasione di acquisire opere di artisti talentuosi. Forse non ci avrebbe guadagnato, ma le piaceva l'idea di fare da tramite tra i nuovi protagonisti dell'arte e i giovani collezionisti. Non le restava che aspettare l'inaugurazione e seguire l'andamento dell'attività. Paul aveva incoraggiato sin da subito quell'iniziativa, orgoglioso dell'impegno che Maggie profondeva per il lancio del suo concept commerciale. Gli piaceva il tipo di lavoro che aveva intrapreso, così come gli artisti selezionati, e aveva persino in animo di acquistare una delle opere viste nel book fotografico della compagna. Nel caso avessero avuto qualche cliente a Chicago, Helen aveva detto che sarebbe stata più che felice di aiutarla. Aveva già registrato l'azienda al nome di M.M. Mackenzie.

Dopo l'acquisto dell'appartamento londinese, Paul si sarebbe fermato nella capitale britannica ancora per una settimana mentre Maggie sarebbe tornata a Lake Forest per preparare la casa per l'arrivo del compagno e del figlio. Sarebbe stato strano condividere con lui la camera da letto, ma Brad era morto da due anni e lei si sentiva pronta ad accogliere Paul.

La sera prima della partenza da Londra, Paul le ricordò che, subito dopo il Ringraziamento, e per una settimana, sarebbe andato a sciare in Canada. Glielo aveva accennato en passant, senza che lei ci facesse troppo caso. Era il solito giro di ogni anno con gli stessi quattro amici e una guida. Maggie, come sempre, non si mostrò particolarmente entusiasta all'idea.

«In questo modo non staremo insieme per tutto il weekend del Ringraziamento», gli fece notare, delusa.

«È il momento migliore per tutti noi e per la nostra guida.»

«Dove andrete precisamente?» Paul non l'aveva invitata ad accompagnarlo, era un viaggio per soli uomini ed esperti sciatori e molto impegnativo. Due dei suoi compagni avevano addirittura scalato l'Everest con lui e stretto amicizia in quei luoghi proibitivi.

«Nella Columbia Britannica, a Revelstoke. Atterreremo a Kelowna, e da lì un elicottero ci porterà sui monti Selkirk e sui monti Monashee.» L'elicottero era l'unico modo per raggiungere la zona. «Il rifugio si trova ai piedi delle montagne. Ogni giorno un elicottero ci porterà in cima e noi faremo le nostre discese. Sono montagne aspre, ma discenderle con gli sci sarà fantastico. Il meglio del meglio.» Maggie tacque e lo fissò.

«E anche il meglio del meglio del pericolo, direi.»

«Non necessariamente. Siamo tutti sciatori esperti e il nostro accompagnatore fa parte della federazione internazionale delle guide alpine, una persona che sa il fatto suo. Con noi avremo radio ed equipaggiamento antivalanghe. Ciascuno indosserà un trasmettitore d'emergenza e avrà con sé una pala e una sonda. Abbiamo tutto il necessario. La nostra guida conosce la zona e il pilota vola da anni su quei territori. Questa è la decima volta che ci andiamo.» Maggie avrebbe voluto supplicarlo di desistere, ma non sapeva come fare. Non poteva chiedergli di rinunciare a tutto quello che gli piaceva, e così tacque. Paul, accortosi della paura negli occhi della compagna, la strinse in un abbraccio che Maggie accolse rigida. «Andrà tutto bene, tesoro. Te lo prometto.»

«Hai il potere di terrorizzarmi», gli sussurrò. «Perché tutto quello che ti piace deve essere pericoloso?» La sua natura era questa, lo sapeva fin da quando erano adolescenti, ma questo non semplificava le cose. Più il suo amore per lui cresceva, più diventava difficile accettare la persona che era. La gente moriva in stupidi incidenti, sulle autostrade, in un disastro aereo come era successo a Brad, per un attacco di cuore mentre faceva jogging, tutte cose che non potevano essere previste, ma Paul doveva scommettere la pelle ogni volta che ne aveva l'occasione, nel tempo libero tanto quanto nelle gare. E ogni volta ingaggiava una lotta con l'angelo della morte per strappargli la sua vita dalle mani. E se avesse perso? Era una possibilità. Ne era stata consapevole fin dagli inizi.

Non affrontarono più l'argomento, né quella sera né il mattino seguente, quando Maggie s'imbarcò sul volo che da Londra l'avrebbe portata a Chicago. Farlo non avrebbe avuto senso. Doveva imparare a conviverci, com'era stato con le gare. Dall'ultima vittoria, poi, Paul si era fatto ancora più audace. Aveva bisogno del pericolo così come le altre persone dell'aria che respiravano. Maggie non smise di pensare a quel viaggio per tutto il tragitto, tentando di mettersi il cuore in pace. Parlarne l'avrebbe resa solo assillante. Paul era sopravvissuto nove volte, e con molta probabilità lo avrebbe fatto anche quella. Era un superuomo, come ripeteva spesso.

A Lake Forest fu travolta dagli impegni. Come sempre, quando rientrava, la casa le parve priva di energia, desolata. Nell'ultimo anno faceva la pendolare nei lussuosi alloggi di Paul, frequentava la splendida barca con il favoloso equipaggio sempre pronto a esaudire ogni suo desiderio, si trastullava nella suite del compagno al *Ritz* di Parigi, viveva l'opulenza e il glamour dell'antico albergo, dell'attico a Londra prima che lo perdesse per mano dell'erario inglese, di quello nuovo acquistato in uno dei quartieri più esclusivi della capitale britannica. Tornare nella modesta villetta era ricordare parte della sua vita, i quasi vent'anni vissuti insieme a Brad. Era confortevole e lei la adorava, ma adesso che aveva imparato a vivere nel lusso, si chiedeva quale impressione ne avrebbe avuto Paul.

Cercò di darle un tocco di novità, gettò via alcuni cuscini vecchi del divano, comprò nuove piante e fiori freschi, spostò un paio di cose nella stanza da letto. Eppure, nonostante gli sforzi, aveva sempre l'impressione che l'atmosfera fosse di tristezza. Sì, quella casa era priva di charme, anche se ci aveva vissuto felicemente con la famiglia. La sua vita però adesso era in un posto diverso, con Paul. Forse non sarebbe piaciuta più neanche ad Aden, quando avrebbe fatto ritorno, o forse alla sua età non ci avrebbe fatto caso perché quella per lui era comunque casa. Senza volerlo, lentamente, erano cambiati, e la villetta le pareva minuscola dopo aver vissuto in spazi infinitamente più ampi.

Maggie fece del suo meglio e si rallegrò quando vide il figlio felice di essere tornato. Non si accorse neanche delle piccole migliorie. Gli piaceva così com'era e non avrebbe voluto che cambiasse nulla in camera sua.

Quando Paul arrivò, l'unica cosa che vide fu lei, in attesa sulla soglia per dargli il benvenuto. Incontrarsi tra quelle mura era un passo importante per la loro relazione e la rendeva ancora più reale.

Aden non perse tempo a mettere Paul a suo agio e lo portò a vedere tutti i suoi posti preferiti: il lago dove aveva imparato a pattinare, entrambe le scuole frequentate, la via principale con la sua sfilza di negozi, la bottega di alimentari dove lui e i suoi amici avevano convinto un estraneo a comprare loro della birra quando, sedicenni, non potevano ancora farlo. Tutti luoghi che per lui erano stati importanti e che Paul apprezzò maggiormente anche per quello. Gli parve di rivivere una parte della sua infanzia, anzi una versione migliore, giacché lui non aveva mai avuto una famiglia stabile. Per un istante arrivò persino a invidiare Aden per essere cresciuto con una madre e un padre che lo amavano e si amavano, in una casa sicura dove non avrebbe potuto succedergli niente, per avere frequentato una scuola normale dove i ragazzi crescevano e poi andavano all'università, si sposavano e avevano dei figli. Lui non aveva avuto nulla di tutto ciò, era stato un ragazzino che doveva badare a se stesso, senza un padre, e aveva spiegato le ali subito dopo il diploma superiore partendo per la California del Sud e poi per il Messico in cerca di fortuna, per andare incontro al suo destino. E l'aveva trovata, la sua fortuna, anche oltre ogni immaginazione. Non avrebbe però mai avuto i ricordi felici che adesso Aden stava condividendo con lui. Ad Aden era toccato in sorte tutto quello che Paul aveva sognato senza mai avere. Per tutta la vita aveva cercato qualcosa che non aveva trovato e che, alla fine, lo aveva condotto da Maggie e da suo figlio. Avrebbe voluto rimanere per sempre con loro, tentare di portare indietro le lancette dell'orologio e iniziare da capo. Commosso dal tour con Aden, ne parlò a Maggie quando furono soli. E lo fece con le lacrime agli occhi.

«Aden non ha idea della sua fortuna», le disse con un filo di voce mentre lei ricordava la baracca dove aveva vissuto Paul, nella città dove erano cresciuti, la madre che a malapena riusciva a mettere insieme il pranzo e la cena, il padre che li aveva abbandonati scomparendo dalle loro vite. Adesso teneva strette in mano le redini della sua esistenza, ma aveva dovuto lottare, combattere senza tregua contro i suoi demoni, stringere i denti per rimanere vivo, in cerca di ogni sfida possibile, scalando montagne, vincendo gare. Come seguitava a fare ancora. Lo abbracciò forte, fronte contro fronte, mentre lui si beava nel calore dell'amore e della stabilità che lei gli donava e che fino ad allora gli erano stati sconosciuti. Per un istante, avrebbe voluto dirle che non sarebbe partito con gli amici, ma avrebbero pensato di lui che era un idiota. In quel momento tuttavia avrebbe voluto soltanto rimanere lì, con lei. Restò in silenzio, un silenzio che, Maggie lo percepì chiaramente, non fece che stringere di più il legame che li univa.

Paul era arrivato tre giorni prima del Ringraziamento e quella sera Maggie cucinò il polpettone, il suo piatto preferito. Il giorno seguente, andarono a casa dei Watson. Jeff lo monopolizzò subito, mentre Helen non smise di notare il suo comportamento amorevole e le occhiate tenere che lanciava all'amica. Sì, Maggie era una donna fortunata, pensò Helen. Aveva avuto due uomini che la veneravano sinceramente, mentre tante quella fortuna non la conoscevano neppure una volta. Lei e Jeff avevano i loro alti e bassi, ma alla fine avevano accettato le reciproche diversità e si erano adattati con successo. Quello che però c'era tra Paul e Maggie era diverso. Erano anime gemelle che finalmente si erano trovate, anzi ritrovate. Con Brad non era stata la stessa cosa, ma si sarebbe ben guardata dal dirglielo, non fosse altro che per rispetto del marito defunto. Paul era quello che ogni donna sognava e che di rado trovava. Maggie era nata sotto una buona stella.

«Se non vuoi sposarlo, lo faccio io», le sussurrò in un orecchio. L'amica scoppiò a ridere.

«In realtà, non me lo ha chiesto», le rispose. L'argomento non era mai stato affrontato, ma a Maggie andava bene così. Avevano tutto ciò che si potesse desiderare dalla vita, e il matrimonio non era necessario, né lei lo voleva davvero. Se lo avesse sposato, avrebbe potuto rimanere vedova per la seconda volta. Sebbene, moglie o no, il dolore sarebbe stato comunque insopportabile. «Credo che lo lascerò tranquillizzarsi un pochettino, prima di riflettere sulla questione. Magari quando avrà ottanta o novant'anni. Perché non credo che placherà prima i bollenti spiriti.

Ha bisogno di bruciare energia. Dopo il Ringraziamento, partirà con un gruppo di amici a fare eliscì. Insomma, è ufficialmente un pazzo.» Jeff, che aveva sentito l'ultima parte del discorso, chiese a Paul di che cosa si trattasse e lui rispose che lo praticava da una decina d'anni.

«Sono il più vecchio del gruppo, ma mi accettano lo stesso fra loro. Credo che questa sia l'ultima volta. Ho appena varcato la soglia dei cinquanta.

«Ho sempre desiderare provarlo, ma Helen non me lo permette.» Jeff lanciò un'occhiata alla moglie e strabuzzò gli occhi.

«Nessun problema. Lasciami sul conto tutto quello che serve per il college dei ragazzi e prendi pure il tuo elicottero quando vuoi», replicò quella, piccata. «Fino ad allora, non ti permetto di lasciarmi nelle peste.» Helen fu l'unica a rimanere seria tra le risate generali. Tre figli erano un impegno economico oneroso sebbene Jeff avesse un ottimo lavoro. Aveva rinunciato al suo posto di copywriter pubblicitaria per allevarli e non era stato facile cavarsela con un unico introito.

La sera seguente, Aden, Maggie e Paul andarono a mangiare in città dove poi il ragazzo rimase per vedersi con gli amici. E finalmente arrivò il tanto atteso Ringraziamento che fu celebrato con tutti i sacri crismi.

«Tavole imbandite come queste le vedevo solo sulle riviste. Non ne ho mai avuta una così», commentò Paul con gli occhi umidi di pianto.

Il tacchino era perfettamente rosolato, le verdure sembravano dipinte da un artista. Maggie aveva apparecchiato con la migliore tovaglia di pizzo della madre e tirato fuori il servizio di porcellana dei genitori di Brad e quello di bicchieri di cristallo acquistato da loro. Tutte le pietanze erano squisite e profumavano divinamente. Aden tagliò il tacchino come aveva visto fare al padre ogni anno e Paul stappò la bottiglia di vino che il ragazzo lo aveva accompagnato a comprare il giorno prima. Il pranzo, delizioso non soltanto all'apparenza, fu completato da una serie di torte dolci e salate, preparate da Maggie: alle mele, alla zucca, al ragù di carne, e alle noci pecan con panna montata e gelato alla vaniglia. Un vero e proprio banchetto allietato da chiacchiere e allegria. Alla fine, Aden mise su un po' di musica e tutti e tre danzarono. Più tardi il ragazzo uscì con gli amici mentre Maggie e Paul rassettarono la cucina tra un passo di danza e l'altro. Tutte vecchie canzoni degli anni Quaranta che Maggie adorava e che le ricordavano i tempi in cui la madre cantava ancora.

«Se morissi in questo istante, sarei l'uomo più felice della terra», sussurrò Paul.

Maggie sorrise. «Sono felice anch'io, felice di averti qui. Temevo che la casa non fosse troppo bella per te, abituato a quei posti splendidi.»

«Non dimenticare dove sono cresciuto», le ricordò lui. «Ho sempre sognato di avere una villetta come questa. Quello che posseggo adesso è soltanto un colpo di fortuna. È come vincere alla lotteria. In realtà, ciò che ho desiderato e non ho mai avuto, è sempre stato questo. È il mio sogno. Adoro la tua casa, adoro vedere te in queste stanze, Aden che mi ha mostrato i luoghi a lui più cari quando sono arrivato: la scuola, il laghetto, tutto.» Maggie aveva sposato Brad proprio per avere una vita come quella, adesso lo capiva. Capiva che lei e il marito non avevano avuto bisogno di nient'altro. Ed era proprio quello che rendeva le persone forti, sane, che impediva loro di andare a caccia di arcobaleni per tutta l'esistenza. Era questo l'arcobaleno e a una estremità c'era la pentola ricolma d'oro. Dio solo sapeva quanta gente la cercava senza trovarla mai. Come Paul. Era diventato ricchissimo grazie alla sua fama, ai suoi investimenti, ai rischi che affrontava, ma non aveva mai avuto delle fondamenta sicure sotto i piedi e senza Maggie sarebbe rimasto così. Lo sapeva anche lei. Aveva bisogno di quella donna per costruire la propria solidità. Da solo non ce l'avrebbe fatta. E lei sperava che con il suo amore, Paul avrebbe smesso di cercare avventure pericolose, azzardi che piovevano dal cielo. Non aveva bisogno di scalare l'Everest. Ciò di cui aveva bisogno era una casa. Col tempo, forse, sarebbe riuscito ad averne una.

Rimasero seduti davanti al camino per un po' e poi, saliti in camera, fecero l'amore. Lo spirito di Brad non aleggiava più in quella stanza. Riposava in pace con il suo corpo. Quei muri erano tornati a essere suoi e lei si sentiva libera di condividerli con Paul. Si guardò intorno. I bagagli per l'indomani erano già pronti. Paul si era addormentato mentre lei, sorridente, gli accarezzava i capelli come a un bimbo piccolo. Poi anche lei sprofondò nel sonno.

La sveglia suonò alle quattro. Paul sarebbe partito con un'auto a noleggio con la quale avrebbe raggiunto l'aeroporto, da dove sarebbe decollato con il suo jet facendo poi due tappe per caricare gli amici e proseguire verso nord per la grande avventura. Ebbe un momento di esitazione quando si alzò. Non avrebbe voluto separarsi da Maggie e, se avesse potuto scegliere, sarebbe rimasto. Era così caldo e confortevole stare sotto le coperte con lei. Dovette fare uno sforzo sovrumano per tirarsi su.

Lei l'accompagnò al piano di sotto in camicia da notte, preparò del caffè e glielo versò in un thermos. Poi lo baciò sulla soglia di casa, nell'aria gelida del primo mattino. Il vialetto era ghiacciato.

«Torna dentro, altrimenti ti prenderai una polmonite», le sussurrò Paul. Non volendo svegliare Aden, lo aveva salutato la sera prima. Si sarebbero rivisti a Natale, tra circa quattro settimane.

Maggie aveva deciso di restare a Lake Forest nel mese di dicembre. Il secondo anniversario della morte di Brad sarebbe caduto prima del rientro di Paul e aveva bisogno di affrontarlo da sola col figlio che, proprio in quel periodo, sarebbe rientrato per le vacanze natalizie.

Baciò Paul un'ultima volta e lo salutò con la mano mentre lui avviava il motore e andava via. Infreddolita, Maggie rientrò in casa pensando a lui. Il Ringraziamento era stato splendido, Paul si era sentito parte della famiglia e le aveva confessato di non aver mai passato una festività più bella, il dono più prezioso che avrebbe potuto offrirgli. Il loro primo Ringraziamento insieme sarebbe stato un ricordo che non avrebbe cancellato mai più.

14

DOPO la partenza di Paul, Maggie non riuscì più a riprendere sonno. Era una pazzia preoccuparsi, ma l'ansia per quel viaggio la divorava. Paul era il più vecchio del gruppo, ma anche un provetto sciatore, probabilmente il più bravo fra loro, e, come gli altri, si era allenato parecchio per essere in perfetta forma, forte, tonico. La loro prima guida era una delle migliori del settore, il pilota dell'elicottero bravissimo e l'equipaggiamento il top di gamma. Conoscevano la zona per esserci già stati, sebbene si spostassero da una location all'altra a seconda delle condizioni meteo e della neve, facendo così del viaggio un'esperienza ogni volta diversa. Che poteva mai essere una settimana come quella rispetto a quando aveva scalato l'Everest? Nonostante le sue rassicurazioni, Maggie continuava a pensare che ai tempi di anni ne aveva trentaquattro, e che l'attuale fosse un'esperienza piuttosto rischiosa.

Le aveva fornito il numero di telefono del centro di controllo dell'elicottero contattabile in qualsiasi momento per informazioni aggiornate. Dove stavano andando loro, i cellulari non erano raggiungibili. Avrebbero avuto delle radiotrasmittenti per comunicare con la base e ciascuno di loro era dotato di un dispositivo di localizzazione che, in caso di valanghe, se fossero rimasti sepolti sotto la neve, avrebbe potuto facilitarne il ritrovamento. Il gruppo era equipaggiato secondo gli standard più moderni tanto per le attrezzature quanto per l'abbigliamento tecnico. Paul adorava quel genere di avventura che affrontava ogni anno per testare la sua forza e soprattutto il suo grado di resilienza. Ogni volta che rientrava da un'esperienza così intensa, era pervaso da un potente senso di realizzazione per essersi spinto al massimo dei propri limiti. E ogni anno, nei mesi successivi, trasudava salute e sprizzava energia. Era una sorta di rito di passaggio, il suo, un test di virilità che Maggie stentava a comprendere. Per lei era solo l'ennesimo pericolo corso senza motivo. Paul sfidava quotidianamente se stesso, in un modo o nell'altro, e lo faceva per assicurarsi di essere ancora vivo e vittorioso. Maggie capiva la sua necessità, ne conosceva le ragioni, ma desiderava che vi fosse un'altra maniera per mettersi alla prova senza rischiare la vita ogni volta. Non aveva mai compreso, per esempio, quel rituale tipicamente maschile a Pamplona, in Spagna, di correre insieme ai tori, in cui uomini adulti e ragazzi rischiavano di essere incornati per le strade e la cui unica abilità consisteva nel saltare in tempo oltre una staccionata per salvarsi la pelle. Paul non avrebbe affrontato un toro, ma avrebbe testato all'estremo le sue capacità di sciatore saltando giù da un elicottero. Avrebbe dimostrato a se stesso di essere capace di affrontare condizioni meteorologiche potenzialmente letali, resistere al freddo e giudicare senza commettere errori il terreno sul quale sfrecciare con gli sci. Un singolo errore o un momento di distrazione avrebbero potuto costare la vita sua e dei compagni.

Per i primi giorni, Maggie si tenne impegnata e la domenica aiutò il figlio nei preparativi per la partenza. Di Paul non aveva avuto ancora nessuna notizia, né se ne aspettava. Nessuno era incaricato di contattarla. Per avere informazioni, poteva telefonare alla centrale che gestiva gli spostamenti dell'elicottero, ma non volendo rendersi fastidiosa, evitò di farlo. Il lunedì pensò di rompere il silenzio, ma alla fine desistette e seguitò le ricerche per la galleria online.

Martedì mattina, mentre si preparava un caffè, accese la tv per un po' di compagnia e l'occhio le cadde sugli aggiornamenti sul meteo che scorrevano in fondo allo schermo. Cambiò canale per ascoltare le ultime notizie. Nel Canada occidentale, nella zona della Columbia Britannica, il giorno prima si era staccata la valanga più terribile della storia del Paese. Due gruppi di esperti appassionati di eliscì risultavano dispersi da quasi ventiquattro ore. Maggie ascoltò col cuore in gola, il fiato mozzo.

Rovistò nella borsa in cerca del numero lasciato da Paul e chiamò con mani tremanti. L'interlocutore rispose che il gruppo del compagno era uno dei due rimasti dispersi. Indossavano tutti il localizzatore, ma una tempesta ancora in corso impediva agli elicotteri di salvataggio di sorvolare l'area. Non restava che attendere un miglioramento. Maggie avrebbe voluto chiedere quanto tempo si poteva sopravvivere in quelle condizioni estreme, ma non ebbe il coraggio di farlo. Un giorno? Due? Quattro? Cinque?

Dieci? Nessuno? E gli elicotteri, quando si sarebbero alzati in volo?

Nelle prossime ore, disse il referente, si sperava di poter dare il via alla operazione di recupero, ma se il tempo non fosse migliorato seppur brevemente avrebbero dovuto rimandare ancora. Una nuova bufera di neve infatti si stava avvicinando alla zona in questione. Le notizie le furono comunicate senza giri di parole, con estrema schiettezza. Chiunque si rivolgesse alla loro compagnia per quel genere di attività sportiva, le fu detto, era pienamente consapevole dei rischi ai quali andava incontro.

«Le condizioni meteorologiche sono pessime», continuò l'operatore. «Potrebbero essere tutti in salvo, ma troppo lontani per noi per captare i segnali dei loro GPS. Dobbiamo avvicinarci di più alla zona della valanga. Lo sanno anche loro. Entrambi i gruppi sono formati da persone esperte e noi offriamo le migliori guide di tutto il Canada occidentale.» Purtroppo, anche le guide migliori e gli alpinisti più esperti potevano morire. L'uomo le suggerì di richiamare verso sera, ma quando Maggie lo fece le notizie erano rimaste invariate. La tempesta prevista si era abbattuta sulla zona e gli elicotteri erano costretti a terra. Le pattuglie di soccorso erano pronte ma non potevano fare altro che attendere che il maltempo cessasse. «Sono le condizioni meteo a dettare legge», concluse l'addetto.

Helen, che era corsa quando le aveva telefonato quella mattina in preda al panico raccontandole l'accaduto, era con lei in cucina. Maggie fu costretta anche a chiamare il figlio per evitare che apprendesse la notizia dalla tv o in altro modo. Aden ne rimase sconvolto e saltò i corsi per seguire la CNN in ansiosa attesa di novità.

«Quando ritornerà, lo ucciderò per aver fatto questo a mio figlio», commentò Maggie a denti stretti rivolgendosi all'amica. Aden era quasi scoppiato a piangere quando glielo aveva detto al telefono.

«Non preoccuparti per lui! È a te che sta facendo del male. Ora capisci perché non ho mai voluto che Jeff facesse pazzie simili. Pensa di essere un asso dello sci e non ha neanche mai scalato l'Everest come Paul.»

«Certo, ma è stato sedici anni fa e adesso ne ha cinquanta. È troppo vecchio per questo genere di cose e lo sa anche lui. Per questo ha detto che sarebbe stata l'ultima volta.»

Quella notte, Helen restò a casa di Maggie lasciando a Jeff, dispiaciuto per la notizia, il compito di occuparsi dei figli. Maggie richiamò Aden senza però comunicargli nessuna notizia fresca. Il peggio arrivò l'indomani, mercoledì, quando, ricontattato il centro in Canada, le fu detto che era stata confermata la caduta di una seconda valanga nell'area durante la notte. Il tempo però era migliorato abbastanza da permettere all'elisoccorso di avvicinarsi in cerca dei segnali del GPS.

Maggie ed Helen trascorsero un'altra giornata in cucina, incollate alla tv, in attesa di notizie e chiamando a intervalli regolari in Canada. Maggie aveva insistito affinché Aden riprendesse a frequentare le lezioni per evitargli di stare seduto davanti alla tv a tormentarsi come stavano facendo loro. Promise di chiamarlo non appena avesse avuto novità. Il gruppo di Paul era disperso da quarantotto ore. Un'eternità. Ricordando gli aneddoti che lui le aveva raccontato sull'Everest, Maggie si domandò se avesse mai affrontato un'esperienza del genere.

Trascorse un'altra notte infinita. Helen era dovuta andare

a casa dai bambini, ma ritornò il mattino seguente, alle otto, dopo averli accompagnati a scuola. Giovedì arrivò la notizia del ritrovamento del primo gruppo. Quattro membri erano morti: due per asfissia sotto la neve, due per la frattura del collo e altri due erano stati caricati sull'elisoccorso in condizioni critiche. Di Paul e dei suoi ancora nulla, nessuna traccia. Nonostante le perlustrazioni aeree dell'intera zona, non era stato captato alcun segnale. Forse il gruppo si era spostato più rapidamente del previsto e aveva lasciato il perimetro, ma le ricerche a lungo raggio non avevano dato risultati. Era quasi come cercare degli eventuali sopravvissuti dispersi in mare.

Maggie affrontò un'ennesima lunga notte da sola. Le sembrava quasi di rivivere la morte del marito. Avvertì il ritorno di alcuni vecchi sintomi del disturbo da stress post traumatico e tentò di ignorarli. Non riusciva a darsi pace per l'accaduto e non riusciva neanche a giustificarlo. Paul non sarebbe morto compiendo il suo dovere per il Paese come il fratello in Iraq, sebbene lei trovasse assurdo anche quello. Non sarebbe morto sul lavoro, come il padre. Avrebbe perso la vita per sport, per trovare qualcosa di cui non importava niente a nessuno, per mostrare la sua grandezza di uomo, e adesso non riuscivano nemmeno a trovarlo e probabilmente era morto soffocato o con il collo spezzato come le vittime dell'altro gruppo. E per che cosa? La consapevolezza di ciò che significava davvero stare con un uomo come lui, la colpì come un maglio.

Le ricerche continuarono per tutto il venerdì, c'erano «ancora caute speranze» le fu detto dalla centrale della compagnia elicotteristica. Helen era convinta che Paul fosse morto, ma si guardava bene dal dirlo all'amica, che compativa insieme al marito.

Le squadre di soccorso captarono un unico segnale GPS a mezzogiorno. Il gruppo di Paul era disperso da quattro giorni ormai e, presumibilmente, doveva essersi spostato più a valle di quanto avessero pensato i soccorritori per evitare l'arrivo della tempesta. Egoisticamente, Maggie pregò che quel segnale fosse di Paul. Dopo una separazione di trent'anni, non poteva finire così tra loro, con lui morto sotto una valanga per colpa di un viaggio dettato dal suo ego virile. I soccorritori si sparpagliarono nella zona di provenienza del segnale che riuscirono a raggiungere solo quando, fortunatamente, il vento calò.

La comitiva di Paul fu trovata poco prima del sopraggiungere dell'oscurità. Maggie aveva la sensazione di essere intrappolata in una fitta nebbia, mentre ascoltava al telefono gli ultimi aggiornamenti. Tre escursionisti, compresa la seconda guida, erano morti. Due erano in condizioni critiche. La prima guida, di trentasei anni, era in coma con la spina dorsale a pezzi. Un'ora dopo, Maggie apprese che Paul era uno dei due in condizioni critiche e che lo stavano portando in elisoccorso al centro traumatologico del Vancouver General Hospital. Durante il trasporto, la prima guida morì, lasciando quattro figli.

Maggie sedeva paralizzata in cucina, incerta sul da farsi. Doveva raggiungerlo o aspettare altre notizie dopo il ricovero? Forse era già morto anche lui. Chiamò Aden e gli riferì che Paul era vivo ma in condizioni gravissime. Non sapeva nient'altro, né dell'entità dei danni subiti né delle possibilità di sopravvivenza. Forse non ce l'avrebbe fatta. Era rimasto sepolto troppo a lungo sotto la neve.

«È un tipo tosto, mamma, vedrai che se la caverà», rispose Aden, sperando che fosse vero. Quando Maggie riattaccò, sapeva perfettamente che cosa fare: rivedere Paul prima che morisse, dirgli addio e ripetergli quanto lo amava. Non aveva avuto la possibilità di farlo con Brad. Questa volta però sarebbe stato diverso.

Corse di sopra, prese una borsa e ci buttò dentro spazzolino da denti, dentifricio, biancheria, qualche maglioncino e dei jeans. Poi chiamò la compagnia aerea e avvertì Helen della sua partenza. Fece arrivare un taxi, chiuse la porta di casa e si precipitò all'aeroporto per imbarcarsi sul primo volo per Vancouver. Nel frattempo, aveva avvisato anche il figlio. Lo avrebbe chiamato non appena avesse avuto notizie aggiornate. Era stata una settimana infernale, peggiore di qualunque altra, durante la quale aveva sperato che Paul ce la facesse, terrorizzata al pensiero che fosse già morto, tormentata dall'idea che avrebbero potuto ritrovare il suo corpo solo quando fosse cominciata la primavera.

Trascorse quattro ore sull'aereo seduta rigida sul sedile, preparandosi a vederlo. Non aveva idea di quali fossero le sue condizioni dopo essere stato sepolto nella neve o esposto agli elementi per quattro giorni.

Atterrata a Vancouver, prese al volo un taxi e andò direttamente in ospedale dove le fu comunicato che Paul era ricoverato in terapia intensiva post traumatica. D'impulso, si presentò come la moglie, riuscendo così a farsi accompagnare da un'infermiera a vederlo. Se non avesse saputo che era lui, non lo avrebbe riconosciuto. La pelle era grigiastra con chiazze arrossate, le labbra erano traslucide. Sembrava invecchiato di vent'anni dall'ultima volta che lo aveva visto.

L'équipe medica stava cercando di riportare la temperatura corporea a livelli normali. Le estremità, congelate, erano monitorate costantemente per seguire da vicino eventuali evoluzioni di congelamenti o cancrene che, l'avevano informata i medici, avrebbero potuto costargli mani e piedi. Maggie pregò che non accadesse, la cosa lo avrebbe ucciso. Ma, pensò, se anche fosse stato, Paul avrebbe sempre trovato il modo per fare qualcosa di pericoloso e rischiare di nuovo la vita. Per impedirgli altre pazzie, avrebbero dovuto tagliargli la testa o segargli il tronco a metà.

Paul aprì gli occhi per un istante e Maggie ebbe l'impressione che l'avesse riconosciuta. Poteva solo sbattere le palpebre, ma non parlare. Non aveva la forza di muoversi e, dopo averla vista, sospirò e chiuse di nuovo gli occhi. Terrorizzata, Maggie temette che fosse morto, ma vide dal monitor che respirava ancora. Sedette accanto a lui, lasciandolo riposare, e pregando il cielo di salvarlo. Due giorni dopo, Paul socchiuse di nuovo gli occhi.

«Ti amo...» riuscì a dire con voce gracchiante prima di riaddormentarsi, le guance rigate di lacrime. Le sue condizioni erano ancora critiche. Maggie lo vegliava giorno e notte e dormiva su una brandina accanto a lui.

«L'ultima volta», le disse Paul il giorno seguente con un filo di voce.

«Ti ucciderò se lo farai di nuovo», sussurrò lei guardandolo sorridere tra le labbra orribilmente screpolate. «Credo che questa fosse la tua nona vita.» Quando iniziò a riprendersi e a parlare con maggior chiarezza, Paul le confessò di aver pensato sempre a lei, che era stata lei a tenerlo in vita in quei terribili quattro giorni e di essersi ripetuto che quella sarebbe stata l'ultima volta. Maggie gli aveva cambiato la vita con il suo amore. Non aveva avuto dei figli e si era sempre reputato libero di fare ciò che gli era passato per la testa, ma adesso aveva lei e si era reso conto, quando l'aveva rivista, di non poterle più fare uno scherzo simile.

«L'ultima volta», ripeté.

Maggie informò il figlio dei miglioramenti. Dopo una settimana, Paul uscì dalla condizione critica e, come per miracolo, la circolazione nelle mani e nei piedi riprese a funzionare. Non li avrebbe persi a meno che non fossero insorte complicazioni.

Le raccontò che metà del suo gruppo era uscita da sotto la valanga grazie alle attrezzature d'emergenza. Gli altri erano già morti. I superstiti avevano cercato di proteggersi alla meglio, raggomitolandosi insieme, ma non avrebbero potuto resistere ancora a lungo. Era già un miracolo che fossero sopravvissuti per quattro giorni.

Due settimane dopo il ricovero, Paul fu dimesso e uscì dall'ospedale camminando lentamente sulle stampelle. Il corpo aveva subito un trauma fortissimo, ma si stava riprendendo. Era incredibile che fosse riuscito a farcela.

La *Lady Luck* era sulla rotta per i Caraibi quando Paul lasciò la clinica, ma Maggie, senza neanche consultarlo, decise che avrebbe passato la convalescenza a casa sua e lui si guardò bene dal protestare.

«Si parte per Lake Forest dove io mi prenderò cura di te», gli annunciò.

«Mi sembra un'ottima idea», sorrise lui.

«E sappi che sono pronta a legarti al letto se tenterai di andare da qualche parte», lo avvisò. Aden nel frattempo era tornato a casa per dare una mano, nel caso in cui Paul avesse bisogno di aiuto per fare la doccia o semplicemente per stare in piedi. Sebbene migliorasse ogni giorno un po' di più, aveva ancora qualche problema di deambulazione. Al posto dei piedi gli pareva di avere due ciocchi di legno o dei mattoni, ma sapeva, come lo avevano rassicurato i medici, che ci sarebbe voluto un po' prima di poterli muovere normalmente.

Fu l'aereo privato di Paul a riportarli a Chicago e da lì il viaggio proseguì su una macchina a nolo con conducente. Quando arrivarono a destinazione, Paul si sentì come in paradiso. Si fermò un momento, prima di iniziare a salire i gradini aiutato dall'autista e guardò Maggie dritto negli occhi.

«Seguitavo a pensarti qui. Non avrei mai creduto di rivedere te, questa casa o Aden.»

«Neppure io.» Era sopravvissuto per miracolo, un miracolo più grande di quello che lei avesse mai osato sperare, dopo due valanghe consecutive e quattro giorni in mezzo alla neve.

Sorretto da Maggie e dall'autista per evitare eventuali cadute, Paul entrò in camera. Poi, dopo aver congedato il conducente, Maggie lo mise a letto dove si lasciò cadere sui cuscini come un uomo che sapeva di non avere il diritto di essere vivo ma che ringraziava il cielo di esserlo.

Maggie pensò che il secondo anniversario della morte di Brad era passato mentre si prendeva cura di lui, certa che il marito non se la sarebbe presa a male. Aveva sempre desiderato la sua felicità. Quanto a lei, avrebbe continuato ad amarlo, con la consapevolezza però che adesso il suo posto era accanto a un altro uomo. Paul, per uno strano disegno del destino, era tornato da lei, era sopravvissuto all'impossibile. Erano fatti per stare insieme.

«Cerca di riposare un po'», gli disse con dolcezza.

«Siediti accanto a me.» Paul non si era ripreso del tutto, sembrava ancora molto più vecchio, alcune bruciature sul volto erano di colore rosso vivo, ma stava pian piano ritornando a essere l'uomo che era.

Maggie rimase al suo capezzale fino a quando lui non si addormentò. Uscì dalla stanza in punta di piedi per riordinare la casa lasciata in fretta e furia per volare da lui. Si fermò davanti a una finestra e sorrise. L'uomo dalle nove vite era tornato da lei. Il Natale che stava arrivando, sarebbe stato splendido. Per tutti e tre.

15

DURANTE la permanenza di Paul a casa sua, Maggie si prese cura di Paul in ogni momento: entrava nella doccia con lui per essere sicura che non cadesse, gli medicava le ferite, gli massaggiava mani e piedi come le era stato insegnato dalle infermiere. Sommerso da tante attenzioni, in breve tempo il compagno riprese a camminare quasi normalmente.

Jeff ed Helen andarono a trovarlo accogliendolo come un eroe e Aden scoppiò addirittura a piangere, seguito a ruota da Paul, quando tornò a casa per rendersi utile e aiutarlo a lavarsi, a scendere le scale, a portarlo in città per qualche commissione. Paul gli raccontò la sua disavventura e confessò di aver sempre pensato a loro quando era seppellito sotto la valanga. Non avrebbe ma più commesso una simile avventatezza, confessò.

Il Natale era alle porte e così una sera, mentre Paul dormiva, Aden e la madre come sempre decorarono la casa con le luci e quando lui si svegliò, la notte, e vide le luminarie dalla finestra non trattenne le lacrime. Il giorno seguente, li osservò decorare l'albero, quello che lui da ragazzo non aveva mai avuto. Si sentiva come un orfano accolto in una famiglia e stentava a credere di essere stato tanto fortunato da sopravvivere e di trovarsi lì.

Maggie preparò la tradizionale cena di Natale, con relativo sottofondo musicale, e il resto della settimana trascorse tranquillamente tra le mura domestiche, a guardare sport in tv con Aden, che frequentava poco gli amici. Paul avrebbe gradito uscire, ma le strade erano ghiacciate e la compagna temeva che potesse cadere.

La mattina di San Silvestro, come l'anno precedente, Aden andò nel Vermont con gli amici lasciandoli soli. Senza di lui la casa parve svuotarsi all'improvviso. Paul aveva ricominciato a ristabilirsi. Era passato un mese da quando il suo gruppo era stato ritrovato e gli pareva di essere tornato a vivere nel fantastico bozzolo di Maggie e di Lake Forest, pronto a spiccare di nuovo il volo, come s'intuiva dai primi segni d'irrequietezza.

«Che ne diresti se andassimo un po' sulla *Lady Luck*?» le suggerì. «La barca è ferma ad Antigua, e l'equipaggio non ha niente da fare. Un po' di clima caldo non mi dispiacerebbe.» Nuotare gli avrebbe fatto bene per la circolazione soprattutto dei piedi, tornati quasi completamente normali, ma non del tutto sensibili. Doveva e voleva rimettersi in forma.

«Te la senti di affrontare il viaggio?» chiese lei.

«Potrò anche dimostrare un secolo, ma ancora non ce l'ho», scoppiò a ridere Paul. Chiamò subito il capitano e il pilota del jet e organizzò la partenza per l'indomani. Gli bastava semplicemente prendere un telefono per compiere una magia. Nell'ultimo mese le condizioni fisiche non gli avevano permesso di fare nulla, ma ora si era ripreso ed era come un leone che si stava risvegliando dal sonno. «Ti sei presa talmente bene cura di me che quasi non riesco a crederlo, Maggie», le disse lui la sera di Capodanno, a letto baciandola. Lo aveva accudito come un bambino, lo aveva riportato lentamente alla vita e lo aveva fatto con tutto il cuore. Una volta che fossero stati sulla barca, ci sarebbe stato l'equipaggio ad aiutarlo e lui avrebbe ripreso a occuparsi degli affari che, come la sua vita nelle settimane precedenti, erano rimasti in sospeso. Maggie aveva amato quelle settimane con lui, sebbene fosse chiaro che non sarebbe potuto durare in eterno e che, prima o poi, Paul sarebbe ritornato nel suo mondo.

«Buon anno, Maggie.» La strinse a sé.

«Buon anno, Paul. Bentornato.»

Il mattino seguente, una macchina li prelevò per portarli all'aeroporto. Maggie aveva fatto le valigie il giorno prima e Paul non aveva bagaglio. I capi di vestiario acquistati a Lake Forest sarebbero rimasti lì. Sulla barca abiti invernali non gli sarebbero serviti.

«Porta anche qualcosa per New York», le aveva detto lui, mentre lei riempiva le valigie. «Dopo la *Lady Luck*, vorrei passarci per un paio di giorni. Poi andremo a Londra. Ho qualche incontro di lavoro e tu hai un appartamento da arredare.» La vita semplice a casa sua stava per terminare, si rammaricò Maggie. Paul aveva molte cose da fare, mondi da conquistare, affari da concludere e lei era priva impegni prima di marzo, quando Aden sarebbe tornato a casa o magari si sarebbero incontrati con lui in Europa per la pausa primaverile. La quotidianità di Maggie aveva smesso di essere sedentaria, tranne in alcune occasioni speciali come il Ringraziamento e il Natale. Adesso doveva seguire il compagno. Dopo aver rischiato di perderlo, tutto era cambiato rapidamente. In quei quattro giorni, in attesa di una morte che era quasi sopraggiunta, Paul si era trasformato promettendole che quella era stata l'ultima volta. Sì, Maggie lo vedeva, non era più l'uomo di prima e sembrava assaporare ogni momento come un dono prezioso.

La sua natura generosa lo aveva spinto anche a elargire una sostanziosa donazione alla famiglia della prima guida, che aveva lasciato quattro bambini. La notizia era stata accompagnata da una toccante lettera alla vedova che aveva risposto stupita e grata di tanto buon cuore.

Maggie si domandò quando sarebbero ritornati a Lake Forest. Di sicuro non presto. Prima di partire, aveva chiamato Helen per salutarla e quella si era precipitata da lei per abbracciare l'amica e augurare buona fortuna al suo compagno. Erano diventati un quartetto affiatato, Paul apprezzava Jeff e sapeva quanto importante Helen fosse stata per Maggie dopo la morte di Brad, quando le aveva salvato letteralmente la vita. E adesso era stata Maggie a fare lo stesso dono a lui. Non lo avrebbe scordato mai, l'avrebbe trattata sempre con rispetto e gratitudine.

Paul tirò un sospirò di sollievo quando salì a bordo del suo jet. Ritrovarsi in quell'ambiente a lui familiare gli ridava il controllo della situazione. Salì la scaletta e percorse il corridoio del velivolo camminando quasi come prima della sciagura.

«Come stai?» chiese Maggie durante il viaggio.

«Benissimo», rispose lui ruggendo come un leone.

«Be', credo proprio che i miei giorni da infermiera siano finiti!» Maggie rise con un pizzico di nostalgia nella voce.

«Sembra che la cosa ti rattristi», la prese in giro Paul.

«Forse un po'. Era più facile tenerti d'occhio quando eri mezzo congelato e non riuscivi a camminare.»

«Lo terrò a mente», rispose lui con un sorriso. Ad Antigua, sulla nave, trovò ad attenderlo il suo equipaggio in uniforme allineato sul ponte. Molti marinai avevano addirittura le lacrime agli occhi ed erano increduli che fosse sopravvissuto dopo aver sentito il racconto dell'incidente.

«Più che nove vite, direi che ne ha novantanove», commentò il capitano mentre una delle assistenti di bordo serviva champagne a tutti. Terminata la piccola riunione, la coppia si sistemò nella master suite dove Paul chiese un massaggio e spronò la compagna a fare altrettanto.

«Te lo meriti più del sottoscritto.» Desiderava coccolarla per ripagarla delle sue amorevoli cure e si sentiva in colpa per non averle potuto comprare un regalo natalizio all'altezza, impossibilitato com'era stato a camminare. Si sarebbe rifatto a New York. Aveva già in mente qualcosa di speciale. Quanto a lui, aveva trovato sotto l'albero un maglione di cachemire e una vestaglia di seta che aveva lasciato a Lake Forest per quando fosse ritornato.

Sulla barca, Paul migliorò a vista d'occhio grazie alle frequenti nuotate e ai massaggi per recuperare la sensibilità a mani e piedi. Due settimane dopo il loro arrivo sulla *Lady Luck* – sei dal drammatico salvataggio – sentì per la prima volta di essere tornato se stesso. Non ricordava nulla dei giorni trascorsi sotto la valanga, e gli unici segni visibili della disavventura erano le chiazze leggermente rosate sul volto che però miglioravano a vista d'occhio. Maggie, al contrario, sembrava ancora stanca e talvolta preoccupata. Spesso, quando soffriva di mal di testa, evitava di dirglielo. Le emicranie erano tornate prepotentemente come nel passato, scatenate dal terrore di perderlo. Anche lei, però, sulla barca stava pian piano ritornando alla normalità.

Avevano deciso di restare sullo yacht per un mese. Paul lavorava sodo per rimettersi in forma e diventava sempre più forte. Nessuno avrebbe immaginato, vedendolo adesso, l'inferno che aveva vissuto. Era come se tutto fosse stato un brutto sogno. Quando Maggie lo osservava muoversi sul ponte o gettarsi in acqua, le sembrava il Paul di sempre, quello di prima della partenza per il Canada. Di vecchio non aveva più nulla, adesso. Con le forze era tornata anche la gioventù. Lei lo teneva d'occhio con discrezione, in cerca di eventuali segni di problemi, ma per il resto, pareva tranquilla e serena. Ancora una volta, Paul l'aveva scampata. Non restava che sperare che ricordasse la lezione e mantenesse la promessa di non rischiare più la pelle.

Dopo il soggiorno in barca, avrebbero trascorso un paio di mesi a New York, dove Paul si sarebbe dovuto incontrare con i suoi fiscalisti per accertarsi che i cambiamenti eseguiti dopo il contenzioso con l'agenzia delle entrate statunitense fossero a buon punto. Era uscito vittorioso anche in quella circostanza.

Dopo New York, sarebbero andati a Londra, dove lo attendevano affari importanti, e poi ancora a Zurigo. «Ne avrò per tutto il mese di febbraio, Maggie, per rimettermi in pari. Mi sento come risvegliato da un lungo sonno.» Maggie sorrise. Aveva già cominciato a lavorare per telefono dalla barca e a farlo più ore al giorno. «Poi, a fine mese, mi aspetta una gara», aggiunse come se fosse una cosa normale. Maggie lo fissò troppo sconvolta per parlare.

«Tu *che cosa*?» Doveva aver sentito male. Non era possibile.

«Una corsa, in Spagna, a fine febbraio. E un'altra a marzo, in Italia.»

«Parli sul serio? Sei settimane fa sei quasi morto.»

«Ho un contratto, Maggie. Mi restano ancora due competizioni prima di rinegoziarlo. Lo sponsor mi denuncerebbe, se non onorassi i miei impegni.»

«Essere quasi morto non è una ragione valida per mollare tutto?»

«C'è un giro di milioni di dollari in ballo. Lo sai. Non ho scuse. È stato un incidente. Ho passato di peggio sulle piste automobilistiche. Ora mi sono ripreso. Non posso mollare così.»

«Credevo che fossimo d'accordo sul fatto che hai esaurito la tua nona vita.»

«Forse sì. Ma ho degli impegni. Quanto alla promessa, mi riferivo all'eliscì. Con quello ho chiuso. Ma non posso andare in pensione, non ancora.» Soprattutto non voleva farlo. Era la sua vita. Anche se in ballo c'era pure quella di Maggie.

«E le corse?»

«È il mio lavoro», rispose lui, calmo.

«È la tua droga, vorrai dire. Rischiare la vita, sfidare il destino, stuzzicare la morte. Quante volte ancora lo farai?»

«Non lo so.» Paul sembrava in imbarazzo. «Per il momento so soltanto che ho un contratto che m'impegna per altre due date. Grazie al cielo sono finito sotto la valanga quando non ne avevo in programma», aggiunse con un pizzico di ironia. Maggie rimase seria. Era lo stesso Paul di sempre. Avrebbe dovuto saperlo, ma gli aveva creduto.

Chiuse lì la discussione. Inutile continuare. Ormai aveva capito. Ci sarebbe stata sempre un'altra gara, un altro viaggio sulla neve, una nuova avventura, una montagna da scalare, un'ennesima esperienza straziante e ai confini della morte che lo avrebbe attirato. E un giorno, non avrebbe vinto. Quel giorno non voleva essere lì. Sua madre aveva sempre avuto ragione. Brad era stato un porto tranquillo per quasi vent'anni ma Paul non lo sarebbe stato mai. Non era quella la sua indole. Aveva bisogno del pericolo così come la gente dell'aria per respirare.

Paul si allontanò per una videoconferenza e Maggie tornò in cabina. Allo specchio vide che cosa sarebbe diventata se fosse rimasta al suo fianco. Si sarebbe trasformata in sua madre, affranta, triste, depressa, mezza matta fino a quando non avesse ceduto alla demenza incapace di continuare ad affrontare la realtà.

Andò a fare un bagno, da sola, scivolando tra le acque limpide. Paul era un uomo fortunato che non se ne rendeva conto. Non vedeva ciò che aveva, la bellezza che lo circondava, la gente che lo amava. I suoi occhi erano solo per il rischio, per le probabilità da battere, per gli azzardi da vincere. Era un giocatore nato. Da quando stavano insieme, si era rotto un po' di costole in una gara, aveva rischiato la prigione ed era quasi morto in Canada. Era arrivato il momento di scrivere la parola fine!

Non sapeva ancora come spiegarlo al figlio, ma avrebbe trovato un modo. Si rifiutava di seppellire il secondo uomo della sua vita, come aveva creduto che sarebbe stata costretta a fare dopo l'avventura in Canada. Il destino però aveva voluto graziarlo. Ora stava andando incontro all'ennesimo rischio per l'ennesima corsa. Il contratto non c'entrava nulla, lo sapeva benissimo anche Paul. Era tutto dentro di lui, era il demone nel cuore che aveva bisogno, di nuovo, di danzare con la morte. E un giorno quel demone avrebbe vinto.

16

NELLE ultime due settimane, Maggie si era fatta più silenziosa. Si dedicava al nuoto, alla lettura, al riposo, prendeva appunti per la galleria online che aveva messo da parte da troppo tempo per concentrare le sue energie su Paul e assecondarne lo stile di vita.

Nessuno dei due parlò più della gara. L'opinione del compagno in merito oramai era chiara. Maggie non aveva bisogno di sentire altro, di discuterci né di ragionarci. Si chiuse in se stessa e, com'era inevitabile che fosse, Paul non mancò di notarlo.

«Tutto okay?» le chiese un giorno, preoccupato dalla stanchezza e dal pallore di Maggie che fisicamente ora sembrava stare peggio di lui. Dopo quasi due mesi di riposo, infatti, Paul era in forma perfetta. Si allenava ogni giorno per la gara e seguitare a migliorare la funzionalità delle mani e dei piedi ormai guariti. Come diceva spesso il suo allenatore, era un miracolo che ne fosse uscito vivo e si fosse ripreso in quel modo. Una guarigione, la sua, che doveva moltissimo a Maggie.

«Sì, tutto okay», rispose lei con un filo di voce. Forse sarebbe stato meglio portarla da un medico quando fossero arrivati a Londra o a New York, pensò Paul. L'evento l'aveva traumatizzata e non aveva risparmiato le forze per stargli accanto notte e giorno. I giorni trascorsi a Lake Forest erano stati i più teneri della vita di Paul. Nessuna delle donne che aveva conosciuto avrebbe fatto quello che aveva fatto Maggie, ma adesso era ritornato alla vita. Aveva montagne da scalare, battaglie da affrontare. In ospedale aveva pensato di ritirarsi, ma ora capiva che non era ancora arrivato il momento. Per fortuna, non aveva perduto né le mani né i piedi, l'unica cosa che forse avrebbe potuto costringerlo ad andare in pensione. Doveva trionfare in altri autodromi. Presto sarebbe stato troppo vecchio per continuare. Fino ad allora, avrebbe spremuto fino all'ultima goccia del succo di quel frutto che per lui era il più dolce del mondo. Sulle prime, si era preoccupato per la reazione di Maggie, quando le aveva confessato le proprie intenzioni, ma pareva che la compagna l'avesse presa meglio del previsto. Non lo aveva pregato, né si era messa a discutere con lui, né lo aveva minacciato di lasciarlo. Era una donna dal cuore nobile che lo amava, ricambiata profondamente. Gareggiare in auto era il suo lavoro. Non si poteva certo aspettare che mollasse tutto quando ancora aveva prospettive di vittoria.

Gli ultimi giorni sulla barca passarono tranquilli. Le videochiamate diventarono sempre più lunghe, le ore passate al telefono per accordi e incontri sempre più intense. Ancora una volta Paul aveva investito pesantemente sul mercato delle materie prime guadagnando cifre stratosferiche. Aveva fatto bingo standosene seduto in barca, divertendosi come un matto.

Maggie nuotava molto, lavorava al computer, contattava gli artisti che ambiva a rappresentare. Al momento, voleva limitarsi a non più di una dozzina, per avere modo di vedere se avrebbe funzionato e non svilupparsi troppo in fretta. La sua sarebbe stata una galleria esclusiva, a differenza di come avrebbe fatto il compagno, che non interferì.

Alla vigilia della partenza, organizzarono una cenetta romantica a bordo. Maggie era splendida nel candido vestito Hermès preso durante una sosta a Saint Barth che metteva in risalto la sua abbronzatura nonché l'eleganza e la dignità della sua persona. Paul tuttavia notò gli occhi tristi della compagna mentre, seduti a tavola, si guardavano con tenerezza, mano nella mano. Tornati in cabina, fecero l'amore e lui a un certo punto ebbe l'impressione che Maggie avesse gli occhi colmi di lacrime. Evitò di chiederle che cosa non andasse. Forse sentiva la mancanza del figlio, o qualcosa le aveva ricordato Brad per il quale non piangeva più da parecchio tempo. Non immaginava che quel pianto era per lui.

Il mattino seguente partirono per New York. Poco dopo essere arrivati al *Four Seasons*, in una delle suite più grandi, al cinquantesimo piano e con una vista spettacolare, Paul uscì per andare dai suoi avvocati a sistemare alcune faccende prima della partenza per Londra dell'indomani. Tutti si congratularono per essersi ripreso così splendidamente dopo la sciagura.

«Nove vite», commentò sorridente. «Dieci, spero. Ho una gara il mese prossimo.» Nessuno commentò. Lo conoscevano e sapevano che, da quel fenomeno che era, viveva sempre sul filo del rasoio.

Rientrò in tempo per la cena a *La Grenouille*, il suo ristorante preferito nella Grande Mela e che anche Maggie ormai aveva imparato ad apprezzare. Lei indossava un elegante abito nero che faceva risaltare i suoi occhi simili a zaffiri.

«Hai avuto una buona giornata?» le chiese in macchina durante il tragitto. Paul era vestito con l'eleganza di sempre, in abito scuro, splendido con la sua abbronzatura intensa e i capelli argento sistemati dopo l'incontro con i legali. Era al top della forma.

«Sì», rispose Maggie, pacata, guardando fuori dal finestrino.

«Che hai fatto?»

«Mi sono incontrata con alcuni artisti.» Si voltò e gli sorrise, ma il suo sguardo era lontano, come se non fosse davvero lì. Sembrava eterea, irraggiungibile come un fantasma. Ed eccezionalmente bella. All'interno del locale furono molte le teste che si girarono al loro passaggio. Tutti riconoscevano Paul, una leggenda. A Maggie però non importava niente di quell'aspetto della sua vita. Non aveva alcun desiderio di essere al centro dell'attenzione, e Paul lo apprezzava.

La cena fu deliziosa, sebbene Paul non mancò di notare che Maggie si era limitata a qualche boccone.

«Ti senti bene?» Gli pareva che nelle due ultime settimane avesse perso peso. Aveva un aspetto splendido, ma era preoccupato per la sua salute.

«Solo un po' stanca.» Quella sera, in albergo, Maggie andò a letto prima di lui che fu trattenuto da una telefonata proveniente da Tokyo. Quando la raggiunse, era già profondamente addormentata ed evitò di svegliarla. L'indomani sarebbero volati a Londra. Paul spense la luce senza notare che il cuscino della compagna era umido e cadde in un sonno profondo. La giornata era stata proficua, la cena splendida, da Tokyo aveva ricevuto buone notizie e non vedeva l'ora di partecipare agli incontri d'affari a Londra e alla corsa automobilistica che lo aspettava tra un mese. Era una star negli autodromi spagnoli e ogni anno la sua fama cresceva sempre di più. Anche quest'anno avrebbe trionfato. Era l'asso vincente di ogni competizione. I suoi sponsor sapevano che avrebbe fatto il possibile e l'impossibile per aggiudicarsi il gradino più alto del podio.

Maggie aveva già preparato i bagagli quando Paul si alzò. In attesa che la raggiungesse a tavola, gli ordinò la colazione, lasciandogli il tempo di farsi la doccia e di vestirsi.

«Non mangi?» le chiese, sorpreso ed elegantissimo con il suo blazer blu.

«Lo farò in aereo», rispose lei alzandosi per chiudere la valigia.

Furono pronti nello stesso istante, in perfetta sincronia. Maggie non lo faceva mai aspettare. Paul chiamò un fattorino e pochi minuti dopo raggiunsero la hall.

Avviandosi all'uscita, Maggie disse qualcosa al facchino che Paul non sentì e non fece neanche caso quando questi accantonò i suoi bagagli. La sua attenzione fu catturata solo nell'istante in cui l'uomo fece cenno a un taxi di avvicinarsi.

«Che fai? La nostra macchina è pronta.» Le sue valigie erano già state caricate nel portabagagli. Le sue, non quelle della compagna.

«Non vengo», rispose lei, gli occhi dentro i suoi. «Lascio il circo. Torno a casa. Non voglio restare a vederti correre di nuovo incontro alla morte, Paul. Il Canada è stato più che sufficiente. Credevo che ci avresti messo un punto, ma mi sbagliavo. Nulla riuscirà a fermarti. Neanche io ti basto per farlo. C'è sempre una nuova gara da correre, una nuova sfida alla morte. Un giorno perderai, alla prossima competizione, a quella seguente, un giorno qualunque, e io non voglio essere lì a vederlo.» Dall'espressione era chiaro che Maggie stesse parlando con convinzione e serietà. I suoi occhi erano asciutti, ma la tristezza che li colmava era peggiore del pianto. E Paul capì! Capì perché non avevano discusso, perché lei non aveva più affrontato il tema della corsa. Doveva avere deciso in quel momento, o nei giorni seguenti, senza dirgli nulla. E lui, sebbene pensasse di conoscerla a fondo, non ne aveva colto i segnali.

«Maggie, ti prego...» la supplicò. «Lasciami terminare questo contratto. Sto invecchiando e presto lascerò. Ne parleremo dopo la Spagna.» La stava implorando, ma lei fu irremovibile.

«No, non lo faremo. Non c'è nulla di cui parlare. Ciascuno di noi sa quello che vuole. Non sei troppo vecchio né lo sarai mai per mettere in pericolo la tua vita.» Sorrise triste. «Io sì, però. E non posso seguitare a vederti comportare in questa maniera. Non voglio essere presente quando, un giorno, perderai la tua scommessa.»

«Non accadrà», rispose lui con la certezza di un giocatore d'azzardo.

«Invece sì. E io non sarò lì. Lo devo a mio figlio. Non posso fargli questo. Ti adora come ti adoro io, e non merita di perdere un'altra figura maschile importante nella sua vita. Come non lo merito io.»

Con gli occhi pieni di lacrime, Maggie aprì lo sportello del taxi. Mentre Paul la fissava incredulo, il portiere mise la valigia nel portabagagli. «Mi stai lasciando?»

Lei lo guardò dal finestrino aperto e annuì. «Chiamami quando sarai troppo vecchio per gareggiare, anche se probabilmente per allora sarò morta.» Chiese al tassista di essere portata all'aeroporto LaGuardia e se ne andò senza voltarsi indietro, seguita dagli occhi del compagno che, dopo essere rimasto da solo, quasi non riuscì a montare sull'auto che lo attendeva. Era distrutto.

Un'ora dopo, all'aeroporto di Teterboro nel New Jersey, Paul salì sul suo jet quasi senza dire una parola all'equipaggio. Al decollo per Londra, il volto era rigato di lacrime. Maggie, che era già in volo per Chicago, ricevette un suo messaggio ma non lo lesse. Ormai le sue parole non le importavano più. Aveva deciso. Lo aveva visto uscire da un'auto in fiamme, lo aveva saputo disperso sotto una valanga, lo aveva visto lottare accanitamente contro l'agenzia delle entrate statunitense. Proprio come le aveva detto la madre a diciassette anni, quell'uomo era una continua fonte di guai. E indipendentemente da quanto lo amasse, non poteva permettergli di distruggerle la vita come sapeva che avrebbe fatto. Cancellò il messaggio e spense il telefono. Chiuse gli occhi e percepì chiaro il dolore che straziava la sua anima nel tentativo di strapparselo dal cuore. Per quanto triste, quella storia era finita. Paul avrebbe dovuto continuare a ballare con la morte da solo. Non poteva più assistervi, non poteva più vivere al suo fianco.

Atterrata a Chicago, Maggie tornò a casa in taxi e riaccese il cellulare. Gli altri quattro messaggi ricevuti da Paul fecero la stessa fine del primo. Aveva ascoltato tutto ciò che aveva avuto da dire. Ormai aveva chiuso.

17

MAGGIE si sentiva svuotata, quando tornò a casa. Non voleva né parlare né vedere nessuno. Neanche Helen. Aveva bisogno di tempo per se stessa, per guarire, per riprendere forze. E questa volta doveva farlo da sola, senza nessun aiuto. Doveva seppellire la storia con Paul. Considerarlo morto, come lo era stato nei trent'anni precedenti, prima di ritrovarsi.

Inviò un messaggio al figlio per fargli sapere dove si trovava senza però raccontargli nulla. L'avrebbe presa troppo male, e forse non avrebbe capito che il gesto era stato fatto per salvare se stessa e lui, Aden. Amare Paul Gilmore era pericoloso. Stargli accanto significava ritrovarsi col cuore spezzato. Non poteva permettersi di averlo nella sua vita.

Durante la prima settimana di permanenza a casa, Maggie si dedicò a lunghe passeggiate. Lui seguitava a tempestarla di messaggi che lei immancabilmente cancellava. Dopo sette giorni, Paul smise. Aveva capito che Maggie non sarebbe più tornata. Era una donna splendida e non la meritava, lo capiva solo adesso. Se voleva la sua libertà, era imperativo concedergliela. Glielo doveva. Lo aveva riportato alla vita e lui in cambio era riuscito a ridurre il suo cuore in pezzi. Purtroppo, però, ciò che Maggie voleva, lui non poteva darglielo. Si odiava per questo, ma era incapace di lasciare il mondo delle corse, la sua vita. Lì era un vincitore, la morte non poteva sconfiggerlo, non aveva paura di niente, chiudere gli occhi per sempre non aveva alcun significato per lui. Era l'uomo più coraggioso, più tosto, più forte e più indomito della terra. Da piccolo aveva vissuto nella paura, quando il padre li aveva abbandonati senza un soldo, e in seguito, quando la mamma era morta. Da allora aveva imparato a combatterli, quei timori, e aveva vinto ogni volta, o almeno ci era andato vicino.

Alla fine, però, a essere la più forte era stata Maggie. Senza di lei si sentiva terrorizzato.

Una settimana dopo il ritorno a Lake Forest, Maggie iniziò a mettersi in contatto con gli artisti ai quali aveva proposto il suo progetto, inviò email a raffica, lanciò il sito arricchendolo con le foto delle opere che metteva in vendita. Nel giro di pochi giorni, fu sommersa da domande e richieste di informazioni, e quattro clienti si mostrarono interessati a un acquisto. Chiuse la prima vendita due settimane dopo l'inaugurazione della galleria online e bastò quello per sentire le forze tornarle. Nel frattempo, aveva comunicato al figlio la separazione da Paul. Aden l'aveva accettato, seppure con malinconia e la speranza, un giorno, di poterlo rivedere.

«Se sarà ancora vivo», aveva risposto lei con più rabbia di quanto non avesse voluto. In realtà, non era collera, quella che provava nei confronti di Paul, ma tristezza e delusione. Le aveva mentito mentre giaceva quasi in fin di vita su un letto d'ospedale e non appena si era ripreso, aveva ricominciato con la sua girandola di azzardi.

Aden l'avrebbe raggiunta in primavera a Lake Forest, adesso che non sarebbe andata a Londra e non aveva né progetti né ragioni per tornare in Europa. Maggie detestava ammetterlo, ma la vita in barca le sarebbe mancata. Chi non ne sarebbe stato rammaricato? Era un piccolo angolo di paradiso in terra, nel quale aveva vissuto giorni felici con Paul. Lo amava, ma un giorno le sarebbe passato, lo avrebbe dimenticato, com'era già accaduto tanto tempo prima.

Erano trascorse tre settimane dal rientro a casa quando Maggie informò Helen di essere a Lake Forest, aggiungendo di aver lasciato Paul con la convinzione che fosse meglio andare ciascuno per la propria strada.

«Posso chiederti che cosa è successo?»

«Non importa. Non sarebbe dovuto accadere affatto. È stata solo l'illusione di poter rivivere un grande amore di gioventù.»

«Mi dispiace infinitamente, Maggie.»

«Anche a me.» Cambiò argomento parlandole con orgoglio del progetto della galleria virtuale diventato realtà.

Maggie riprese in mano i fili del proprio destino, ricominciò a godere i piccoli piaceri di quando abitava nella villetta. Aveva messo in pausa quella vita dopo la morte di Brad e l'avventuroso viaggio in Europa dove aveva rivisto Paul. Da allora, tutta la sua esistenza era ruotata intorno a lui. Ora il centro dell'attenzione era ritornato di nuovo su di lei, o forse stava accadendo per la prima volta. Spettava a lei decidere come andare avanti, in che direzione continuare il suo cammino. Chicago, Lake Forest o magari New York? Poteva fare quello che voleva. Un pensiero terrificante, ma che la riempiva anche di eccitazione. Perdere Paul era come sentire un dolore sordo e costante dentro di sé, come quello di un arto fantasma, ma si sarebbe abituata. Dopo un anno e mezzo, le loro strade si erano separate. E lei sarebbe sopravvissuta, indipendentemente dalla sofferenza iniziale.

Una settimana dopo, di sabato, Maggie stava guardando alcune diapositive di nuove opere per la sua galleria quando Aden la chiamò. Sembrava agitato.

«Accendi la tv, mamma!» le disse con voce insolitamente alta. «Ora!»

«Perché»?

«Accendila e basta. Un canale sportivo o di news. Credo che lo trasmettano ovunque.»

«È morto? Non voglio vedere!» Ecco perché l'aveva chiamata!

«Tu accendi e basta», insistette Aden. Riluttante, Maggie obbedì.

Sullo schermo apparve la pista di un autodromo. In sottofondo la voce di un cronista spagnolo e sopra quelle di due americani che stavano lanciando un fuoco di fila di commenti. Doveva essere accaduto qualcosa d'incredibile. Uno dei cronisti era un noto ex pilota di Formula Uno e l'altro un anchorman sempre presente negli eventi sportivi di maggiore rilevanza.

«Non voglio vederlo, Aden», ripeté Maggie, determinata.

«Ascolta e basta, mamma.» Stava per spegnere il televisore quando qualcosa la fermò e una foto di Paul occupò lo schermo per qualche istante. Forse era davvero morto. Era giusto che sapesse. I commentatori però stavano ancora parlando mentre la folla urlava il nome di Paul. Nessuna ambulanza sulla pista, il che poteva forse significare che non era né morto né ferito. Incuriosita, Maggie continuò a guardare. Entrambi i cronisti erano al massimo della concitazione, l'anchorman parlava quasi affannosamente. «Per coloro che si fossero messi in ascolto in questo momento, abbiamo appena assistito a un evento di portata storica nel mondo automobilistico. Non era mai successo prima, non è vero, Pete?» chiese all'ex corridore, che confermò. Nel frattempo, la folla gridava sempre più forte. Possibile che sulla pista ci fosse stato un incidente grave? «Abbiamo visto uno dei più famosi piloti della storia ritirarsi pochi minuti prima della partenza per 'motivi personali'. Tre mesi fa, Paul Gilmore era stato dichiarato disperso per quattro giorni in Canada dopo essere stato investito da una valanga, e ci si chiede se il suo ritiro abbia qualche cosa a che fare con l'evento. Questa sarebbe stata la prima corsa dopo il trauma subito. Era nel box, a controllare la macchina, solo un'ora prima della gara! Tutto quello che sappiamo, gente, è che alla fine è andato via dando forfait e confermando la sua decisione con una lettera.

«Sarà sicuramente multato per aver gettato la spugna all'ultimo momento, conseguenze di cui non dubitiamo fosse informato. È sempre stato conosciuto per la sua propensione al rischio, per il suo modo di fare da asso pigliatutto per trent'anni, ma questo fatto batte tutti i suoi comportamenti precedenti. Il suo sponsor potrebbe rescindere il contratto. Paul Gilmore, dove sei? Qui la folla sta impazzendo! La senti gridare alle nostre spalle? Nessuno sembra conoscere quali siano questi 'motivi personali'. Al momento l'interessato non ha rilasciato alcun commento, ma corre voce che se ne sia andato dall'autodromo pochi minuti fa. Per quelli che ci stanno guardando da casa, è un avvenimento scioccante per una leggenda come Paul Gilmore, che abbiamo visto gareggiare persino con le ossa fratturate.» I commentatori stavano ancora discutendo, quando Aden riprese a parlare.

«Credo che si sia ritirato per te, mamma», le disse. «Dovrà pagare una multa astronomica per aver mollato all'ultimo minuto.»

«Se lo può permettere», rispose Maggie, gelida. «Forse è malato e non vuole che si sappia. Oppure ha perso di nuovo la sensibilità dei piedi o delle mani e non poteva guidare.»

«No, non credo che sia questo. Deve aver dato forfait per una faccenda molto importante. È sempre stato un professionista serio.» Maggie non dissentì. Non le importava più. I commentatori televisivi stavano imbastendo ancora una serie di ipotesi, tra le quali un esaurimento nervoso, quando spense la tv.

Seppure curiosa, evitò di mandargli un messaggio per chiedergli che cosa fosse successo. Inutile riaprire il vaso di Pandora. Qualunque fosse stata la ragione, doveva essere importante. Si rimise al lavoro – era già mezzogiorno –, scrisse alcune email a un paio di artisti dei quali aveva venduto le opere e uscì per fare la spesa. Verso le otto stava giusto preparandosi delle uova strapazzate quando sentì un messaggio in arrivo sul cellulare. Sulle prime fu tentata di ignorarlo, ma pensando che potesse trattarsi di Aden, magari con qualche notizia di Paul, andò a vedere. Era lui in persona! Stava per cancellarlo senza leggerlo, quando la curiosità ebbe la meglio.

Sono arrivato a Chicago da Madrid. Mi sono ritirato.

Perché? scrisse lei di rimando.

Ho sfruttato la mia nona vita in Canada e ho deciso di lasciare finché sono in tempo. Sono a Chicago perché ci vivi tu e io ti amo. L'ho fatto per te, Maggie, se t'interessa ancora. Gli occhi le si riempirono di lacrime, le parole le mancarono. Avrebbe voluto dire che no, non le importava nulla, ma teneva infinitamente a lui. Non gli credeva, però. Paul avrebbe sicuramente trovato un altro modo per rischiare la vita, pur non correndo più. Lanci dagli aerei. Scalate di montagne. Era capace di inventarsi qualunque cosa, spinto dalla sua irrefrenabile natura.

Paul aveva passato le ultime quattro settimane pensando continuamente a lei e cercando di decidere il da farsi. Poi, quella mattina, all'autodromo, tutto si era fatto all'improvviso chiaro. Semplice. Doveva farlo e basta. E alla fine, il passo si era rivelato più facile di quanto non avesse immaginato.

Non mi credi, vero? le scrisse non ricevendo risposta. *Neanch'io lo farei, se fossi al posto tuo. Avrei potuto vincere la gara. Tu sei più importante di qualsiasi corsa, però. È probabile che il mio sponsor me la faccia pagare cara per aver abbandonato di punto in bianco la competizione, ma non me ne importa un accidenti. Sono volato qui per vederti. Posso venire da te?* Maggie fissò il telefono. Le uova si erano ormai freddate. Non se la sentiva di ripetere la terribile esperienza vissuta. Il trauma dell'incidente canadese l'aveva quasi uccisa. Ma se fosse stato vero? Se aveva seriamente detto addio alle gare proprio per lei?

Sono qui, rispose senza aggiungere altro. Una quarantina di minuti dopo, il campanello di casa suonò. Maggie andò ad aprire e lui era lì, ancora con la tuta da pilota addosso. Non si era neanche preso la briga di cambiarsi durante il volo.

Paul la fissò, serio in volto per qualche istante, entrambi muti.

«Hai fatto la storia oggi», disse lei rompendo il ghiaccio ancora incerta su che cosa pensare o se credergli davvero. In tv però non si parlava d'altro.

«Lo so.» Paul la strinse delicatamente tra le braccia. «L'ho fatto per te», le ripeté.

«A quanto pare.» Un mese prima lo aveva lasciato sul marciapiede del *Four Seasons* perché aveva ritenuto che fosse la cosa giusta. Non poteva però ignorare quanto accaduto in Spagna, a prescindere che lo avesse fatto per lei o meno. La decisione di Paul era stata un'ennesima dimostrazione del suo incredibile coraggio. Correva da quando era un ragazzino, era uno dei piloti più famosi del mondo. «Grazie», disse con un filo di voce, lasciandosi baciare. Quando si staccarono, Maggie lo guardò sorpresa. «Perché lo hai fatto?» volle sapere.

«Prima non avevo niente da perdere, ma ora ci siete tu e Aden. Non voglio mai più separarmi da voi.» Maggie annuì. Neanche lei voleva più perderlo. Le loro strade si erano divise da ragazzi e non erano disposti ad aspettare altri trent'anni per ritrovarsi. Qualcosa li aveva legati la prima volta e adesso era accaduto di nuovo. Poco importava che fosse stato il caso, il destino. Era una forza irrefrenabile che li attirava l'uno all'altra, nonostante lei conoscesse la sua passione per l'azzardo. Paul però aveva abbandonato le corse per lei e se era stato capace di fare un passo così importante, era degno di una seconda opportunità. Era pronta a rischiare e abbastanza coraggiosa da riprovarci.

Sedettero sul divano di quella villetta semplice i cui confini erano ormai troppo stretti per Maggie. Lo guardò, e con gli occhi della mente le parve di vedere il ragazzo che a diciannove anni era andato via a cavallo della motocicletta salutandola con un sorriso. Sì, lo ricordava distintamente, si disse mentre abbracciava il ragazzo e l'uomo.

«Benvenuto a casa», sussurrò prima di baciarlo ancora. Comprese che sua madre aveva avuto torto. Talvolta valeva la pena attendere gli animi indomiti senza ritrovarsi col cuore infranto.

Della stessa autrice

Fine dell'estate
Palomino
Una perfetta sconosciuta
Stagione di passione
Una volta nella vita
Un amore così raro
Due mondi due amori
Incontri
La tenuta
Ritratto di famiglia
Svolte
Promessa d'amore
Menzogne
Ora e per sempre
L'anello
Giramondo
Amarsi
Amare ancora
Cose belle
Il cerchio della vita
Il caleidoscopio
Zoya
Star
Daddy-Babbo
Messaggio dal Vietnam
Batte il cuore
Nessun amore più grande
Gioielli
Le sorprese del destino
Scomparso
Il regalo
Scontro fatale
Cielo aperto
Fulmini
La promessa
Cinque giorni a Parigi
Brilla una stella
Perfidia
Silenzio e onore
Il ranch
Un dono speciale
Il fantasma
La lunga strada verso casa
Immagine allo specchio

Dolceamaro

Forze irresistibili

Le nozze

La casa di Hope Street

Il viaggio

Granny Dan-La ballerina dello zar

Aquila solitaria

Atto di fede

Un uomo quasi perfetto

Il bacio

Il cottage

Tramonto a Saint-Tropez

Una preghiera esaudita

Un angelo che torna

Appuntamento al buio

Un porto sicuro

La casa

Il miracolo

La stagione delle emozioni (Scomparso, Forze irresistibili, Il bacio)

Sua Altezza Reale

Sorelle

Ricominciare

Una grazia infinita

Una volta ancora

Irresistibile

Gli inganni del cuore

Una donna libera

Le luci del Sud

Una ragazza grande

Happy Birthday

44 Charles Street

Legami di famiglia

Una notte da ricordare

Hotel Vendôme

I peccati di una madre

Un giorno per volta

Al primo sguardo

Piccola Minnie a Parigi

Fino alla fine dei giorni

Tradita

Pegaso-Le ali del destino

Gioco di potere

Ogni istante di felicità

Una vita perfetta

L'appartamento

L'eredità segreta

L'amante
Doni preziosi
Una magia a Parigi
La duchessa
Il momento giusto
Come una favola
Oltre ogni ostacolo
Più forte di prima
Beauchamp Hall
Lo spettacolo
Sulle orme di un padre
A ogni svolta
La spia
Una notte silenziosa
Il gioco della vita
Tesori di papà
La principessa perduta
L'abito da sposa
Tutto ciò che brilla
Vicini di casa
In cerca di Ashley
Una fortuna inattesa
Un passato perfetto
La relazione
Nove vite

Certificato PEFC

Questo prodotto è realizzato con materia prima da foreste gestite in maniera sostenibile e da fonti controllate

PEFC

PEFC/18-31-226

www.pefc.it

Sperling & Kupfer usa carta certificata PEFC
che garantisce la gestione sostenibile delle risorse forestali

GRAFICA VENETA
GV CARBON NEUTRAL

Questo libro è fabbricato da Grafica Veneta S.p.A.
con un processo di stampa e rilegatura certificato 100% carbon neutral
in accordo con PAS 2060 BSI

Finito di stampare presso Grafica Veneta
Via Malcanton, 2 – Trebaseleghe (PD)

Prova d'acquisto
978-88-5544-213